3001
최후의
오디세이

3001:
THE FINAL ODYSSEY

SPACE ODYSSEY SERIES 04

3001 최후의 오디세이

아서 C. 클라크
송경아 옮김

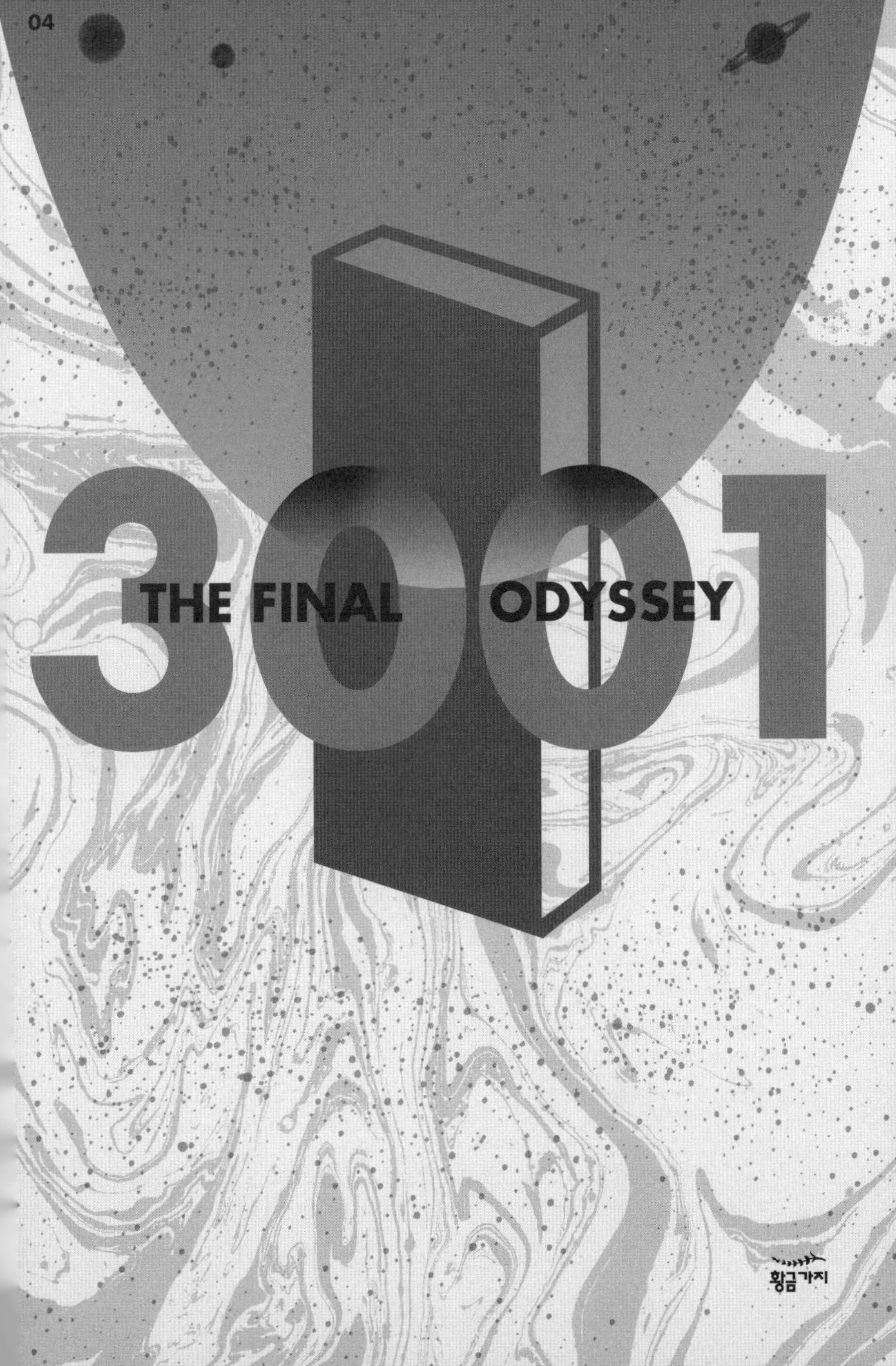

황금가지

3001: A FINAL ODYSSEY

by Arthur C. Clarke

셰린, 타마라, 멜린다에게,

너희는 나보다 훨씬 더 좋은 세기에 살면서 행복하기를.

프롤로그: 퍼스트본

그들을 '퍼스트본'이라 부르자. 그들은 인간과는 전혀 달랐지만 역시 살과 피로 만들어져 있었으며, 우주의 심연을 내다보면서 경외감과 경이로움, 고독을 느꼈다. 그들은 자신들에게 그럴 만한 힘이 생기자마자 동료들을 찾아 떠났다.

탐험에 나선 그들은 수많은 형태의 생명체들을 만났으며, 수천 개의 별에서 진화가 작용하는 것을 지켜보았다. 그들은 처음으로 희미하게 나타난 지능의 불꽃이 깜박거리다가 우주 시간으로 하룻밤 사이에 사라져 버리는 경우가 너무나 많다는 것을 알았다.

은하계 전체에서 '정신'보다 더 귀중한 것을 찾아내지 못했으므로, 그들은 어디서든 정신이 눈을 뜨도록 격려했다. 그들은 별들로 이루어진 밭에서 농부가 되어 씨를 뿌렸고, 때로는 결실을 거두기도 했다.

그리고 때로는 냉정하게 잡초를 뽑아 버려야 할 때도 있었다.

그들의 조사선이 1000년 동안이나 여행한 끝에 태양계에 들어섰을 때 위대한 공룡들은 이미 사라진 지 오래였다. 전도양양하던 그들의 미래는 우주에서 마구잡이로 떨어진 맹렬한 운석의 타격에 절멸했다. 조사선은 얼어붙은 외행성들을 휑하니 지나쳐 죽어 가는 화성의 사막 위에서 잠시 멈췄다가 곧 지구를 내려다보게 되었다.

탐험가들은 자기들 발아래 펼쳐진 세계에 생명이 우글거리는 것을 보았다. 그들은 오랫동안 연구하면서 자료를 수집하고 분류했다. 그리고 수집할 수 있는 정보를 모두 다 수집한 후 저 아래의 세계를 수정하기 시작했다. 그들은 육지와 대양에서 많은 생물들의 운명을 어설프게 만지작거렸다. 그러나 자신들의 실험 중 어느 것이 결실을 거둘지는 적어도 100만 년이 지나야 알 수 있었다.

그들은 참을성이 많았지만 아직 불사의 존재는 아니었다. 수천억 개의 항성이 있는 이 우주에는 할 일이 너무 많았다. 다른 별들도 그들을 부르고 있었다. 그래서 그들은 또다시 심연을 향해 나아갔다. 다시는 이곳으로 돌아올 수 없다는 것을 알면서. 사실 이곳으로 돌아올 필요도 없었다. 그들이 뒤에 남겨 둔 하인들이 나머지 일을 해 줄 터였다.

지구에서 빙하기가 왔다 가는 동안 그 위에 항상 변함없이 떠 있는 달은 여전히 별들에게서 비밀을 감추고 있었다. 극지방의 얼음보다 한층 더 느린 속도로 은하계 전체에서 문명의 물결이 밀려왔다 밀려갔다. 기묘하고 아름답고 끔찍한 제국들이 흥망성쇠를 거듭하며 후계자들에게 자신들의 지식을 물려주었다.

그런데 지금 저기 별들 사이에서 진화가 새로운 목표를 향해 나아가고 있었다. 처음 지구를 찾아왔던 탐험가들은 이미 오래전에 피와 살로 이루어진 육체의 한계에 도달했다. 육체보다 더 나은 기계들이 만들어지자 그들은 움직이기 시작했다. 처음에는 뇌가, 그 다음에는 생각만, 금속과 준보석으로 이루어진 반짝이는 새 그릇에 옮겨졌다. 그들은 이 새로운 몸을 입고 은하계를 방랑했다. 그들은 이제 더 이상 우주선을 만들지 않았다. 그들 자신이 바로 우주선이었다.

그러나 기계 생물의 시대도 금방 과거사가 되었다. 그들은 끊임없는 실험을 통해 우주의 구조 그 자체 속에 지식을 저장하고, 얼어붙은 빛의 격자 속에 자신들의 생각을 영원히 보관하는 법을 터득했다.

따라서 그들은 곧 스스로를 순수한 에너지로 변화시켰다. 그들이 버리고 간 텅 빈 껍데기들은 수천 개의 별들에서 한동안 멍하니 움찔거리며 죽음의 춤을 추다가 먼지가 되었다.

이제 그들은 은하계의 주인이었고 별들 사이를 마음대로 방랑하거나 공간의 틈새를 통해 희미한 안개처럼 가라앉을 수 있었다. 마침내 물질의 폭정에서 자유로워졌지만 그들은 이미 사라져 버린 따스한 진흙 바다에서 자신들이 처음 생겨났다는 사실을 완전히 잊어버리지는 않았다. 그리고 그들의 놀라운 기구들은 아주 오래전에 시작된 실험을 지켜보며 여전히 작동하고 있었다.

그러나 그 기구들은 더 이상 창조자들의 명령에 고분고분하게 따르지 않았다. 물질로 된 것이 전부 그러하듯, 그들은 시간에도, 시간이 부리는 집요하고 잠들지 않는 하인인 엔트로피의 모든 것을 변질시키는 손길에도 면역이 되어 있지 않았다.

그리고 때때로, 그들은 스스로 목표를 발견하고 추구했다.

1부

스타 시티

혜성 카우보이

선장 디미트리 챈들러[M2973.04.21/93.106//Mars//SpaceAcad3005](가장 친한 친구들에게는 '딤'으로 불린다.)가 화를 낸 것도 당연했다. 지구에서 떠난 메시지가 여기 해왕성 궤도 너머에 있는 스페이스터그(궤도 간 운송기. 우주선과 우주 정류장 사이의 연락용 로켓 — 옮긴이) 골리앗까지 오는 데는 여섯 시간이 걸렸다. 메시지가 10분만 늦게 도착했으면 챈들러는 "미안합니다만 지금은 떠날 수 없어요. 우리는 방금 태양광 스크린을 배치하기 시작했습니다."라고 대답할 수 있었다.

완벽하게 타당한 변명이었을 것이다. 겨우 분자 몇 개 두께지만 길이로는 몇 킬로미터가 넘는 반사 필름으로 혜성의 핵을 싸는 건 반쯤 하다가 말 일이 아니니까.

하지만 이 말도 안 되는 요구에 따르는 것도 괜찮을 듯했다. 챈들러는 이미 '태양 쪽'에서 마음이 떠났고, 그건 그의 잘못이 아니었다. 토성 고리에서 얼음을 채취해 진짜로 얼음이 필요한 금성과 수성을 향해 밀어 가는 작업은 3세기 전인 2700년대부터 시작되었다. 챈들러 선장은 '태양계 보존론자'들이 천체 반달리즘에 대한 고발을 뒷받침하려고 늘 꺼내는 '개발 전과 후' 이미지에서 차이를 발견한 적이 한 번도 없었다. 그러나 아직 이전 세기들에 일어난 생태학적 재앙에 예민한 일반 대중의 생각은 달랐고, '토성을 있는 그대로!' 투표는 대다수의 찬성으로 통과했다. 그 결과 챈들러는 이제 '고리 도둑'이 아니라 '혜성 카우보이'가 되었다.

그래서 챈들러 선장은 센타우루스자리 알파성과 상당히 가까운 이곳에서, 카이퍼 벨트(태양으로부터 약 30~50천문단위 거리에 천체가 도넛 모양으로 밀집한 영역 — 옮긴이)에서 뒤처진 낙오자들을 찾아 모으고 있었다. 이곳에는 몇 킬로미터 깊이의 대양들이 있는 수성과 금성을 덮기에 충분한 얼음이 있었다. 그러나 그 별들의 지옥 불을 끄고 생명이 살 만하게 만들려면 몇 세기가 걸릴 수도 있었다. 물론 태양계 보존론자들은 여전히 이 일에도 이의를 제기하고 있었지만, 이제 그렇게 열렬히 반대하지는 않았다. 2304년 소행성이 태평양에 일으킨 쓰나미 때문에 수백만 명이 죽었다. 땅에 충돌했으면 훨씬 피해가 적었으리라는 사실이 얼마나 아이러니한가! 이 일로 모든 미래 세대는 인류가 깨지기 쉬운 바구니 하나에 계란을 너무 많이 담아 두었다는 경각심을 느끼게 되었다.

챈들러는 속으로 셈해 보았다. 자, 이 특별 소포가 목적지에 닿을 때까지 50년이 걸릴 테니까, 일주일 늦는다고 큰 차이가 나지는 않을 것이다. 그러나 자전과 질량 중심, 추력 벡터를 전부 다시 계산하고, 화성으로 다시 그 결과를 무선 전송해서 점검받아야 했다. 지구 가까이로 갈 수 있는 궤도를 따라 몇십억 톤의 얼음을 밀어 가기 전에는 계산을 신중하게 하는 게 좋다.

전에도 여러 번 그러했듯이, 챈들러 선장의 눈은 책상 위 오래된 사진 쪽으로 향했다. 그 사진에는 돛대 세 개짜리 기선이 찍혀 있었는데, 그 위에 우뚝 솟은 빙산 때문에 매우 작아 보였다. 지금 이 순간 골리앗이 매우 작아 보이는 것처럼.

이 원시적인 디스커버리 호(1901년 영국 국립 남극 탐험대를 남극으로 실고 간 배 — 옮긴이)와, 같은 이름을 달고 목성으로 간 우주선 사이의 간격이 겨우 장수한 사람의 일생 정도라는 건 얼마나 믿을 수 없는 일인가! 그 옛날 남극 탐험가들은 그의 함교에서 보이는 광경을 어떻게 생각했을까?

탐험가들은 분명 방향감각을 잃었을 것이다. 옆에 떠 있는 얼음벽이 골리앗에서 위아래 양쪽으로 보이는 한계 너머까지 뻗어 있었으니까. 그리고 그 얼음은 얼어붙은 극지방 바다의 티 하나 없는 흰색과 파란색과 완전히 달라 이상해 보였다. 사실, 더러워 보였다. 실제로도 더러웠다. 겨우 90퍼센트만 물로 된 얼음이고 나머지는 탄소와 황 화합물이 섞인 마녀의 수프였다. 탄소와 황 화합물은 대체로 절대영도보다 별로 높지 않은 온도에서만 안정적이다. 그걸 녹이면 유쾌하지 않은 깜짝 소식이 생겨날 수 있었다. 어느 우주 화학자의 유명한 말처럼, "혜성의 숨결은 역하다."

챈들러가 발표했다.

"선장이 전 승무원에게. 프로그램이 약간 바뀌었다. 우리 활동을 미루고 스페이스가드 레이더가 발견한 목표물을 조사하라는 요청을 받았다."

"세부 사항은요?"

배의 인터콤에서 합창으로 나오던 신음이 가라앉자 누군가가 물었다.

"별로 없어. 하지만 내가 알기론 이것도 밀레니엄 위원회가 깜박 잊고 아직 취소하지 못한 프로젝트인가 봐."

더 많은 신음 소리가 들려왔다. 2000년대의 종말을 축하하려고 기획된 온갖 행사에 모든 사람이 진심으로 질려 버렸다. 3001년 1월 1일이 무사히 지나갔을 때 사람들은 대부분 안도의 한숨을 쉬었고, 인류는 다시 정상적으로 활동할 수 있었다.

"하여간 아마 지난번처럼 또 가짜 경보겠지. 될 수 있는 대로 빨리 우리 일로 돌아가자. 선장 아웃."

'내가 이 직업에 들어선 이래 이런 부질없는 헛수고가 이걸로 세 번째야.'

챈들러는 침울한 마음으로 생각했다. 여러 세기에 걸쳐 탐험이 이루어졌지만 태양계에서는 여전히 놀랄 만한 일들이 일어나곤 한다. 스페이스가드가 그런 요청을 한 데는 충분한 이유가 있을 것이다. 어느 상상력 풍부한 천치가 전설 속의 '황금 소행성'을 또 목격한 것이 아니기만 바랄 뿐이었다. 챈들러는 한순간도 그 존재를 믿지 않았지만, 그런 것이 존재한다고 해도 광물학적인 호기심거리에 지나지 않을 것이다. 그것은 그가 '태양 쪽'으로 밀고 있는, 불모의 세계들에 생명을 가져다줄 얼음보다 훨씬 가치가 없을 것이다.

그가 진지하게 받아들일 수 있는 가능성이 한 가지 있긴 했다. 인류는 이미 100광년은 가로질러 갈 만한 거리의 우주 공간에 로봇 탐사선을 뿌려 놓았고, 티코 석판은 훨씬 더 오래된 문명들이 그와 비슷한 활동을 했다는 것을 상기시켜 주는 물건이었다. 태양계에 다른 외계의 인공물이 있을 수도 있었고, 그 인공물이 뭔가를 수송하고 있을 수도 있었다. 챈들러 선장은 스페이스가드가 그런 상황을 염두에 두고 있는 게 아닐까 생각했다. 그렇지 않다면 1급 스페이스터그에게 방향을 바꿔 미확인 레이더 신호를 쫓아가라고 하지 않았을 것이다.

다섯 시간 후, 탐색 중이던 골리앗은 최대 사거리에서 그 반향을 탐지했다. 거리를 감안해도 실망스러울 정도로 작은 신호였다. 그러나 신호가 더 강하고 또렷해지자 2미터 정도 길이의 금속 물체의 특징이 잡히기 시작했다. 그것은 태양계 바깥으로 향하는 궤도를 타고 가고 있었기 때문에, 인류가 지난 1000년 동안 별들을 향해 던졌던 —어느 날 인류가 존재했다는 유일한 증거가 될지도 모르는— 수많은 우주 쓰레기 조각 중 하나일 거라고 챈들러는 판단했다.

이윽고 그것은 육안으로 살펴볼 수 있을 만큼 가까워졌고, 챈들러 선장은 어느 인내심 강한 역사학자가 아직도 우주 시대 초기의 기록들을 보관하고 있었다는 사실에 경외감과 놀람을 느꼈다. 이 발견이 밀레니엄 축하식보다 몇 년 늦게 이루어졌다니, 얼마나 안타까운 일인가!

챈들러는 '지구 쪽'으로 무선을 보냈다. 그의 목소리는 엄숙했을 뿐 아니라 자부심으로 물들어 있었다.

"여기는 골리앗. 우리는 지금 1000살 먹은 우주 비행사를 배에 태우고 있다. 나는 그게 누군지 알 것 같다."

깨어남

프랭크 풀은 깨어났지만, 아무것도 기억하지 못했다. 자기 이름도 기억나지 않았다.

그는 분명 병실에 있었다. 눈은 아직 감겨 있었지만, 가장 원초적이고 옛 기억을 떠올리게 하는 감각이 그에게 그렇게 알려 주었다. 숨 쉴 때마다 공기 중에 떠도는 소독제의 불쾌하지만은 않은 싸한 냄새가 희미하게 풍겼다. 그리고 그 냄새는 애리조나 행글라이딩 선수권 대회에서 갈비뼈가 부러졌던 기억을 불러일으켰다. 물론 무모한 10대 때 일이었다.

이제 모든 기억이 돌아오기 시작했다. 나는 USSS 디스커버리 호의 부선장이자 부장(副長)인 프랭크 풀, 목성으로 가는 극비 임무 수행 중⋯⋯.

얼음처럼 차가운 손이 심장을 움켜쥐는 것 같았다. 제멋대로 움직이던 스페이스포드가 강철 발톱을 내민 채 자기 쪽으로 제트 분사해 오던 모습이 기억 속에 슬로모션으로 재생되었다. 그리고 고요한 충돌이 일어나고…… 공기가 우주복에서 줄달음질해 나가면서 내는 쉿쉿 소리는 그렇게 고요하지 않았다. 마지막 기억은 무력하게 우주에서 빙빙 돌며 끊어진 공기 호스를 다시 이으려고 했지만 허사였다는 것.

자, 스페이스포드 제어에 어떤 수수께끼의 사고가 일어났건 간에 풀은 이제 안전했다. 아마 데이브가 재빠르게 선외 활동에 나서, 산소 부족으로 영구적인 두뇌 손상을 겪기 전 그를 구출했을 것이다.

'그리운 데이브! 그에게 고맙다고 해야겠어. 잠깐만! 지금 난 분명히 디스커버리 호에 타고 있는 게 아니야. 지구로 돌아올 때까지 의식을 잃고 있지는 않았을 텐데!'

태곳적부터 변하지 않은 듯한 간호사 제복을 입고 있는 수간호사와 간호사 두 명이 도착하는 바람에, 혼란스럽게 이어지던 생각이 갑자기 끊겼다. 간호사들은 약간 놀란 것 같았다. 풀은 자기가 예정보다 일찍 깨어난 걸까 생각하고 어린애 같은 만족감을 느꼈다.

"안녕하세요?"

몇 번 시도한 끝에 풀이 말했다. 성대에서 녹이 슨 것 같은 목소리가 났다.

"제가 어떤 상태인 건가요?"

수간호사는 대답 대신 미소를 지어 보이며 한 손가락을 입술에 댔다. 분명 '말하지 마세요'라는 명령이었다. 뒤이어 두 간호사가 숙련된 기술로 재빨리 그의 맥박, 체온, 반사 반응을 확인하느라 분주

했다. 한 명이 그의 오른팔을 들어 올렸다가 다시 떨어뜨렸을 때, 풀은 특이한 현상을 알아차렸다. 팔은 천천히 떨어졌고, 보통 때만큼 무게가 나가지 않는 것 같았다. 그가 움직이려고 하자 몸도 비슷했다.

'그럼 행성 위에 있는 게 분명하구나. 아니면 인공 중력이 있는 우주 정거장이거나. 확실히 지구는 아니야. 내 몸무게가 충분히 느껴지지 않아.'

풀이 여기가 어디냐는 뻔한 질문을 하려고 할 때 수간호사가 그의 옆목에 뭔가 대고 눌렀다. 약간 따끔하더니 그는 도로 꿈 없는 잠에 빠졌다. 의식을 잃기 직전 그는 어리둥절한 생각을 하나 더 떠올렸다.

'참 이상하군. 다들 한마디도 하지 않았어. 나와 함께 있는 동안 내내.'

재활

다시 깨어나 수간호사와 간호사들이 자기 침대를 둘러싸고 서 있는 것을 보았을 때, 풀은 자기주장을 할 만한 힘이 생겼다고 느꼈다.

"내가 어디 있는 거죠? 그건 말해 줄 수 있잖습니까!"

세 여성은 눈길을 교환했지만, 이제 뭘 어쩌면 좋은지 잘 모르는 것이 확실했다. 수간호사가 매우 천천히 조심스럽게 대답했다.

"모두 다 좋습니다, 미스터 풀. 앤더슨 교수가 곧 여기 와서 설명할 겁니다."

'뭘 설명한다는 거야?'

풀은 분노를 느끼며 생각했다. 하지만 최소한 그녀는 영어로 말했다. 어디 악센트인지는 알 수 없지만······.

수간호사의 말대로 몇 초 후 문이 열리더니 앤더슨이 들어섰다. 풀은 문틈으로 호기심 많은 구경꾼들이 무리 지어 안을 들여다보고 있는 모습을 흘끗 보았다. 그는 동물원에 새로 들어온 전시 동물이 된 것 같은 기분이 들었다.

앤더슨 교수는 작고 말쑥한 사람이었고, 중국인, 폴리네시아인, 북유럽인 같은 몇 가지 인종의 중요 특징을 완전히 정신없이 뒤섞어 놓은 것 같은 생김새였다. 그는 오른쪽 손바닥을 들어 올려 풀에게 인사하더니, 아주 낯선 몸짓을 연습하는 것처럼 묘하게 머뭇거리며 다시 악수를 했다.

"이렇게 건강이 좋아 보이니 기쁩니다, 미스터 풀······. 곧 일어나셔도 되겠습니다."

또 이상한 악센트와 느린 말투가 나왔다. 그러나 자신 있게 환자를 대하는 태도는 어느 시대 어느 장소건 어느 의사에게서나 볼 수 있는 바로 그 태도였다.

"그 말을 들으니 기쁘군요. 이제 몇 가지 질문에 대답해 주실 수 있겠죠."

"물론, 물론입니다. 하지만 잠깐만요."

앤더슨이 매우 조용하고 빠르게 수간호사에게 이야기하는 바람에 풀은 겨우 몇 마디만 알아들을 수 있었는데, 완전히 낯선 단어도 간간이 섞여 있었다. 그다음 수간호사가 간호사 한 명에게 고갯짓을 하자, 간호사는 벽 찬장을 열고 얇은 금속 밴드를 꺼내 풀의 머리에 둘러 감았다.

"이건 뭐 하는 겁니까? 뇌전도 판독인가요?"

풀은 언제나 자기 몸에 무슨 일이 일어나고 있는지 알려고 들어 의사들을 짜증나게 하는 까다로운 환자 노릇을 하면서 물었다.

교수, 수간호사, 두 간호사 모두 당황한 것 같았다. 이윽고 앤더슨의 얼굴에 미소가 느리게 퍼졌다.

"오, 뇌…… 전…… 도……."

앤더슨은 마치 기억의 심연을 훑어 그 단어를 찾아낸 것처럼 천천히 말했다.

"당신 말씀이 옳습니다. 우리는 당신의 뇌 기능을 모니터하고 싶은 것뿐입니다."

'내가 사용하게만 해 준다면 내 두뇌는 완벽히 작동할 텐데요.'

풀은 속으로 투덜거렸다. 그러나 적어도 사태에 진전이 있는 것 같았다. 마침내.

앤더슨은 여전히 외국어를 조심스럽게 발음하는 듯한 이상하고 부자연스러운 목소리로 말했다.

"미스터 풀, 물론 아시겠지요. 당신은 디스커버리 호 밖에서 일하다가 심각한 사고를 당해…… 장애를…… 입었다는 걸."

풀은 동의의 뜻으로 고개를 끄덕인 후 냉담하게 말했다.

"그 '장애'가 좀 조심스러운 표현이 아닌지 의심스러워지기 시작했습니다."

앤더슨은 눈에 띄게 긴장을 풀었다. 그의 얼굴에 미소가 느릿하게 퍼졌다.

"당신 말씀이 옳습니다. 무슨 일이 일어났다고 생각하는지 얘기해 보십시오."

"음, 제일 좋은 시나리오는 내가 의식을 잃은 후 데이브 보먼이 나를 구출해 도로 우주선으로 데려왔다는 거겠지요. 데이브는 어때요? 나한테는 아무것도 말해 주지 않을 겁니까!"

"치료 경과를 보고요…… 그리고 최악의 시나리오는요?"

프랭크 풀은 목 뒤에 차가운 바람이 살살 불어오는 것 같은 기분이었다. 마음속에서 서서히 고개를 들던 의심이 형태를 갖추기 시작했다.

"나는 죽었지만, 누군가 여기로 다시 데려온 거죠. '여기'가 어디건 간에요. 그리고 당신들이 날 되살려 낼 수 있었던 겁니다. 고마워요……."

"당신 말씀이 옳습니다. 그리고 당신은 다시 지구에 있습니다. 음, 지구에서 아주 가까운 곳에요."

'아주 가까운 곳'이라니 무슨 뜻일까? 여기 중력장이 있는 건 확실했다. 그러니 이곳은 아마 천천히 도는 바퀴 같은 궤도 우주 정거장일 것이다. 상관없었다. 훨씬 더 중요한 생각거리가 있었다.

풀은 재빨리 암산을 했다. 데이브가 그를 동면실에 집어넣고, 나머지 승무원들을 살려 내고, 목성으로 가는 임무를 완수했다면……. 세상에, 그는 5년 동안이나 '죽은' 상태였을 수도 있다!

"지금이 정확히 몇 년 몇 월 며칠이죠?"

풀은 최대한 침착하게 물었다.

교수와 수간호사가 시선을 교환했다. 다시 목 뒤에 차가운 바람이 부는 느낌이었다.

"미스터 풀, 보먼이 당신을 구출하지 않았다는 이야기를 먼저 해야 하겠습니다. 그는 당신이 이미 죽어서 살릴 가망이 없다고 믿었고, 우리는 그의 판단을 비난할 수 없습니다. 또, 그 자신도 생존을 위협하는 몹시 심각한 위기에 처해 있었습니다…….

그래서 당신은 계속 우주를 떠돌며 목성계를 통과해서 별들을 향해 갔습니다. 다행히 어느점보다 훨씬 아래에 있었기 때문에 신진대사가 진행되지 않았습니다. 그러나 당신이 발견된 것은 기적에 가깝습니다. 당신은 살아 있는 사람 중에서, 아니 지금까지 살았던 사람 중에서 가장 행운아입니다!"

'내가?'

풀은 멍하니 자문했다. 진짜 5년일까! 1세기……, 아니면 그보다 더 지났을 수도 있었다.

"자, 말해 보시죠."

풀이 날카롭게 물었다.

교수와 수간호사는 보이지 않는 모니터를 참고하고 있는 것 같았다. 그들이 서로 바라보며 고개를 끄덕여 동의를 표할 때, 풀은 그들 모두가 병원의 정보 회로에 연결되어 있을 거라고 짐작했다. 풀이 차고 있는 머리띠도 마찬가지일 것이다.

"프랭크, 당신은 엄청난 충격을 받을 겁니다."

어느새 앤더슨 교수는 오래전부터 풀의 가족 주치의였던 것처럼 매끄럽게 태도를 바꾸었다.

"하지만 당신은 이걸 받아들일 수 있어요. 그리고 빨리 받아들일수록 좋을 겁니다. 우리는 네 번째 밀레니엄이 시작하는 즈음에 있습니다. 정말입니다. 당신은 거의 1000년 전에 지구를 떠났어요."

"당신 말을 믿습니다."

풀은 차분히 말했다. 뒤이어 그의 주위에서 방이 짜증스럽게 빙빙 돌기 시작했고, 그 이상은 그도 알 수 없었다.

의식을 되찾았을 때, 풀은 이제 삭막한 병실이 아니라 호화로운 스위트룸에 있었다. 방 벽에는 매력적인 이미지들이 비쳤는데, 꾸준히 새 이미지로 바뀌고 있었다. 어떤 것은 유명하고 낯익은 그림들이었고, 또 어떤 것은 그의 시대의 것일 수도 있는 땅과 바다의 풍경들이었다. 낯설거나 마음 아픈 이미지는 없었다. 그런 것은 나중에 나올 거라고 그는 짐작했다.

그가 지금 있는 환경은 주의 깊게 프로그램된 것이 확실했다. 어딘가 텔레비전 화면 같은 것이 있을까(제3밀레니엄에는 얼마나 많은 채널이 있을까?) 궁금했지만 침대 근처에서는 조종기의 흔적도 보이지 않았다. 이 세계에서 배워야 할 것이 아주 많았다. 그는 갑자기 문명과 만난 야만인이었다.

그러나 우선 기운을 차려야 했다. 그리고 언어를 배워야 했다. 녹음 기술은 풀이 태어나기 한 세기보다도 훨씬 전에 발명된 것이었지만, 녹음으로도 문법과 발음의 큰 변화는 막을 수 없었다. 그리고 새로 생긴 단어가 수천 개도 넘었다. 주로 과학기술 분야에서 나온 단어여서, 그가 그 뜻을 예리하게 추측해 낼 수 있는 경우도 많았지만.

하지만 더욱 좌절감을 느낀 부분은 1000년 동안 쌓인 유명하거나 악명 높은 무수히 많은 사람들의 이름들이었다. 그 이름들은 그에게 아무 뜻도 없었다. 그가 데이터 뱅크를 만들 때까지 여러 주 동안, 그가 대화를 해 보려 해도 잘 알지 못하는 사람들의 인생 이야기가 끼어드는 바람에 뚝뚝 끊기곤 했다.

언제나 앤더슨 교수가 풀의 방문객들을 지켜보고 있었지만, 풀이 기운을 차리면서 방문객의 수도 늘어났다. 의료 전문가를 비롯해 여러 분야의 학자들이 찾아왔다. 우주선 지휘관들이 찾아왔을 땐 풀이 크게 흥미를 보이기도 했다.

풀이 의사들과 역사가들에게 인류의 거대한 데이터 뱅크 속에 기록되지 않은 것을 말해 주는 경우는 거의 없었다. 그러나 가끔 그들에게 지름길을 알려 주고 자기 시대의 사건들에 대해 새로운 통찰을 하게 해 줄 수 있었다. 풀이 그들의 질문에 대답하려고 할 때는 모두 그를 엄청난 존경의 눈으로 바라보며 참을성 있게 귀를 기울였지만, 정작 풀이 질문할 때는 대답을 꺼리는 것 같았다. 풀은 자신이 문화 충격을 당하지 않도록 과보호를 받고 있다는 느낌이 들었고, 어떻게 해야 이 스위트룸에서 탈출할 수 있을지 반쯤 진심으로 생각해 보았다. 혼자 있을 때 문이 잠긴 것을 발견하고도 그는 놀라지 않았다.

하지만 인드라 월러스 박사가 도착하자 모든 것이 변했다. 이름에서 느껴지는 인상과는 달리 그녀의 주요 조상은 일본인인 것 같았고, 풀이 예전에 살던 시대에는 약간의 상상력만으로도 그녀를 상당히 어른스러운 게이샤 아가씨라고 생각할 수 있었다. 하지만 여전히 진짜 담쟁이를 자랑하고 있는 대학에서 '가상 교수' 자리에 있는 저명한 역사학자에게 갖다 붙이기 적절한 이미지는 아니었다. 그녀는 처음으로 풀이 살던 시대의 영어를 유창하게 구사한 방문객이었기 때문에, 그는 그녀를 만나서 기뻤다.

그녀는 매우 사무적인 어조로 말하기 시작했다.

"미스터 풀, 저는 당신의 공식 안내원이자…… 말하자면 멘토로 지정되었습니다. 저는 당신 시대를 전공했고, 학위논문 제목은 '2000~2050년 국민국가의 붕괴'입니다. 우리는 여러 면에서 서로 도울 수 있을 겁니다."

"그렇겠지요. 우선 당신 세계를 좀 볼 수 있도록 날 여기서 꺼내 주면 좋겠습니다."

"우리가 하려는 일이 바로 그겁니다. 하지만 먼저 당신이 '아이덴트'(신원)를 얻어야 합니다. 그때까지 당신은…… 그 용어가 뭐였더라? ……사회적 소수자입니다. 어디에 가거나 무엇을 할 수가 없습니다. 어떤 입력 장치도 당신을 인식하지 못할 테니까요."

"예상대로네요. 내가 살던 시대에도 그런 식으로 되어 가고 있었습니다. 싫어한 사람이 많았지만요."

풀이 쓴웃음을 지으며 대답했다.

"아직도 싫어하는 사람들이 있습니다. 그들은 도시를 떠나 황무지에 살지요. 지구에는 당신네 세기와 비교하면 황무지가 훨씬 더 많아졌답니다! 그렇지만 궁지에 빠질 경우 도움을 요청할 수 있도록 언제나 자신의 콤팩을 갖고 가죠. 평균 체류 기간은 닷새 정도예요."

"유감이군요. 인류가 퇴화된 게 확실해요."

풀은 인드라가 어디까지 참을 수 있는지, 성격은 어떤지 가늠하려고 조심스럽게 시험해 보고 있었다. 그들은 함께 많은 시간을 보내게 될 것이고 그는 무수히 많은 면에서 그녀에게 의지하게 될 것이다. 그러나 풀로서는 그녀를 좋아하게 될지 알 수가 없었다. 그녀는 그를 멋진 박물관 전시품으로만 볼 수도 있잖은가.

인드라가 그 비판에 동의하는 바람에 풀은 상당히 놀랐다.

"어떤 면에서는 사실일 거예요. 우리가 육체적으로는 더 약하겠죠. 하지만 우린 지금까지 살았던 인류 대부분보다 더 건강하고 더 잘 적응했답니다. '고귀한 야만인'은 언제나 전설 속의 존재였죠."

인드라는 조그만 직사각형 판으로 걸어가 그 문에 눈높이를 맞추었다. 문은 머나먼 옛날 '인쇄 시대'에 엄청나게 쏟아져 나왔던 무수한 잡지 정도의 크기였고, 풀이 보기에는 모든 방에 적어도 하나는 있는 것 같았다. 보통은 텅 비어 있었지만, 때때로 그 위로 글자가 줄지어 천천히 스크롤되었다. 하지만 대부분의 단어가 아는 단어인 경우에도 풀은 그 텍스트를 전혀 이해할 수 없었다. 그의 스위트룸에 있는 판에서 긴급하게 삑삑 소리가 났지만, 그는 그 소리를 무시해 버렸다. 무슨 소리인지는 몰라도 다른 사람이 그 문제를 해결할 수 있을 거라고 생각했기 때문이다. 다행히 그 소리는 시작했을 때처럼 갑자기 멈춰 버렸다.

월러스 박사는 판에 손바닥을 올려놓았다가 몇 초 후에 떼었다. 그녀는 풀을 바라보고 미소를 띠며 말했다.

"와서 이것 좀 봐요."

그 위에 갑자기 나타난 글은 천천히 읽자 충분히 이해할 수 있었다.

월러스, 인드라[F2970.03.11./31.885∥HIST.OXFORD].

"이건 여성(Female)을 나타내고, 생년월일이 2970년 3월 11일이겠군요. 그리고 당신이 옥스퍼드 역사학과와 연관이 있다는 뜻일 테고요. 31.885는 개인 등록 번호겠지요. 맞아요?"

"훌륭합니다, 미스터 풀. 당신네 이메일 주소와 신용카드 주소를 본 느낌은…… 횡설수설하는 문자와 숫자가 끔찍하게 배열되어 있더군요. 아무도 기억하지 못할 것 같아요! 하지만 우리는 모두 자기 생년월일을 알고 있고, 그걸 공유할 사람이 99,999명을 넘어가진 않을 겁니다. 그러니까 다섯 자리 숫자밖에 필요하지 않지요. 그리고 그걸 잊어버린다고 해도 사실 별문제가 없어요. 보시다시피, 그건 당신의 일부분이니까요."

"이식인가요?"

"예. 출생할 때 나노 칩을 한 손바닥에 하나씩 넣습니다. 여분을 두기 위해서요. 그게 삽입될 때 아무 느낌도 없을 겁니다. 하지만 우리에게 작은 숙제가 있어요."

"그게 뭐죠?"

"당신이 마주치게 될 판독기들은 대부분 너무 멍청해서 당신의 생년월일을 믿지 못할 거예요. 그래서, 당신이 허락한다면 우리는 당신 생년월일을 1000년 뒤로 당기려고 해요."

"허락해 드리지요. 나머지 아이덴트는요?"

"선택할 수 있어요. 공란으로 남겨도 되고, 현재 관심 분야와 위치를 표시해도 되고, 개인 메시지를 쓸 수도 있어요. 전체 메시지도 되고 어떤 수신자를 지정해도 괜찮고요."

'어떤 건 아무리 세월이 흘러도 바뀌지 않는구나.'

풀은 생각했다. 사실 '수신자 지정' 메시지는 대부분 매우 개인적인 내용일 터였다.

이 시대에도 개인이나 국가의 검열이 있는지, 다른 사람들을 도덕적으로 만들려는 노력이 그의 시대보다는 더 성공적이었는지도 궁금했다.

월러스 박사를 더 잘 알게 되면 그 문제도 물어보기로 했다.

전망 좋은 방

"프랭크, 앤더슨 교수가 당신이 잠깐 산책 갈 만큼 기력을 회복한 것 같대요."

"기쁜 소식이군요. '빵에 갇혀 있다 돌았다'라는 표현을 알아요?"

"아뇨. 하지만 무슨 뜻인지 알 것 같네요."

풀은 저중력에 아주 잘 적응해서, 큰 걸음으로 걸어도 완벽히 정상적으로 보였다. 이곳은 0.5G일 거라고 그는 추측했다. 딱 기분 좋은 중력이었다. 걸어가면서 만난 사람은 몇 사람 되지 않았고 다들 처음 보는데도 풀을 알아보고 미소를 보냈다.

'지금 나는 이 세계에서 제일 유명한 명사일 테니까.'

풀은 아주 약간 자부심을 느끼며 생각했다. 이 사실은 여생 동안 무엇을 해야 할지 결정할 때 엄청나게 도움이 될 것이었다. 앤더슨의 말을 믿자면 그의 살날은 적어도 한 세기는 더 남아 있었다…….

그들이 걸어가는 복도는 때때로 번호가 붙은 문들이 나온다는 것 말고는 아무 특징도 없었다. 문마다 범용 인식 패널이 하나씩 달려 있었다. 풀은 200미터 정도 인드라를 따라가다가 갑자기 멈추어 섰다. 너무나 명백한 것을 깨닫지 못했다는 사실에 충격을 받았기 때문이다.

"이 우주 정거장은 엄청나게 거대하군요!"

풀이 외쳤다. 인드라가 그를 보며 미소로 대답했다.

"당신네들 하는 말이 있지 않았던가요? '당신은 아직 무엇밖에 못 봤어요.'"

"'조금밖에 못 봤어요.'입니다."

풀은 넋이 나간 채 인드라의 말을 고쳐 주었다. 계속 이 구조물이 얼마나 큰지 추측해 보려다가 그는 또 한 가지 놀라운 사실을 알았다. 지하철이 있을 정도로 커다란 우주 정거장이라니, 누가 상상이나 했겠는가? 비록 겨우 열 명 정도의 승객만 앉을 수 있는 작은 객차 한 량이 달린 아주 작은 지하철이기는 했지만.

"3번 관측 라운지로."

인드라가 명령하자, 지하철은 빠르고 조용하게 터미널에서 빠져나왔다.

풀은 정교한 손목 밴드로 시간을 보았다. 그는 아직 밴드의 기능을 익히는 중이었다. 전 세계가 이제 '세계시'를 쓴다는 것은 사소하지만 놀랄 만한 일이었다. 어지럽게 기워 붙인 '표준시간대'는 전 지구적 커뮤니케이션이 도래하면서 빠르게 사라졌다. 21세기에 이 주제로 많은 논의가 일어났고, 심지어 태양시를 항성시로 대체해야 한다는 제안도 있었다. 그러면 한 해 동안 해는 계속 시계 방향으로 움직이면서, 반년 전의 해돋이 시간에 해가 지게 될 것이다.

그러나 '태양 안에서 똑같은 시간'을 누리자는 이 제안은 아무 결실을 맺지 못했다. 달력을 개혁하자는 더 적극적인 시도도 있었지만 마찬가지였다. 혁신적인 기술 발전이 이루어지기 전에는 어림도 없는 일이라는 냉소뿐이었다. 언젠가는 분명 신의 사소한 실수가 교정될 테고, 지구의 궤도가 조정되어 매년 열두 달이 정확히 30일로 똑같아지겠지만……

풀이 속도와 운행 시간을 단서로 추정하기에 적어도 3킬로미터쯤 간 다음, 차량은 조용히 멈추었다. 문이 열리면서 단조로운 기계음이 말했다.

"좋은 전망을 즐기십시오. 오늘은 구름이 35퍼센트를 덮고 있습니다."

'마침내 외벽에 가까워지는구나.'

풀은 생각했다. 그러나 또 하나의 수수께끼가 있었다. 지금까지 온 거리가 꽤 되는데도, 중력은 강도도 방향도 바뀌지 않았다! 중력 벡터가 이 정도 이동으로도 바뀌지 않을 만큼 거대한 회전 우주 정거장이라니…… 상상할 수가 없었다. 사실은 그가 어떤 행성에 있는 것이 아닐까? 하지만 태양계에서 사람이 살 수 있는 다른 행성 위라면 몸이 더 가볍게, 훨씬 더 가볍게 느껴질 것이다

터미널 바깥문이 열리자 풀은 작은 에어로크로 들어가면서, 자신이 정말로 우주에 있다는 것을 깨달았다. 하지만 우주복은 어디 있지? 그는 불안해하며 주위를 둘러보았다. 아무 보호 장치 없이 맨

몸으로 진공에 이렇게 가까이 있는 상황에 본능적으로 거부 반응이 일어났다. 그런 건 한 번의 경험으로 충분했다…….

"거의 다 왔어요."

인드라가 안심시키려는 듯이 말했다.

마지막 문이 열렸다. 그는 수평과 수직 양쪽으로 굽어진 거대한 창문으로 우주의 완전한 암흑을 내다보고 있었다. 어항 속의 금붕어가 된 기분으로, 그는 이 대담한 공학 작품의 설계자들이 자신이 하는 작업을 제대로 알고 있었기만 바랐다. 건축 자재는 확실히 그의 시대보다 더 나았다…….

분명 별들은 저 바깥에서 빛나고 있었지만, 빛에 적응한 그의 눈에는 거대한 곡면 창 너머로 검은 허공밖에 보이지 않았다. 좀 더 전망을 넓게 보려고 창 쪽으로 걸어가려고 하자, 인드라가 그를 말리며 똑바로 앞쪽을 가리켰다.

"잘 봐요, 저거 안 보여요?"

인드라가 말했다.

풀은 눈을 깜박이며 어둠 속을 열심히 바라보았다. 이건 분명 환영일 거야……. 창문에 금이 가 있다니, 당치도 않아!

풀은 머리를 이쪽저쪽으로 기울여 보았다. 아니, 그건 진짜였다. 하지만 대체 뭘까? 그는 유클리드의 정리를 떠올렸다. '선은 길이가 있지만 폭이 없다.'

창 길이 전체를 가로지르는 걸로 모자라 위아래로 시야 바깥까지 계속되어 이어진 것은, 거기 있다는 것을 알고 보면 금방 보이는 빛의 실 가닥이었기 때문이다. 그러나 그 실은 1차원적이어서 '가늘다'는 단어조차 쓸 수 없었다. 그러나 실에 전혀 특징적인 점이 없는 것은 아니었다. 거미줄에 맺힌 물방울들처럼 불규칙적인 간격을 두고 좀 더 밝은 곳들이 점처럼 간신히 보였다.

계속 창 쪽으로 걸어가자 전망이 점점 넓어져 마침내 풀은 발아래 무엇이 있는지 알아볼 수 있었다. 아주 낯익은 곳이었다. 우주에서 여러 번 보았던 모습 그대로인 유럽 전 대륙과 북미의 상당 부분이었다. 그는 결국 궤도 위에 있었던 것이다. 아마 적도 궤도일 테고, 적어도 1000킬로미터 높이에 있을 것이다.

인드라가 재미있다는 듯한 미소를 짓고 풀을 바라보고 있었다.

인드라가 매우 부드럽게 말했다.

"창으로 더 가까이 가서 똑바로 아래를 내려다봐요. 당신에게 고소공포증이 없었으면 좋겠네요."

풀은 앞으로 가면서 생각했다.

'우주 비행사에게 무슨 바보 같은 말이야! 현기증 한 번이라도 겪은 적이 있으면 내가 이 직업을 택했겠어……'

그 생각이 마음속을 스쳐 지나간 직후, 풀은 "하느님 맙소사!" 하고 외치며 자기도 모르게 창에서 뒤로 물러났다. 다음 순간 그는 마음을 다지고 용기를 내어 다시 바라보았다.

풀은 원통형 탑의 가장자리에서 아득한 지중해를 내려다보고 있었다. 부드럽게 굽어진 벽을 보면 탑의 지름만 몇 킬로미터인 것 같았다. 그러나 그것은 탑의 높이와 비교하면 아무것도 아니었다. 탑은 아래로, 아래로, 아래로 점점 더 가늘어져 아프리카 대륙 위에 떠 있는 안개 속으로 사라졌다.

"우리가 얼마나 높은 데 있나요?"

풀이 속삭였다.

"2000킬로미터요. 하지만 이젠 위를 봐요."

이번에는 그렇게 큰 충격을 느끼지 않았다. 무엇을 보게 될지 예상하고 있었으니까. 탑은 점점 멀어지며 작아져 우주의 암흑을 배경으로 빛나는 실처럼 가늘어졌다. 그것은 적도 위 3만 6000킬로미터에 있는 지구 정지 궤도까지 쭉 이어져 있을 것이다. 그런 공상은 풀의 시대에도 이미 잘 알려져 있었다. 하지만 자신이 실제로 그것을 보고 그 안에 살게 되리라고는 꿈에도 생각한 적이 없었다.

풀은 멀리 동쪽 지평선에서 위쪽으로 뻗은 실을 가리켰다.

"저것도 같은 것이군요."

"예, 아시아 타워죠. 우리도 저기 있는 사람들에게는 똑같이 보일 거예요."

"이런 탑이 얼마나 많죠?"

"넷뿐이에요. 적도를 둘러싸고 똑같은 간격을 두고 서 있죠. 아프리카, 아시아, 아메리카, 퍼시피카. 퍼시피카 탑은 거의 비어 있어요. 겨우 몇백 층까지만 완성되어 있고, 물밖에 볼 게 없어요."

풀은 계속 이 엄청난 개념을 받아들이려고 애쓰다가, 한 가지 불안한 생각에 사로잡혔다.

"내가 살던 시대에 이미 온갖 고도에 수천 개도 넘는 위성들이 있었는데, 어떻게 충돌을 피하죠?"

인드라는 좀 당황한 것 같았다.

"음……. 그건 한 번도 생각해 보지 않았네요. 그건 내 분야가 아니라서요."

인드라는 잠시 말을 멈추었다. 메모리 속을 살피는 것 같았다. 다음 순간 그녀의 얼굴이 밝아졌다.

"몇 세기 전에 대규모 청소 작전이 있었대요. 지금은 정지 궤도 아래에 위성이 하나도 없어요."

'그럴 법하군.'

풀은 생각했다. 위성들은 필요 없을 것이다. 옛날에는 수천 개의 위성과 우주 정거장이 수행하던 기능을 이제는 네 개의 거대한 탑이 모두 수행할 수 있을 것이다.

"그런데 한 번도 사고가 없었어요? 지구를 떠나거나 대기권에 재돌입하는 우주선과 충돌한 적은 없어요?"

인드라는 놀라서 그를 바라보았다.

"하지만 우주선은 이제 그렇게 하지 않아요."

그녀는 천장을 가리켰다.

"우주 공항은 전부 다른 곳에…… 저 위쪽 바깥 고리에 있는걸요. 로켓이 지구 표면에서 마지막으로 이륙한 게 400년 전일 거예요."

풀이 아직도 이 상황을 완전히 이해하려고 애쓰고 있는데, 사소한 비정상적인 면이 그의 주의를 끌었다. 우주 비행사가 되기 위해 받은 훈련 때문에 그는 정상적인 면에서 벗어난 것이라면 뭐든지 예민하게 경계했다. 우주에서는 그것이 생사의 문제가 될 수도 있었으므로.

태양은 눈에 보이지 않을 정도로 높은 곳에 있었지만, 그 빛은 거대한 창으로 흘러들어 발아래 마루에 밝은 빛의 끈을 그리고 있었다. 그런데 또 다른, 훨씬 더 희미한 빛이 그 끝을 비스듬히 자르고 있어서 창틀 그림자가 이중으로 드리워졌다.

풀은 하늘을 올려다보기 위해 무릎을 꿇다시피 했다. 이제 더 놀랄 일이 없다고 생각했지만, 두 개의 태양이라는 장관을 보고서는 잠시 말을 하지 못했다.

"저건 뭐죠?"

다시 숨을 쉴 수 있게 되자 풀이 헐떡이며 물었다.

"아……, 아직 못 들었나요? 저건 루시퍼예요."

"지구에 또 다른 태양이 있단 말인가요?"

"음, 저건 별로 열을 주지는 않아요. 하지만 달이 할 일을 없애 버렸죠……. '두 번째 탐사'가 그곳에 가서 당신을 찾기 전에는 목성이라는 행성이었어요."

'이 새로운 세계에 대해 배울 게 많다는 건 알고 있었어. 하지만 얼마나 많이 알아야 하는지는 상상도 하지 못했어.'

풀은 생각했다.

교육

텔레비전이 방에 실려 와 침대 발치에 자리 잡자 풀은 어리둥절하기도 하고 기쁘기도 했다. 기뻤던 것은 그가 정보에 조금 굶주려 있었기 때문이었고, 어리둥절했던 이유는 그 텔레비전이 심지어 풀의 시대에도 구식인 모델이기 때문이었다.

"우린 이걸 돌려주겠다고 박물관에 약속했어요. 이걸 어떻게 사용하는지는 알고 계실 테죠."

수간호사가 풀에게 말했다.

리모컨을 어루만지면서 풀은 가슴을 쿡 찌르는 향수의 물결에 휩쓸렸다. 텔레비전들이 대부분 너무 멍청해서 음성 명령을 이해하지 못했던 어린 시절 기억이 떠올랐기 때문이다. 그 시절 기억을 불러오는 물건은 얼마 되지 않았다.

"고마워요, 수간호사 선생님. 제일 괜찮은 뉴스 채널이 어디죠?"

수간호사는 그의 질문에 어리둥절해하다가 얼굴이 밝아졌다.

"아……. 무슨 말씀을 하시는지 알겠어요. 하지만 앤더슨 교수님은 당신이 아직 준비가 안 되었다고 생각하세요. 그래서 '기록 보관소'에서 당신이 편하게 볼 수집품들을 준비했어요."

풀은 지금 쓰이는 저장 매체가 무엇일지 잠깐 궁금했다. 그는 아직 콤팩트디스크를 기억했고, 그의 괴짜 삼촌 조지는 예스러운 엘피 레코드 수집품을 소장한 것을 자랑스러워했다. 그러나 그런 기술 경쟁은 분명 몇 세기 전에 다윈의 일반적 방식인 적자생존의 법칙에 따라 끝났을 것이다.

프로그램들은 21세기 초반을 잘 아는 사람이 참 잘 골랐다고 인정할 수밖에 없었다.(인드라가 골랐을까?) 충격적인 것은 하나도 없었다. 전쟁이나 폭력을 다룬 것은 없었고, 그 시대 사업이나 정치 이야기도 거의 나오지 않았다. 그런 건 이제 전혀 소용없을 것이다. 가벼운 코미디, 스포츠 프로그램(그가 열성 테니스 팬이었다는 걸 어떻게 알았을까?), 클래식과 팝 음악, 야생 동물 다큐멘터리 같은 것들이 있었다.

그리고 프로그램을 누가 골랐건 간에, 스타트렉 시리즈마다 에피소드들을 골라 넣은 것을 보면 그 사람은 확실히 유머 감각이 있었다. 아주 어렸을 때 풀은 패트릭 스튜어트와 레너드 니모이를 둘 다 만난 적이 있었다. 수줍어하며 사인을 부탁했던 아이의 운명을 안다면 그들은 어떻게 생각할까 궁금했다.

이 과거의 유물들을 (대부분 '빨리감기'로) 탐험하기 시작한 지 얼마 안 되었을 때 우울한 생각이 떠올랐다. 그는 어디선가 세기(그의 세기!)가 바뀔 즈음 방송 중이던 텔레비전 방송국이 대략 5만 개였다고 읽은 적이 있었다. 그 숫자가 증가했어도 무리가 아니지만, 그대로 유지되기만 했어도 지금쯤 무수히 많은 텔레비전 프로그램이 공중파를 탔을 것이다. 따라서 제일 냉담하고 부정적인 사람이라도, 볼 만한 프로그램이 적어도 10억 시간 어치는 있고 '우수'의 표준을 가장 높게 잡아도 우수한 프로그램이 수백만 시간 된다고 인정할 것이다. 이렇게 거대한 건초 더미에서 어떻게 이 적은 바늘들을 찾지?

그런 생각에 압도되고 나자 풀은 의기소침해졌고, 일주일 동안 점점 더 막막해지는 기분으로 채널을 돌린 끝에 결국 텔레비전을 치워 달라고 부탁했다. 다행히 기력이 회복되면서 깨어 있는 시간이 꾸준히 길어지고 혼자 있는 시간도 점점 줄어들었다.

진지한 연구자들뿐만 아니라, 수간호사와 앤더슨 교수가 세운 근위병이 거르고 걸러 들여보낸 호기심 많은(영향력도 있을) 시민들이 끊임없이 줄지어 찾아오는 바람에 지루할 틈은 없었다. 하지만 어느 날 텔레비전이 다시 나타나자 그는 기뻤다. 텔레비전 금단증상이 덮쳐 오고 있었기 때문에, 이번에는 좀 더 까다롭게 시청하기로 했다.

그 고색창연한 골동품과 함께 등장해 활짝 미소 짓고 있는 사람은 인드라 월러스였다.

"당신이 꼭 봐야 할 것을 찾았어요, 프랭크. 그건 당신의 적응을 도와줄 거예요…… 하여간, 당신이 그걸 즐겁게 볼 건 확실해요."

풀은 그런 말들이 언제나 지루함을 보증하는 표식이라는 것을 알고 있었기 때문에 최악의 사태에 대비했다. 그러나 첫 부분을 보자마자 그는 즉각 빨려 들어갔고, 옛날 생활로 다시 돌아갔다. 그는 자신의 시대에 가장 유명했던 목소리를 즉각 알아듣고, 이 프로그램을 전에 본 적이 있다는 것을 기억해 냈다.

"애틀랜타, 2000년, 12월 31일······.

여기는 CNN 인터내셔널, 아직은 우리가 알 수 없는 위험과 가능성과 함께 새 밀레니엄이 밝아 오기 5분 전입니다······.

그러나 미래를 탐험하기 전에 지난 1000년을 돌이켜보며 스스로에게 물어봅시다. '서기 1000년에 살았던 사람이 마법으로 10세기를 건너뛰어 온다면 우리 세계를 아주 약간이라도 상상하거나 이해할 수 있었을까?'

우리가 당연히 존재한다고 여기는 기술들은 거의 전부 우리 밀레니엄 끝 무렵에 발명되었습니다. 대부분 지난 200년 사이였죠. 증기 엔진, 전기, 전화, 무선, 텔레비전, 영화, 비행, 전자 기술······. 그리고 한 사람이 태어나 죽기까지의 시간 사이에, 핵에너지와 우주여행이 시작되었습니다. 과거에 살았던 가장 위대한 천재들은 이것을 어떻게 생각했을까요? 아르키메데스나 레오나르도 다빈치가 갑자기 우리 세계에 던져졌다면 온전한 정신 상태를 되찾는 데 얼마나 걸렸을까요?

지금으로부터 1000년 후로 옮겨진다면 우리는 더 잘 할 수 있다고 생각하고 싶으시겠죠? 확실히, 기본적인 과학적 발견은 이미 이루어졌습니다. 기술은 크게 발전하겠지만, 아이작 뉴턴 눈앞에 휴대용 계산기나 비디오카메라가 나타나는 것처럼 우리가 보았을 때 마법 같고 이해할 수 없는 장치가 생겨날까요?

진실로 우리 시대는 예전의 모든 시대에서 단절된 시대일 것입니다. 전기통신, 예전에는 어쩔 수 없이 잃어버렸을 이미지와 소리를 녹음하는 기술, 하늘과 우주의 정복…… 이 모든 것이 과거의 가장 허황한 환상보다도 앞선 하나의 문명을 창조했습니다. 마찬가지로 중요한 것은, 코페르니쿠스, 뉴턴, 다윈, 아인슈타인이 우리의 사고방식과 우주에 대한 관점을 너무나 바꾸어 놓았기 때문에 우리는 선조 중 제일 뛰어난 사람들에게도 새로운 종족처럼 보이리라는 것입니다.

지금으로부터 1000년이 지난 후 우리의 후손들은 우리가 무지하고 미신적이고 질병이 들끓는 시대의 수명 짧은 선조들을 바라볼 때 느끼는 연민과 똑같은 감정을 느끼며 우리를 돌아볼까요? 우리는 선조들이 떠올릴 수도 없었던 질문에 대한 대답을 안다고 생각합니다. 하지만 세 번째 밀레니엄은 우리에게 어떤 놀라움을 선사해 줄까요? 자, 여기 세 번째 밀레니엄이 옵니다……"

거대한 종이 울리며 자정을 알리기 시작했다. 마지막 진동이 울려 퍼지다가 침묵이 되어 사라졌다…….

"이제는 과거입니다……. 안녕, 멋지고 끔찍했던 20세기여……."

다음 순간 화면이 무수한 조각으로 부서지면서 새로운 해설자가 방송을 넘겨받았다. 풀은 그 억양을 듣는 즉시 현재로 돌아왔다. 이제 그는 그 악센트를 쉽게 알아들을 수 있었다…….

"지금, 3001년의 처음 몇 분 동안 우리는 과거에서 온 저 질문에 대답할 수 있습니다…….

분명, 여러분들이 방금 보신 2001년 사람들은 우리 시대에 온다고 해도 1001년에서 온 사람이 2001년에 압도되는 만큼 완전히 압도되지는 않을 것입니다. 그들은 우리가 해낸 기술적 성취의 많은 부분을 이미 예상했을 것입니다. 확실히 위성 도시도, 달과 행성 식민지도 예상했을 것입니다. 심지어는 우리가 아직 불멸이 아니고, 제일 가까운 별들에만 간신히 탐사선을 보냈기 때문에 실망할지도 모릅니다……."

갑자기 인드라가 녹화를 꺼 버렸다.

"나머지는 나중에 봐요, 프랭크. 당신 지쳤어요. 하지만 이 방송이 당신이 적응하는 데 도움이 되면 좋겠어요."

"고마워요, 인드라. 하룻밤 지내면서 생각해 봐야겠어요. 하지만 한 가지는 확실히 증명해 주네요."

"그게 뭔데요?"

"나는 1001년에 살다가 2001년에 떨어지지 않은 걸 감사해야 해요. 그런 양자 도약(물리학에서 양자의 돌연한 변화를 의미한다. ─옮긴이)은 견디지 못했을 거예요. 누구라도 그런 상황에 적응하진 못할걸요. 적어도 나는 전기가 뭔지 알고, 그림이 나를 보고 말한다고 무서워 죽지는 않을 테니까요."

풀은 속으로 생각했다.

'이런 자신감이 옳은 것이면 좋겠는데. 고도로 발달한 과학은 마법과 구분할 수 없다고 누군가가 말했지. 내가 이 새로운 세계의 마법과 만나서…… 그걸 제대로 다룰 수 있을까?'

브레인캡

"유감이지만 당신이 힘든 결정을 내려야 할 것 같아요."

앤더슨 교수가 그의 말에 담긴 과장된 심각성을 중화시키는 미소를 지으며 말문을 열었다.

"난 괜찮아요, 선생님. 그냥 솔직히 말해 주세요."

"브레인캡을 맞추기 전에, 머리를 완전히 깎아야 해요. 그러니까 여기서 선택해야 해요. 당신 머리가 자라는 속도를 보면 적어도 한 달에 한 번은 면도해야 할 것 같아요. 아니면 영구 요법을 받을 수도 있고요."

"영구 요법은 뭐죠?"

"레이저 두피 요법입니다. 모발의 뿌리인 모낭부터 죽여요."

"흠……. 복원 가능한가요?"

"예, 하지만 지저분하고 아픈 데다 몇 주가 걸리죠."

"그럼 결단을 내리기 전에 내가 머리카락이 없는 모습을 얼마나 마음에 들어 하는지 일단 보죠. 삼손에게 무슨 일이 일어났는지는 잊을 수가 없으니까."

"누구라고요?"

"유명한 옛날 책에 나오는 인물이에요. 자고 있는 동안 여자 친구가 그의 머리를 깎아 버리는 바람에 깨어났을 때 힘을 전부 잃었어요."

"이제 기억납니다. 아주 분명한 의학적인 상징이죠!"

"그래도, 턱수염을 잃는 건 괜찮을 겁니다. 면도할 필요가 없어지면 기쁠걸요."

"준비해 놓지요. 그런데, 어떤 가발이 좋습니까?"

풀은 웃었다.

"난 별로 허영심 많은 사람은 아닙니다. 뭘 선택하든 조금 귀찮겠지만 별 상관없을 겁니다. 다른 건 나중에 결정하면 되겠죠."

이 시대 사람들이 모두 인공적인 대머리라는 사실을 풀은 뒤늦게 알고서 매우 놀랐다. 처음 알게 된 것은 간호사 두 명 모두가 조금도 거리낌 없이 풍성한 머리카락을 벗었을 때였다. 그 직후 똑같이 대머리인 전문가 몇 명이 도착해서 그에게 여러 가지 세균학적 검사를 했다. 그는 머리카락 없는 사람들에게 그렇게 많이 둘러싸여 본 적이 한 번도 없었다. 처음에는, 의료계 종사자들이 세균과의 끝없는 전쟁의 결과로 다다른 마지막 단계일 거라고 추측했다.

풀의 여러 추측과 마찬가지로, 그것 역시 완전히 틀렸다. 그리고 진짜 이유를 알았을 때 그는 방문객들의 머리카락이 자기 것이 아니라는 것을 미리 알지 못했으면 자기가 얼마나 속아넘어갔을지 생각해 보면서 재미있어했다. 그 대답은 "남자의 경우 거의 모르고, 여자의 경우 하나도 몰랐을 것이다."였다. 지금은 분명 가발 제작자들의 엄청난 호황 시대였다.

앤더슨 교수는 시간을 낭비하지 않았다. 그날 오후 간호사들이 풀의 머리에 고약한 냄새가 나는 크림을 발랐고, 한 시간 후 거울을 들여다보았을 때 그는 자기 모습을 못 알아보았다.

'음, 결국은 가발을 쓰는 게 좋은 생각일 거야……'

브레인캡을 맞추는 일은 좀 더 오래 걸렸다. 우선 틀을 만들어야 했다. 그러려면 풀은 석고가 굳을 때까지 몇 분 동안 움직이지 않고 앉아 있어야 했다. 간호사들이 전혀 직업적이지 않은 태도로 킬킬거리며 겨우겨우 틀을 벗겨 냈을 때, 그는 머리가 찌그러든 줄 알았다.

"아야, 아파요!"

그는 불평했다.

그다음에 스컬캡이라는 것이 왔다. 거의 귀까지 내려오는, 편안하게 잘 맞는 금속 헬멧을 쓰고 있자니 옛날 생각이 났다.

'내 유대인 친구들이 지금 내 모습을 볼 수 있으면 좋을 텐데!'

몇 분 후에는 헬멧이 어찌나 편안한지 그것을 끼었는지 안 끼었는지도 느낄 수 없었다.

이제 프랭크 풀은 브레인캡을 장착할 준비가 되었다. 이것이 거의 모든 인류가 500년 이상 통과의례로 거쳐 온 과정이라는 것을, 경외감 비슷한 감정과 함께 깨달았다.

"눈을 감을 필요는 없어요."

'두뇌 공학자'라는 허세 섞인 호칭으로 소개받은 기술자가 말했다. 그들은 대중적으로는 거의 언제나 '브레인맨'이라고 불렸다.

"셋업이 시작되면 모든 감각 입력이 인계될 겁니다. 눈을 뜨고 있어도 아무것도 보이지 않습니다."

'모든 사람이 이렇게 초조해할까.'

풀은 속으로 물었다.

'지금이 내가 내 정신을 통제하는 마지막 순간이 아닐까? 하지만 난 이 시대의 기술을 믿게 되었어. 지금까지는 날 실망시키지 않았으니까. 물론, 옛날 속담대로 언제나 첫 번째는 있는 법이지만…….'

수많은 나노와이어가 두개골을 뚫고 꿈틀꿈틀 들어갈 때 느낀 부드럽고 간지러운 느낌 말고는, 약속된 대로 풀은 아무것도 느끼지 못했다. 여전히 모든 감각은 완전 정상이었다. 낯익은 방을 살펴보자, 모든 것이 딱 있어야 하는 자리에 있었다.

브레인맨도 스컬캡을 쓰고 있었다. 그의 스컬캡도 풀의 것과 마찬가지로, 20세기의 랩탑 컴퓨터와 똑 닮은 어떤 장비에 연결되어 있었다. 브레인맨은 풀에게 안심하라는 미소를 지었다.

"준비됐어요?"

브레인맨이 물었다.

틀에 박힌 상투어가 제일 편할 때가 있다.

"준비 완료됐습니다."

풀이 대답했다.

불빛이 천천히 희미해졌다……. 희미해지는 것처럼 보였다. 거대한 침묵이 내려앉았고, 심지어 '탑'의 부드러운 중력도 그를 잡고 있던 손을 놓았다. 그는 배아였다. 완전한 어둠 속은 아니지만 특색 없는 진공을 떠돌고 있는 배아. 그는 이렇게 자외선 경계 가까운, 간신히 보일락 말락 하는 어둠의 가장자리를 살면서 단 한 번 겪어 보았다. 그가 그레이트 배리어 리프의 바깥쪽 가장자리에 있는 가파른 절벽 옆면을 타고 훨씬 더 아래로 내려갔을 때와 완전히 비슷했다. 수정같이 맑은 수백 미터 아래의 허공을 내려다보다가 방향감각을 심하게 상실해 잠깐 동안 공황 상태에 빠졌고, 부력 기구의 방아쇠를 당길 뻔하다가 자제심을 되찾았다. 말할 필요도 없이, 그는 항공우주국의 의사 아무에게도 그 사고를 이야기하지 않았다……

엄청나게 먼 거리에서, 지금 그를 둘러싸고 있는 것 같은 거대한 허공에서 어떤 목소리가 울렸다. 그러나 그는 귀로 그 소리를 듣고 있지 않았다. 그 소리는 두뇌의 미궁 속에서 부드럽게 울리는 것 같았다.

"측정 시작합니다. 때때로 질문을 받으실 겁니다. 마음속으로 대답할 수 있지만, 입으로 소리를 내면 도움이 될 수도 있습니다. 알겠습니까?"

"예."

풀은 대답하면서 자기 입술이 실제로 움직이고 있는지 궁금했다. 그러나 그것을 알 수 있는 방법은 없었다.

허공에 뭔가가 나타나고 있었다. 얇은 선으로 된 격자였다. 거대한 모눈종이처럼 그것은 위아래로, 왼쪽 오른쪽으로, 시야의 한계를 꽉 채우며 넓어졌다. 그는 머리를 움직이려고 했으나 눈에 보이는 이미지는 바뀌지 않았다.

숫자들이 모눈을 가로지르며 깜박이기 시작했는데, 너무 빨라 읽을 수는 없었다. 그러나 그 숫자들을 어떤 회로가 기록하고 있는 것 같았다. 이 광경이 너무나 낯익어서 풀은 미소를 참을 수가 없었다.(정말 뺨이 움직였을까?) 그의 시대에 안과 의사가 환자에게 컴퓨터로 하는 눈 검사와 똑같았다.

모눈이 사라지더니, 여러 가지 색깔의 매끄러운 판이 풀의 시야 전체를 채웠다. 몇 초 지나지 않아 색의 스펙트럼이 한쪽 끝에서 다른 쪽 끝까지 번쩍였다. 풀은 말없이 투덜거렸다.

"내 색채 감각은 완벽하다고 미리 말해 줄 수도 있었는데. 다음엔 아마 청각이겠는걸."

그의 생각이 정확했다. 북 치는 듯한 희미한 소리에 점점 속도가 붙더니, 들을 수 있는 '도' 음 중에서 가장 낮은 음이 되었다. 그다음 점점 음계가 올라가서 인간의 청각 범위 너머 박쥐와 돌고래의 영역으로 사라졌다.

단순하고 쉬운 테스트는 그것으로 끝났다. 잠시 동안 온갖 향기와 맛이 그를 공격했다. 대부분은 상쾌했으나 어떤 것은 끔찍했다. 그다음 그는 보이지 않는 끈의 꼭두각시가 되었다. 아니, 된 것 같았다.

신경 근육 제어 시험인 것 같았다. 그는 외적으로 드러나는 징후는 없었으면 하고 바랐다. 느낌대로 몸이 움직이고 있다면, 그는 아마 무도병 말기인 사람처럼 보일 것이다. 한순간 격렬하게 발기하기도 했지만, 그것이 실제인지는 알 수 없었다. 다음 순간 꿈 없는 잠에 빠져들어 버렸기 때문이다.

아니면 잠들었다는 꿈을 꾼 것뿐일까? 얼마나 시간이 흐른 후에 잠에서 깼는지 알 수 없었다. 헬멧은 이미 사라졌다. 브레인맨과 그의 장비도 함께 없어졌다.

수간호사가 환히 웃었다.

"다 잘 됐어요. 비정상적인 면이 없는지 검사하는 데 몇 시간 걸릴 거예요. 판독 결과가 케이오, 아니 오케이면 내일이면 브레인캡을 받으실 거예요."

풀은 그를 위해 고대 영어를 배우려는 간호사들의 노력이 고마웠지만, 수간호사가 그런 불길한 말실수를 하지 않았으면 좋았겠다는 생각이 안 들 수가 없었다.

마지막 피팅을 할 시간이 오자, 풀은 크리스마스트리 아래에서 멋진 새 장난감을 풀기 직전의 소년이 된 것 같은 기분이었다.

"그 셋업을 다시 되풀이하지는 않아도 될 겁니다. 즉시 다운로드가 시작될 테니까요. 5분짜리 데모를 드릴게요. 그냥 긴장을 풀고 즐기세요."

부드럽고 어루만지는 듯한 음악이 밀려왔다. 그의 시대에 듣던 아주 익숙한 음악이었지만 제목을 떠올릴 수가 없었다. 눈앞에 안개가 어리는가 싶더니, 그가 그쪽으로 걸어가자 갈라졌다……

그래, 풀은 걷고 있었다! 아주 진짜 같은 환영이었다. 발이 땅에 닿을 때의 충격이 느껴졌고, 이제 음악이 그쳐서 그를 둘러싼 거대한 나무들 사이로 부는 부드러운 바람 소리도 들렸다. 그 나무들이 캘리포니아 삼나무라는 것을 알아보고, 그는 그 나무들이 현실에서도 여전히 지구 어딘가에 있었으면 좋겠다고 생각했다.

그는 빠른 걸음걸이로 걷고 있었다. 너무 빨라서 편안하다고 느낄 수 없는 걸음걸이였다. 시간이 약간 가속되어 그가 최대한 긴 거리를 갈 수 있는 것 같은 느낌이었다. 그러나 의식적인 노력은 하나도 들지 않았다. 다른 사람의 몸에 들어온 손님이 된 것 같았다. 자신의 동작을 전혀 통제할 수 없다는 사실 때문에 그런 느낌이 더 강해졌다. 멈추거나 방향을 바꾸려고 해도 아무 일도 일어나지 않았다. 그는 계속 걸어가고 있었다.

상관없었다. 그는 그 새로운 경험이 즐거웠고, 정말 중독성이 있을 수도 있겠다고 생각했다. 그의 세기에 많은 과학자들이 예견했고, 위험하다고 경고한 사람도 많았던 '꿈 기계'가 이제 일상생활 속의 물건이었다. 풀은 인류가 어떻게 살아남을 수 있었을까 생각했다. 많은 사람이 성공하지 못했다는 이야기를 들은 적이 있었다. 수백만 명의 두뇌가 타 버렸고, 미치거나 목숨을 잃었다.

물론 풀은 그런 유혹을 물리칠 것이다! 네 번째 밀레니엄의 세계에 대해 더 배우고, 원래는 완전히 익히려면 몇 년이 걸릴 새로운 기술을 몇 분 만에 획득하는 데 이 놀라운 도구를 사용할 것이다. 뭐……, 가끔만이라면, 브레인캡을 순전히 재미로 쓸 수도 있겠지만…….

그는 숲 가장자리까지 와서 넓은 강 너머를 바라보았다. 그는 주저 없이 강 속으로 걸어갔고, 물이 머리 너머로 올라오는데도 아무런 경계심이 들지 않았다. 물속에서 숨을 자연스럽게 쉴 수 있다는 것은 좀 이상해 보였다. 그러나 아무 도구 없는 인간의 눈으로는 초점을 맞출 수 없는 매질 속에서 완벽하게 물체를 볼 수 있는 것이 훨씬 더 놀라웠다. 그의 앞을 헤엄쳐 지나가는 아름다운 송어의 비늘을 하나하나 셀 수도 있었다. 송어는 이 낯선 침입자를 의식하지 못하는 것 같았다.

인어다! 와, 언제나 인어를 하나 만나고 싶었다. 그러나 인어는 해양 생물이라고 생각했는데? 아마 때때로 연어처럼 상류로 헤엄쳐 오나 보다. 아기를 낳기 위해서일까? 이 혁명적인 가설의 가부를 가리기 위해 질문하기도 전에 인어는 가 버렸다.

강의 끝은 반투명한 벽이었다. 풀은 그 벽을 통해 사막으로 걸어 들어갔다. 불타오르는 태양 아래 사막의 열기는 불편할 정도로 뜨거웠다. 그러나 그는 그 맹렬한 정오의 태양을 똑바로 들여다볼 수 있었다. 심지어 한쪽 가장자리 근처에 군도(群島)처럼 모여 있는 흑점까지 부자연스러울 정도로 또렷이 볼 수 있었다. 그리고 희박하지만 찬란하게 아름다운 코로나가 백조의 날개처럼 태양 양쪽으로 가지를 뻗고 있었다. 이건 절대 불가능했다! 코로나는 개기일식 동안을 제외하면 전혀 보이지 않아야 하는데.

모든 것이 어둠 속으로 사라져 갔다. 뇌리에 맴도는 음악이 다시 들렸고, 동시에 익숙한 방의 더없이 행복하고 시원한 온도가 느껴졌다. 눈을 뜨자(감고 있기는 했을까?) 기대에 찬 관중들이 그의 반응을 기다리고 있었다.

"멋집니다! 어떤 것들은…… 아, 진짜보다 더 진짜 같더군요!"

풀이 속삭이듯이, 거의 경건한 마음으로 말했다.

잠시 잊고 있었던 그의 공학적 호기심이 슬금슬금 기어올랐다.

"그 짧은 데모에도 엄청난 양의 정보가 담겨 있었을 텐데, 그걸 어떻게 저장했지요?"

"이 태블릿에요. 시청각 시스템에 사용하는 것과 같지만 용량이 훨씬 더 큽니다."

브레인맨은 풀에게 작은 사각형 물체를 건네주었다. 유리로 만들고 한쪽 면을 은으로 도금한 것 같은 모양새였다. 그가 어렸을 때 쓰던 컴퓨터 디스켓과 거의 똑같은 크기였지만 두께는 두 배였다. 풀이 그 투명한 내부를 들여다보려고 이리저리 돌려봤지만, 때때로 무지갯빛이 번뜩일 뿐이었다.

그는 1000년 이상의 전자광학 기술뿐만 아니라 자신의 시대에는 아예 없었던 다른 기술들이 더해진 최종 산물을 쥐고 있다는 것을 깨달았다. 그것이 겉보기에 자기가 알던 물건과 매우 닮았다는 것은 놀랍지 않았다. 일상생활의 흔한 물건들 대부분은 각자 편리한 크기와 모양을 갖고 있다. 나이프와 포크, 책, 수공용 공구, 가구…… 그리고 컴퓨터의 외장형 메모리처럼.

풀이 물었다.

"용량이 얼마죠? 내가 살던 시대에는, 이 크기에 테라바이트까지 넣을 수 있었어요. 분명 여러분은 훨씬 더 많이 넣겠죠."

"상상하시는 것만큼은 아닐 겁니다. 사물의 구조가 갖는 한계가 있으니까요. 그런데, 테라바이트가 뭐죠? 잊어버린 것 같은데요."

"말도 안 돼! 킬로, 메가, 기가, 테라…… 그게 10의 12제곱 바이트까지예요. 그다음에는 10의 15제곱인 페타바이트……. 내가 아는 건 거기까지입니다."

"우리는 대략 거기서부터 시작합니다. 한 사람이 일생 동안 경험하는 모든 것을 기록하기 충분한 용량이죠."

믿기 힘든 말이었지만, 생각해 보면 그렇게 놀라운 것도 아니었다. 인간 두개골 속에 들어 있는 두뇌라는 젤리는 풀이 손에 쥐고 있는 태블릿보다 별로 크지도 않고, 그리 효율적인 저장 기기일 리도 없었다. 저장 말고도 달리 할 일이 아주 많을 테니까.

브레인맨이 말을 계속했다.

"그게 전부가 아닙니다. 데이터를 압축해서, 기억만 저장하는 게 아니라 실제 사람도 거기 저장할 수 있습니다."

"그러면 그 사람을 재생산할 수도 있습니까?"

"물론이죠. 간단한 나노어셈블리 작업입니다."

'그렇게 듣긴 했지만, 절대 진짜로 믿지는 못하겠는걸.'

풀은 속으로 생각했다.

그의 세기에는, 위대한 예술가가 평생 동안 만든 작품들이 몽땅 작은 디스크 하나에 저장될 수 있다는 것만으로도 충분히 훌륭해 보였다.

그런데 이제는 디스크보다 더 크지도 않은 것이 '예술가'도 저장할 수 있었다.

보고를 듣다

"이렇게 여러 세기가 지났는데도 스미소니언 박물관이 아직 있다니 기쁘군요."

풀이 말했다.

"아마 알아보시진 못할 겁니다."

항공우주국 국장 알리스테어 킴이라고 자신을 소개한 방문객이 말했다.

"이제 전 은하계에 흩어져 있기 때문에 특히 더 그렇죠. 지구 외 주요 소장품들은 화성과 달에 있고, 법적으로는 우리 것이지만 여전히 별들을 향해 가고 있는 전시품들도 많습니다. 언젠가 우리는 그런 물건들을 따라잡아 고향으로 가져올 겁니다. 특히 '파이오니어 10'을 손에 넣고 싶습니다. 태양계에서 탈출한 최초의 인공 물체지요."

"사람들이 날 찾아냈을 때 나도 그렇게 되기 직전이었을 겁니다."

"당신에게도, 우리에게도 다행이었지요. 당신은 우리가 모르는 많은 것들을 밝혀 줄 수 있을 겁니다."

"솔직히 그건 좀 의심스럽습니다. 하지만 최선을 다하도록 하지요. 제어 고장인 스페이스포드가 나를 공격한 다음부터는 하나도 기억나지 않습니다. 아직도 믿어지지 않지만, HAL에게 책임이 있었다면서요."

"사실입니다. 하지만 이야기가 좀 복잡합니다. 우리가 알아낸 것은 전부 이 기록 안에 있습니다. 스무 시간쯤 되지만, 대부분은 아마 빨리감기로 보실 수 있을 겁니다.

물론 데이브 보먼이 당신을 구출하려고 2번 포드를 타고 나온 건 아시겠지요. 하지만 우주선 바깥에 있는데 우주선이 잠겨 버렸습니다. HAL이 포드 승하장 문을 열지 않았기 때문입니다."

"하느님 맙소사, 왜요?"

킴 박사는 약간 움찔했다. 풀이 처음 보는 반응은 아니었다.

('말조심을 해야겠군. 이 문화에서는 '하느님'이 나쁜 말인가 봐. 인드라에게 물어봐야겠다.')

"HAL이 받은 지시에 커다란 프로그램 에러가 있었습니다. 그는 그 임무에서 당신과 보먼도 모르는 몇 가지 측면에 대한 통제를 받고 있었어요. 모두 그 기록에 나옵니다…….

하여간 HAL이 알파 승무원이던 동면 비행사 세 명의 생명 유지 시스템도 끊어 버리는 바람에, 보먼은 그들의 시체도 버려야 했습니다."

('그럼 데이브와 나는 베타 승무원이었군…… 몰랐던 일이야…….')

"그 사람들은 어떻게 됐습니까? 전부 나처럼 구출할 수는 없었습니까?"

풀이 물었다.

"유감입니다만 그럴 수 없었습니다. 물론 그 가능성도 조사해 보았습니다. 보먼은 몇 시간 후 HAL에게서 통제권을 되찾은 다음 그들을 송출했기 때문에, 그들의 궤도는 당신과 좀 달랐습니다. 그들은 목성에서 타 버렸죠……. 당신은 목성을 스쳐 날면서 중력 부양을 받았고요. 몇천 년 후에는 오리온성운으로 날아갔을 테지요…….

보먼은 전부 수동 제어로 ― 정말 환상적인 솜씨였어요! ― 디스커버리 호를 목성 궤도에 올리는 데 성공했습니다. 그리고 거기서 '두 번째 탐사대'가 '큰형'이라고 부른 물건과 만났습니다. 누가 봐도 티코 석판의 판박이였지만, 수백 배 더 컸지요.

거기서 우리는 그의 종적을 잃었습니다. 그는 남아 있는 스페이스포드를 타고 디스커버리 호를 떠나, '큰형'과 만났습니다. 거의 1000년 동안, 우리는 그의 마지막 메시지를 두고 계속 고민했습니다. '데우스여…… 별들이 가득 차 있어!'"

('또 시작이군. 데이브가 저렇게 말했을 리가 없어……. "하느님……! 별들이 가득 차 있어!"였겠지.')

"스페이스포드는 관성장으로 석판에 끌려간 것 같습니다. 포드와, 아마 보먼도, 즉시 으스러졌어야 하는 가속도에서 살아남았기 때문입니다. 그리고 미국-러시아 합작 우주선인 레오노프 호가 파견될 때까지 거의 10년 동안 우리가 가진 정보는 거기까지였습니다."

"그 우주선은 버려진 디스커버리 호와 랑데부를 했고, 찬드라 박사가 디스커버리 호에 타서 HAL을 재가동시켰지요. 그래요, 그건 압니다."

킴 박사는 약간 당황한 것 같았다.

"미안합니다. 나는 당신이 어디까지 들었는지 잘 몰랐습니다. 하여간, 그때부터 더 이상한 일들이 일어나기 시작했습니다.

레오노프 호가 도착하면서 '큰형' 안에서 뭔가 작동하게 된 것 같습니다. 이 기록이 없었다면, 무슨 일이 일어났는지 아무도 믿지 않았을 겁니다. 보여 드릴게요……. 여기 헤이우드 플로이드 박사가 나옵니다. 디스커버리 호가 동력을 회복한 후 디스커버리 호에 타서 한밤중에 불침번을 서고 있습니다. 물론 당신은 전부 알아볼 수 있을 겁니다."

(사실 다 알아보겠어. 자기 시야에 들어온 모든 것을 조사하고 있는 HAL의 깜박이지 않는 붉은 눈과 함께 내 예전 의자에 앉아 있는, 오래전에 죽은 헤이우드 플로이드를 보다니 얼마나 이상한지. 그리고 HAL과 내가 둘 다 죽음에서 되살아난 경험을 공유하고 있다고 생각하니 훨씬 더 이상해…….)

어느 모니터에서 메시지가 떠오르고 있었다. 플로이드가 느긋하게 대답했다.

"좋아, HAL. 누가 보낸 메시지인가?"

'출처가 없습니다.'

플로이드는 약간 짜증이 난 것 같았다.

"알았네. 메시지를 전해 주겠나."

'여기에 머무르면 위험합니다. 15일 안에 떠나야만 합니다.'

"그건 절대 불가능합니다. 지금으로부터 26일이 지나야 발사 가능 시간대에 접어듭니다. 우리는 더 일찍 출발할 만큼 연료가 충분하지 않아요."

'그런 사실은 알고 있습니다. 그와 상관없이 여러분은 15일 안에 떠나야만 합니다.'

"어디서 나온 것인지 알기 전에는 이 경고를 진지하게 받아들이지 못하겠네……. 지금 말하는 사람은 누구요?"

'난 전에 데이비드 보먼이었습니다. 제 말을 꼭 믿어 주셔야 합니다. 뒤를 돌아보세요.'

헤이우드 플로이드는 천천히 회전의자를 돌려 패널과 스위치 들이 첩첩인 컴퓨터 상태 표시대 쪽으로부터 벨크로가 깔린 후면 통로 쪽을 향했다.

("여기를 주의해서 보십시오."

킴 박사가 말했다.

'그런 말할 필요도 없는 소리를.'

풀이 생각했다…….)

무중력 상태에 있는 디스커버리 호의 전망실은 그의 기억보다 훨씬 더 더러웠다. 그는 공기 정화 시설이 아직 연결되지 않은 것 같다고 생각했다. 멀지만 그래도 밝기는 한 태양 빛이 커다란 창들로부터 평행하게 들어와, 고전적인 브라운 운동을 보여 주는 전시물인 춤추는 무수한 티끌들을 환히 비추고 있었다.

이제 그 먼지 입자들에 무엇인가 이상한 일이 벌어지고 있었다. 어떤 힘이 그것들을 통솔하는 듯했다. 중앙에 있는 입자들은 몰아내면서 다른 먼지 입자는 끌어당겨서, 속이 텅 빈 구체의 표면에 모두 모이게 했다. 지름이 1미터쯤 되는 그 구체는 커다란 비눗방울처럼 잠시 둥둥 떠 있었다. 그러다가 타원을 그리며 늘어났다. 표면이 일그러지기 시작하고 주름과 자국이 형성되었다. 그 구체가 사람 모습을 만들기 시작했을 때 풀은 그렇게 놀라지 않았다.

그런 사람 형체들을 전에도, 박물관이며 과학 전시장에서 본 적이 있었다. 유리로 불어 만든 것들 말이다. 하지만 이 먼지 형상은 해부학적으로 정확한 인체와는 얼추 비슷하지도 않았다. 대충 만든 찰흙 인형 같았다. 아니면 석기시대 동굴에서 출토된 원시 예술품이랄까. 다소라도 신경을 써서 조형된 건 머리 부분뿐이었다. 그리고 그 얼굴은, 틀림없이, 데이비드 보먼 중령의 것이었다.

'안녕하십니까, 플로이드 박사님. 이제 절 믿으세요?'

사람 형상의 입술은 조금도 움직이지 않았다. 그 목소리는 확실히 보먼의 목소리였다. 풀은 그 목소리가 실제로는 스피커에서 나오고 있다는 것을 깨달았다.

'이건 저에게 매우 힘든 일입니다. 시간이 조금밖에 없어요. 전 그동안 허락을 받아 이렇게 경고를 해 줄 수 있게 됐습니다. 기간이 15일밖에는 남지 않았습니다.'

"하지만 왜지……? 그리고 자네는 어떻게 된 건가?"

그러나 그 유령 같은 형상은 이미 흐려지려는 참이었다. 입자가 거칠거칠하던 그 표면이 스르르 풀려서 그걸 구성하고 있던 먼지 입자들로 돌아가기 시작했다.

'안녕히, 플로이드 박사님. 앞으로는 접촉할 수 없습니다. 하지만

한 번 더 메시지가 전해질 겁니다. 모든 일이 잘된다면요.'

이미지가 사라지자 풀은 그 옛날 우주 시대의 상투어에 미소 짓지 않을 수 없었다. '모든 일이 잘된다면'……. 임무가 시작되기 전 그 말을 얼마나 많이 들었던가!

유령은 이제 보이지 않았다. 춤추는 먼지 티끌들만이 뒤에 남아 도로 공기 중에 그것들다운 무작위적인 이동 양식을 보여 주고 있었다.

풀은 애써 현재로 돌아왔다.

"자, 중령님. 어떻게 생각하십니까?"

킴이 물었다.

풀은 여전히 동요하고 있었기 때문에, 몇 초 후에야 대답할 수 있었다.

"저건 보먼의 얼굴과 목소리입니다. 맹세할 수도 있습니다. 하지만 저게 뭐죠?"

"우리도 아직 논란 중입니다. 홀로그램이나 투영이라고 치죠. 물론 누구든지 마음만 먹으면 위조할 방법은 많습니다. 하지만 저런 환경에서는 할 수 없어요! 게다가 그다음에 무슨 일이 일어났는지 보면!"

"루시퍼 말입니까!"

"예. 그 경고 덕분에 그들은 목성이 폭발하기 전 간신히 빠져나올 시간이 있었습니다."

"그러면 뭔지는 몰라도 보먼을 닮은 그 환영은 도와주려는 우호적인 존재였네요."

"아마도요. 그리고 저게 마지막이 아닙니다. 우리에게 에우로파에 착륙 시도를 하지 말라고 경고하는 메시지를 '한 번 더' 보낸 것도 그일지도 모릅니다."

"그래서 우리는 한 번도 에우로파에 착륙하지 않았나요?"

"딱 한 번, 우연히 착륙했죠. 36년 뒤 갤럭시 호가 납치당해 억지로 그곳에 착륙하고 자매선 유니버스 호가 구출하러 갔을 때요. 그 장면도 다 여기 있습니다. 우리 로봇 모니터들이 에우로파인에 대해 알려 준 약간의 지식과 함께요."

"빨리 보고 싶군요."

"그들은 양서류고, 온갖 모양과 종류로 등장합니다. 루시퍼가 그들의 세계 전체를 덮고 있던 얼음을 녹이기 시작하자마자 그들은 바다에서 나오기 시작했습니다. 그때부터는 생물학적으로 불가능해 보이는 속도로 발전했지요."

"에우로파에 대한 내 기억으로는, 그곳의 얼음에는 금이 아주 많이 가 있지 않았던가요? 아마 그 양서류인들은 이미 그 사이를 기어 다니며 둘러보고 있었을지도 모르겠네요."

"널리 받아들여지는 가설입니다. 그렇지만 또 하나의 가설이 있습니다. 훨씬 더 추측에 근거한 것이긴 하지만요. 우리가 아직 이해하지 못하는 방식으로 석판이 관련되어 있을 수도 있다는 거지요. 바로 여기 지구에서, 당신 시대에서 한 500년이 흐른 후에 TMA-0가 발견되면서 그런 생각이 퍼지기 시작했습니다. 그것도 아마 들으셨겠지요?"

"대충 듣기만 했습니다. 따라잡아야 할 것이 워낙 많았으니까요!

그 이름은 우스꽝스럽다고 생각했습니다. 그건 자기장 이상도 아니고, 티코가 아니라 아프리카에 있었잖습니까!"

"당신 말씀이 다 옳지만, 우리는 그 이름을 고수하고 있습니다. 석판에 대해 더 많이 알게 될수록 수수께끼는 더 깊어집니다. 특히 아직 지구 외부에서 도래한 선진 기술의 실제 증거는 석판뿐이기 때문이지요."

"그건 놀랍군요. 지금쯤은 우리 인류가 어딘가에서 무선 신호를 받았을 거라고 생각했는데. 내가 어렸을 때 천문학자들이 그런 탐색을 시작했어요."

"음, 한 가지 조짐이 있긴 한데 너무 무시무시해서 우리는 그 이야기를 별로 좋아하지 않습니다. 노바 스코피오 이야기는 들어 보셨나요?"

"못 들은 것 같은데요."

"물론 모든 별은 늘 신성(노바)이 되지요. 그리고 노바 스코피오가 별로 특별한 신성은 아니었습니다. 그러나 폭발 전 노바 스코피오에게는 몇 개의 행성이 있었던 것 같습니다."

"뭔가가 살고 있었나요?"

"전혀 알 수가 없었습니다. 무선 탐색으로는 아무것도 잡히지 않았습니다. 그리고 이제부터 악몽이 시작됩니다……

운 좋게도, 자동으로 움직이는 '노바 패트롤'이 처음부터 그 사건을 포착했습니다. 신성은 그 별에서 시작한 게 아니었습니다. 행성 중 하나가 먼저 폭발했고, 그다음 자기네 태양에 방아쇠를 당겼습니다."

"오 하느……. 미안, 계속 말씀하세요."

"요점이 뭔지 아시겠지요. 행성이 신성이 된다는 건 불가능합니다. 단 한 가지 경우를 제외하고요."

"과학소설에서 블랙코미디로 그런 이야기를 다룬 걸 한 번 읽은 적이 있어요. 그 소설에서는 초신성이 산업재해로 생겼다고 했죠."

"초신성은 아니었습니다. 하지만 그게 유머만은 아닐지도 몰라요. 누군가가 진공 에너지를 이용하다가 통제력을 잃었다는 것이 제일 널리 받아들여지는 학설입니다."

"아니면 전쟁이었을 수도 있겠네요."

"뭐가 되었든 그만큼 끔찍한 거겠죠. 왜 그런 일이 일어났는지 우린 앞으로도 절대 모를 겁니다. 하지만 우리 문명이 같은 에너지원에 의존하고 있으니 만큼, 왜 때때로 노바 스코피오가 우리의 악몽으로 떠오르는지 이해하시겠지요."

"우리 때는 원자로 융해밖에 걱정할 게 없었는데!"

"데우스 덕택에 그런 시절은 갔습니다. 그렇지만 TMA-0 발견에 대해 더 이야기하고 싶은 이유는, 그것이 인류 역사의 전환점을 찍었기 때문입니다.

달에서 TMA-1을 발견한 것만 해도 충분히 커다란 충격이었습니다. 그러나 500년 후 더 큰 충격이 일어났습니다. 그것은 훨씬 더 근원에 가까웠습니다. 모든 의미에서요. 저 아래 아프리카에서였으니까요."

올두바이로 돌아가다

'리키 부부는 이 장소를 전혀 몰라볼 거야.'

스티븐 델 마르코는 자주 혼자 중얼거렸다. 루이스와 메리(고인류학의 선구자 루이스와 메리 리키를 가리킨다. — 옮긴이)가 5세기 전에 우리의 최초의 조상을 파낸 곳에서 10여 킬로미터밖에 떨어져 있지 않았지만. 그곳의 풍경은 지구 온난화와 소빙하기(어마어마한 기술 혁신이 불러온 기적 덕분에 짧아졌다.) 때문에 변했고, 생물군도 완전히 바뀌었다. 왔다 갔다 하는 기후 속에서 참나무와 소나무 들은 여전히 어느 쪽이 이런 변화를 이기고 살아남을지를 놓고 싸우고 있었다.

오늘날 2513년 올두바이에, 열성적인 인류학자들이 아직 파헤치지 않은 곳이 남아 있다고 생각하기는 어려웠다. 그러나, 더 이상은 홍수가 일어나지 않는다는 생각을 깨고 최근에 일어난 갑작스러운 홍수 때문에 이 지역의 표토가 몇 미터 깎여 내려가면서 지형이 다시 조각되었다. 델 마르코는 그 기회를 이용했다. 그리하여 그곳 심층 스캔의 한계 지점에서 도저히 믿기 어려운 것을 발견했다.

델 마르코는 1년도 넘게 느리고 주의 깊게 발굴해서 그 흐릿한 이미지까지 닿았고, 그다음 현실은 상상의 한계를 뛰어넘는다는 사실을 알게 되었다. 처음 몇 미터는 로봇 채굴 기계가 재빨리 제거했고, 그다음 전통적인 대학원생 노예 무리가 그 일을 넘겨받았다. 네 마리 고릴라로 이루어진 한 팀이 그들을 도왔다.(혹은 방해했다.) 델 마르코는 그들이 도움이 되기는커녕 말썽이나 안 부리면 다행이라고 생각했지만, 학생들은 유전적으로 강화된 그 고릴라들을 아주 좋아했다. 모자라지만 매우 사랑받는 어린아이들처럼 대했는데, 소문으로는 그 관계들이 늘 완전히 플라토닉한 것은 아니라고도 했다.

그러나 마지막 몇 미터를 파 들어가는 동안은 모든 것을 인간의 손으로 이루어 내야 했다. 그들은 보통 칫솔을, 그것도 부드러운 칫솔모 칫솔을 휘둘러 흙을 파냈다. 이제 그 일은 끝났다. 투탕카멘 무덤 속에서 처음 금빛을 본 하워드 카터도 이만한 보물을 파내지는 못했다. 이 순간부터 인류의 신앙과 철학은 돌이킬 수 없이 변할 거라고 델 마르코는 확신했다.

석판은 5세기 전 달에서 발견된 물체의 판박이로 보였다. 그것을 둘러싼 발굴지 크기도 거의 똑같았다. 그리고 TMA-1처럼, 그것은 빛을 전혀 반사하지 않았다. 아프리카 태양의 맹렬하고 환한 빛과 루시퍼의 창백하고 어슴푸레한 빛을 똑같이 무심하게 흡수했다.

전 세계에서 가장 유명한 박물관 관장 대여섯 명, 저명한 인류학자 세 명, 미디어 제국의 수장 두 명으로 이루어진 업계 사람들을 구덩이 아래로 안내하면서, 이런 유명 인사들의 모임이 이렇게 오랫동안 이리도 잠자코 있었던 적이 있었을까 하고 델 마르코는 생각했다. 그러나 이 검은 사각형은 모든 방문객들에게 같은 효과를 미쳤다. 방문객들도 그것을 둘러싼 수천 가지 물건의 함의를 깨달았기 때문이다.

여기는 고고학자들의 보물 창고였다. 조잡하게 만들어진 부싯돌, 동물과 인간의 것이 섞인 무수한 뼈. 이것들은 거의 모두 조심스러운 패턴으로 배열되어 있었다. 몇 세기, 아니 몇천 년 동안 지성의 첫 불씨만 품은 생물들이 자신들의 이해의 범위를 넘어선 경이로운 존재에 바치기 위해 가져온 초라한 선물들이었다.

'우리의 이해도 넘어서 있지.'

델 마르코는 자주 생각했다. 그는 두 가지를 확신했다. 증명이 가능할지는 의심스러웠지만.

이곳은 시공간을 통틀어 인류가 진짜로 시작된 곳이었다.

그리고 이 석판은 모든 인간이 섬기던 여러 신 가운데 최초의 신이었다.

하늘 속

"간밤에 방에 쥐가 나오는 것 같았어요. 고양이를 구해 줄 수 있어요?"

풀이 반 농담 반 진심으로 불평했다.

월러스 박사는 어리둥절해하더니 웃기 시작했다.

"청소 마이크롯 소리를 들었을 거예요. 당신을 방해하지 않게 프로그램을 해 놓을게요. 마이크롯이 일할 때 보고 밟지 마세요. 밟히면 마이크롯은 도움을 요청할 거고, 그러면 그놈의 친구들이 사태를 수습하려고 우르르 몰려올 겁니다."

배울 건 너무 많고 시간은 너무 부족하다! 아니, 시간이 부족하다는 건 사실이 아니지. 풀은 다시 생각했다. 이 시대의 의학 기술 덕택에 아직도 살날이 한 세기는 남아 있었다. 그 생각에 이미 그의 마음에는 기쁨보다 불안이 차오르고 있었다.

적어도 이제 대화는 대부분 쉽게 따라갈 수 있었고, 단어 발음법을 익힌 덕분에 이제는 인드라 말고 다른 사람들도 그의 말을 이해할 수 있었다. 프랑스어, 러시아어, 만다린어가 여전히 많이 쓰이고 있었지만, 오늘날의 세계 공용어가 '앵글리시'라서 다행이었다.

"또 한 가지 문제가 있어요, 인드라. 그리고 당신만 날 도와줄 수 있을 것 같아요. 내가 '하느님'이라고 말하면 왜 다들 당황하는 것 같죠?"

인드라는 전혀 당황한 것 같지 않았다. 사실, 그녀는 웃었다.

"그건 사정이 아주 복잡해요. 내 친구인 칸 박사가 여기 있으면 잘 설명해 줄 텐데. 칸 박사는 가니메데에서 아직 남아 있는 '진실한 신앙인'들을 찾는 족족 치료하고 있어요. 옛 종교들의 권위가 전부 땅에 떨어졌을 때에도 ─ 언젠가 교황 피우스 20세에 대해 말해 줄게요. 역사상 가장 위대한 사람 중 하나랍니다. ─ 우리에겐 여전히 제1원인, 우주의 창조주를 가리킬 단어가 필요했어요. 그런 게 있다면요…….

여러 가지 제안이 나왔죠. 데오(Deo), 테오(Theo), 조브(Jove), 브라흐마……. 모두 불러 보았고, 아직 남아 있는 것들도 있어요. 특히 아인슈타인이 가장 좋아하던 '오랜 분(the Old One)'이 있죠. 하지만 요새는 '데우스'가 유행인 것 같아요."

"기억해 둘게요. 하지만 나한테는 좀 어색하군요."

"금방 익숙해질 거예요. 당신이 감정을 표현하고 싶을 때 쓸 만한 다른 합리적이고 예의 바른 욕설……, 감탄사를 가르쳐 줄게요."

"옛 종교들의 권위가 전부 땅에 떨어졌다고요? 그러면 요즘은 사람들이 뭘 믿나요?"

"가능한 한 아무것도 안 믿지요. 우리는 모두 자연신교거나 유신론자랍니다."

"자연신교? 유신론자? 무슨 말인지 모르겠어요. 뜻을 말해 줘요."

"당신 시대에는 뜻이 약간 달랐지요. 하지만 요즘의 뜻은 이래요. 유신론자는 신은 한 분뿐이라고 믿어요. 자연신교는 신은 적어도 하나 있다고 믿고요."

"그런 구분은 너무 미묘해서 난 못 알아듣겠는데요."

"그렇게 생각하지 않는 사람도 많아요. 그게 얼마나 격렬한 논쟁을 일으켰는지 알면 놀랄 거예요. 5세기 전에, 어떤 사람이 유신론과 자연신교 사이에 무한한 수가 있다는 걸 증명하기 위해 초현실 수학이라는 것을 사용했어요. 물론 무한 가지고 장난치는 사람들이 대체로 그런 것처럼, 그 사람은 미쳤었죠. 어쨌든, 제일 유명한 자연 신도들은 미국인이에요. 워싱턴, 프랭클린, 제퍼슨."

"내가 살던 시대 조금 전이군요. 그걸 아는 사람은 거의 없겠지만요."

"이제 좋은 소식을 전해 줄게요. 조, 그러니까 앤더슨 교수가 마침내……, 그 관용구가 뭐였죠? 오케이를 냈어요. 당신은 영구적인 거처로 옮겨도 될 만큼 건강해졌어요."

"좋은 소식이네요. 여기 사람들은 모두 나한테 아주 잘 대해 주지만, 내가 살 곳이 따로 있으면 더 좋을 겁니다."

"당신에게는 새 옷이 필요하고, 그걸 입는 법을 가르쳐 줄 사람도 필요해요. 시간을 많이 들여 수백 가지 일상의 사소한 일들을 도와

줄 사람 말이에요. 그래서, 당신을 거들어 줄 개인 조수를 마련해 두었어요. 들어와요, 대닐…….”

대닐은 30대 중반에 키가 작고 연갈색 피부를 가진 남자였다. 그는 손바닥과 손바닥을 대면서 자동 정보 교환을 하는 보통 인사를 하지 않아서 풀을 놀라게 했다. 사실은 대닐에게 아이덴트가 없다는 것을 곧 알 수 있었다. 필요할 때마다 그는 작은 플라스틱 사각형을 꺼냈다. 그 카드는 21세기의 ‘스마트카드’와 같은 기능을 하는 것 같았다.

“대닐은 당신 안내원과……, 어, 그 단어가 뭐였죠? 절대 외어지지가 않네요. ‘시장’이랑 발음이 비슷한 단어 있잖아요, 하여튼 그는 그 일을 하기 위해 특별 훈련을 받았어요. 당신은 그에게 완전히 만족할 거라고 생각해요.”

풀은 이런 성의 표현에는 감사했지만, 약간 불편한 구석도 있었다. 세상에, 시종이라니! 그런 사람을 만나 본 기억도 나지 않았다. 그가 살던 시대에 그들은 이미 멸종 위기 종이었다. 그는 자기가 20세기 초 영문 소설에 나오는 사람이 된 것 같았다.

“대닐이 당신이 이사할 준비를 하는 동안, 우리는 좀 위층으로 여행을 가요……. 달 레벨로요.”

“멋지군요. 거긴 얼마나 멀죠?”

“음, 1만 2000킬로미터 정도요.”

“1만 2000킬로미터라니! 몇 시간 걸리겠군요!”

인드라는 그의 말에 깜짝 놀라는 것 같더니 미소 지었다.

“당신 생각만큼 오래 걸리진 않아요. 아니, 아직 스타트렉에 나오는 전송기 같은 건 없어요. 그 세계에서야 작동이 되겠지만요! 그러니까 당신은 선택할 수 있어요. 어느 쪽을 선택할지 이미 알 것 같지만요. 우리는 외부 엘리베이터로 올라가면서 전경을 감상할 수도 있고, 내부 엘리베이터로 가면서 식사와 가벼운 오락거리를 즐길 수도 있어요."

"내부 엘리베이터로 가는 사람도 있다니 상상이 안 되는데요."

"당신도 놀랄걸요. 어떤 사람들에게는 외부 엘리베이터가 너무 어지럽거든요. 특히 아래쪽에서 온 방문객들에게는요. 높은 곳에 강하다는 등산가들도 높이가 미터 대신 몇천 킬로미터 단위로 측정되면 메스꺼워하기도 하는데요."

"위험을 무릅써 보기로 하지요. 난 더 높은 곳에도 가 보았으니까요."

풀이 미소를 지으며 대답했다.

탑 바깥쪽 벽의 이중 에어로크를 지나가자(그때 방향을 상실한 것 같은 이상한 감각을 느낀 게 사실일까? 아니면 상상이었을까?) 매우 작은 극장의 객석 같은 곳에 들어섰다. 열 개의 자리가 한 줄에 늘어서 다섯 단으로 경사져 올라갔다. 자리는 모두 거대한 전망 창을 마주 보고 있었는데, 풀은 그것을 보고 혼란스러웠다. 수백 톤의 공기압이 그 창을 우주로 터져 나가게 만들지도 모른다는 사실을 완전히 잊어버릴 수 없기 때문이었다.

그런 문제는 생각해 본 적도 없을 다른 승객 10여 명은 아주 편안해 보였다. 그들은 풀을 알아보자 모두 미소 지었고 예의 바르게 고개를 숙여 인사한 후 돌아서서 경치를 보며 감탄했다.

"스카이라운지에 오신 걸 환영합니다. 5분 후 상승이 시작됩니다.

다과와 화장실은 저층에서 이용하실 수 있습니다."

이럴 때 반드시 따라다니는 자동 음성이 말했다.

'이 여행은 얼마나 오래 걸릴까? 2만 킬로미터 넘게 올라가게 될 텐데. 지구에서 타 본 어떤 엘리베이터와도 다를 거야⋯⋯.'

풀은 생각했다.

엘리베이터가 상승하기를 기다리면서, 그는 2000킬로미터 아래에 펼쳐진 멋진 전경을 즐겼다. 북반구는 겨울이었지만, 기후가 정말 완전히 달라졌는지 북극권 남쪽으로는 눈이 거의 보이지 않았다.

유럽 위에는 거의 구름이 없어서, 세부적인 것까지 눈이 어지러울 정도로 자세히 들여다보였다. 그는 몇 세기를 지나도 이름이 기억나는 거대 도시들을 하나하나씩 알아보았다. 심지어 그가 살던 시대에도 통신 혁명으로 세계의 모습이 바뀌면서 크기가 줄어들던 도시들은 이제는 확연히 작아졌다. 또, 있을 것 같지 않은 장소에 큰 물이 있기도 했다. 북부 사하라의 살라딘 호수는 거의 작은 바다 같았다.

풀은 전경에 너무 몰두하느라 시간의 흐름을 잊었다. 갑자기 그는 5분도 넘게 지나갔다는 것을 깨달았다. 그러나 엘리베이터는 여전히 움직이지 않았다. 뭔가 잘못된 걸까, 아니면 늦게 도착하는 승객들을 기다리고 있는 걸까?

그때 그는 아주 이상한 것을 알아차렸다. 처음에는 자기 눈에 보이는 증거가 믿어지지 않았다. 이미 수백 킬로미터 넘게 올라온 것처럼 전경이 확장되었던 것이다! 지켜보고 있는 도중에도 아래에서 행성의 새로운 모습이 창틀 안으로 슬금슬금 들어오는 것이 보였다.

그때 풀은 웃었다. 확실한 설명이 떠올랐기 때문이다.

"인드라, 당신이 나를 놀리는 법도 아는군요! 나는 이게 비디오 영상이 아니고 진짜인 줄 알았어요!"

인드라는 놀란 듯한 미소를 띠고 그를 마주 바라보았다.

"다시 생각해 봐요, 프랭크. 우리는 10분 전부터 움직이기 시작했어요. 지금쯤은 적어도, 음, 적어도 시속 1000킬로미터의 속도로 올라가고 있을 거예요. 엘리베이터가 최고로 가속하면 100G에 도달할 수 있다고 들었지만요. 이렇게 단기간 올라갈 때는 10G 이상 올라가지 않을 거예요."

"불가능한 일이에요! 내가 원심분리기에서 훈련할 때 최대 속도가 6이었는데, 그때도 반 톤 무게가 내 몸에 실려서 괴로웠다고요. 우린 안에 들어온 다음부터 움직이지 않았잖아요."

풀은 목소리를 약간 높이다가, 갑자기 다른 승객들이 못 들은 척하고 있는 것을 깨달았다.

"어떻게 그렇게 되는지는 모르겠어요, 프랭크. 하지만 그건 관성장이라고 불러요. 아니면 때때로 '샤프 원(Sharp one)'이라고도 하는데, S는 러시아의 유명한 과학자 사하로프에서 딴 거예요. 다른 사람들은 누군지 잘 모르겠고요."

풀은 천천히 이해하기 시작했다. 그러면서 위압감과 경이감도 느꼈다. 이곳에 있는 것은 정말로 '마법과 구분되지 않는 기술'이었다.

"내 친구들 몇 명은 '우주 추진 장치'를 꿈꿨어요. 로켓을 대체할 수 있고 가속을 받는 느낌 없이 움직일 수 있는 에너지장 같은 건

데, 우리는 대부분 그들이 미쳤다고 생각했어요. 하지만 그들이 옳았던 것 같군요! 아직도 믿을 수가 없어요……. 그리고 내가 제대로 느끼고 있다면, 우리 몸무게가 사라지기 시작했는데요."

"맞아요. 달 중력에 적응하고 있는 거죠. 밖으로 걸어 나가면 달에 있는 느낌이 날 거예요. 하지만 제발, 프랭크……, 당신이 공학자라는 건 잊어버리고 그냥 경치를 즐겨 봐요."

좋은 충고였다. 그러나 아프리카와 유럽 대륙 전체, 그리고 아시아의 대부분이 시야에 흘러드는 것을 지켜보면서도, 새로이 알게 된 이 놀라운 사실을 잊고 다른 일에 정신을 쓸 수는 없었다. 그러나 완전히 놀랄 일은 아니었다. 풀은 자신의 시대부터 현재 사이에 우주 추진 시스템에 커다란 도약이 있었다는 건 알고 있었다. 그러나 그것이 이렇게 일상생활에 극적으로 응용되었을 거라고는 생각하지 못했다. 3만 6000킬로미터 높이의 마천루에서 '일상생활'이라는 용어를 쓸 수 있다면 말이지만.

로켓의 시대는 몇 세기 전에 끝난 것 같았다. 추진체 시스템과 연소실, 이온 추력기와 핵융합로에 대해 그가 알고 있는 지식은 아무 짝에도 소용이 없었다. 물론 그것은 이제 중요하지 않았다. 그러나 그는 돛이 증기에 자리를 내주고 물러났을 때 범선의 선장이 느꼈을 슬픔을 알 수 있었다.

자동 음성이 "2분 안에 도착합니다. 개인 소지품을 두고 가지 않도록 확인하십시오." 하고 알리자 풀은 기분이 갑자기 바뀌면서 미소를 억누를 수가 없었다.

민항기에서 그 안내 방송을 얼마나 자주 들었던가! 그는 시계를 보고 반 시간도 지나지 않은 것을 보고 깜짝 놀랐다. 그러면 평균 속도가 적어도 시속 2만 킬로미터라는 뜻이었다. 그러나 그들은 전혀 움직이지 않은 것 같았다. 더 이상한 것은, 지난 10분여 동안 그들이 급격히 감속을 했음이 틀림없기에 원칙적으로 모두가 머리는 지구 쪽을 향하고 지붕에 발을 대고 서 있어야 마땅한데도 그러지 않았다는 것이다!

문이 조용히 열렸고, 풀은 걸어 나가면서 엘리베이터 라운지에 들어올 때 느꼈던 가벼운 방향감각 상실을 다시 느꼈다. 그러나 이번에는 왜 그런지 알고 있었다. 그는 달과 같은 높이에서 관성장과 중력이 중첩되는 전이 영역 속을 움직이고 있었다.

멀어져 가는 지구의 전경은 우주 비행사인 풀이 보기에도 경탄할 만했지만, 예상하지 못했거나 놀라운 것은 전혀 없었다. 그러나 탑한 층을 다 차지한 듯한, 맞은편 벽까지 5킬로미터는 가야 할 것 같은 거대한 방이 있으리라고 누가 상상했겠는가? 지금쯤 달과 화성에는 더 큰 인조 공간들이 생겼겠지만, 이곳은 분명 우주에서 가장 큰 곳 중 하나일 것이다.

그들은 바깥 벽 위로 50미터 솟은 전망대에 서서 놀랄 정도로 바뀐 전경을 내다보고 있었다. 지구 생물군계를 전 범위에 걸쳐 재생산하려는 시도가 있었던 게 확실했다. 바로 아래에 한 무리의 호리호리한 나무들이 있었다. 풀은 처음에 그것이 무엇인지 알아볼 수 없었지만, 다음 순간 그것들이 지구 중력의 6분의 1에 적응한 참나무라는 것을 깨달았다. 이곳에서 종려나무는 어떤 모습일까? 거대한 갈대 같겠지…….

풀이 무성한 평원을 가로질러 구불구불 흐르는 강이 멀지도 가깝지도 않은 거리에 있는 작은 호수로 흘러들다가 거대한 반얀나무 같은 것 속으로 사라졌다. 저 물의 원천은 무엇일까? 희미한 드럼 소리 같은 것을 듣고 그는 부드럽게 굽어진 벽을 따라 재빨리 눈길을 돌렸다. 그곳에는 작은 나이아가라가 있었다. 그 위의 물보라 속에는 완벽한 무지개가 떠 있었다.

몇 시간을 서서 아래에 있는 복잡하고 찬란하게 만들어진 행성 모조품의 경치를 찬탄해도 그 경이로움은 동나지 않을 것 같았다. 새롭고 적대적인 환경으로 진출하면서 인류는 자신의 기원을 기억해야 한다는 필요를 점점 더 크게 느낀 것 같았다. 물론 그의 시대에도 모든 도시에는 아주 약하게나마 자연을 상기시키는 공원이 있었다. 여기에도 똑같은 충동이, 훨씬 더 장대한 규모로 작용하고 있는 것이 틀림없었다. 센트럴파크, 아프리카 타워!

"내려갑시다. 볼 건 많은데 난 여기 자주 올 기회가 없거든요."

인드라가 말했다.

이렇게 낮은 중력에서 걷는 산책은 전혀 힘이 들지 않았지만, 때때로 그들은 작은 모노레일을 탔다. 한번은 높이가 적어도 250미터는 될 미국삼나무의 몸통 뒤에 교묘하게 숨겨진 카페에 들러 차와 디저트를 즐겼다.

같이 온 승객들은 풍경 속으로 사라지고 근처에는 사람이 거의 없었기 때문에, 그들은 이 동화의 나라를 몽땅 차지한 기분이었다. 모든 것이 아주 아름답게 유지되어 있었다. 아마 로봇 무리가 쓸고 닦고 있겠지. 때때로 풀은 어렸을 적 디즈니 월드에 갔던 때가 떠오르기도 했지만, 이쪽이 훨씬 더 좋았다. 사람도 붐비지 않고, 인류와 그들이 만든 인공물을 떠올리게 만드는 것도 별로 없었다.

그들은 아주 훌륭한 난초 숲에 경탄하고 있었다. 어떤 것들은 엄청나게 컸다. 그때 풀은 정말 큰 충격을 받았다. 그들이 작고 평범한 정원사 창고를 지나 걸어가고 있는데, 문이 열리며 정원사가 나왔다.

프랭크 풀은 언제나 자제력을 자랑하는 사람이었고, 다 큰 어른인 자신이 순전히 무서워서 비명을 지를 거라고는 상상해 본 적도 없었다. 그러나 그의 세대의 모든 소년들이 그랬듯이, 그도 제목에 '쥐라기'가 들어가는 영화는 모조리 보았다. 그래서 직접 만났을 때 랩터를 알아볼 수 있었다.

"정말 미안해요. 당신한테 미리 경고할 생각을 전혀 하지 못했네요."

인드라의 얼굴에는 염려하는 티가 역력했다.

곤두섰던 풀의 신경은 다시 가라앉았다. 물론 그들은 위험하지 않을 것이다. 여기는 너무나 질서정연한 세계니까. 하지만……!

그 공룡은 완전히 무관심하게 그를 마주 보더니, 창고 안으로 되돌아갔다가 갈퀴와 정원용 전지가위를 갖고 다시 나타났다. 그러고는 그것을 한쪽 어깨에 걸쳐 멘 가방에 넣더니, 새 같은 걸음걸이로 그들에게서 멀어졌다. 공룡은 10미터쯤 되는 해바라기들 뒤로 사라지면서 한 번 뒤돌아보지도 않았다.

"설명을 좀 해야겠네요."

인드라가 후회하는 듯이 말했다.

"우리는 될 수 있으면 로봇보다 생명 유기체를 쓰는 쪽을 좋아해요. 난 그게 탄소 쇼비니즘이라고 생각하지만요! 음, 손재주를 가진 동물은 몇 종류 없고, 우린 그들을 다 한 번쯤은 쓰지요.

그런데 지금까지 아무도 풀지 못하고 있는 수수께끼가 나타났어요. 당신은 침팬지나 고릴라 같은 발전한 초식동물들이 이런 일을 잘할 거라고 생각하겠죠. 하지만, 그렇지 않아요. 그들은 그럴 만한 인내심이 없어요.

그런데 여기 있는 우리 친구 같은 육식동물들은 훌륭하게 해내고, 쉽게 훈련돼요. 게다가, 이건 또 다른 역설인데! 일단 변화를 겪고 나면 그들은 유순하고 온화해져요. 물론 그러한 변화의 뒤에는 거의 1000년 동안 발전한 유전공학이 있지만요. 원시인이 단순히 시행착오만 겪어 가며 늑대를 어떻게 바꿔 놨는지 상기해 봐요!"

인드라가 웃더니 말을 계속했다.

"프랭크, 당신은 믿지 않을지도 모르지만 그들은 훌륭한 베이비시터이기도 하답니다. 아이들은 공룡들을 좋아해요! 500년 묵은 농담이 있어요. '아이를 공룡에게 맡기시겠습니까?' '뭐라고요, 공룡이 다치면 어쩌라고요!'"

풀도 함께 웃었지만, 마음 한구석에는 두려워하는 모습을 보인 게 창피했다. 주제를 바꾸기 위해, 그는 인드라에게 여전히 마음속 한구석에서 찜찜하던 것을 질문했다.

"여긴 모든 게 다 정말 훌륭해요. 하지만 탑에 살면 누구든지 진짜 행성에 금방 갈 수 있을 텐데 왜 이렇게 성가신 일을 하나요?"

인드라는 생각에 잠겨 풀을 바라보았다. 그녀는 자신의 말이 미칠 효과를 저울질하고 있었다.

"꼭 그렇지는 않아요. 0.5G 레벨 위에서 사는 사람은 지구로 내려가면 불편하고 위험하기까지 해요. 공중에 뜨는 의자에 앉아도 그래요."

"난 절대 안 그럴 거예요! 나는 1G에서 태어나서 자랐고 디스커버리 호에서도 운동을 게을리한 적이 없었어요."

"그 문제는 앤더슨 교수와 계속 이야기해 봐야 할 거예요. 이 이야기를 당신에게 하면 안 될 것 같지만, 당신의 생물학적 시계가 현재 어디에 와 있는지를 놓고 커다란 논쟁이 진행되고 있어요. 겉보기에는 전혀 멈추었던 것 같지 않지만, 당신의 신체 나이 추정치는 50세에서 70세에 걸쳐 있어요. 당신은 잘 지내고 있지만, 전성기 때의 힘을 되찾을 것 같지는 않아요. 1000년이 흘렀는걸요!"

'이제 이해가 가는군.'

풀은 속으로 멍하니 말했다. 앤더슨이 왜 말꼬리를 흐렸는지, 왜 지금까지 근육 반응 시험을 그리 많이 받았는지, 이제 다 설명이 되었다.

'나는 목성에서 여기, 지구에서 2000킬로미터 떨어진 곳까지 돌아왔어. 하지만 아무리 가상 현실에서 자주 방문한다 해도, 다시는 내 고향 행성을 밟아 보지 못하겠지.

이걸 어떻게 받아들여야 할지 모르겠어……'

이카루스에게 경의를

우울한 기분은 재빨리 사라졌다. 할 일도 많고 볼 것도 정말 많았다. 천 번을 고쳐 산다고 해도 충분하지 않을 것 같았다. 문제는 이 시대가 제공하는 무수한 오락 중에 무엇을 선택하느냐였다. 풀은 하찮은 것들을 피하고 중요한 것에 집중하려고 ― 특히 교육적인 면에서 ― 했지만, 언제나 성공하지는 못했다.

이 지점에서 브레인캡과, 그것과 함께 온 책 크기의 플레이어 ― 브레인박스라고 부를 수밖에 없었다. ― 는 엄청난 가치가 있었다. 그는 곧 '즉석 지식' 태블릿들로 작은 서재를 꾸밀 수 있었는데, 태블릿 하나하나가 학사 학위를 따는 데 필요한 모든 자료를 담고 있었다. 이 중 하나를 브레인박스에 넣고 자기에게 가장 알맞은 속도와 강도로 조정하면, 빛이 번쩍한 후 무의식 상태에 빠지게 되었다. 길면 한 시간도 그 상태로 있었다. 깨어나면 정신에 새 영역이 열린 것 같았다. 하지만 그 영역은 일부러 찾아볼 때에나 거기 있다는 걸 알 수 있었다. 마치 갖고 있는 줄도 몰랐던 책장들을 갑자기 발견하는 도서관 주인이 된 것 같았다.

대체로 풀은 시간을 마음대로 쓸 수 있었다. 의무감과 감사하는 마음으로, 그는 최대한 많은 요청에 응했다. 과학자, 역사가, 작가들이 그를 만나려고 했다. 그중에는 그로서는 대개 이해할 수 없는 매체에서 일하는 예술가들도 있었다. 또, 네 탑의 다른 시민들에게서도 무수한 초대를 받았지만 사실상 전부 거절할 수밖에 없었다.

가장 유혹적이고 거부하기 힘든 요청은 아래쪽에 펼쳐진 그 아름다운 행성에서 온 것들이었다. 앤더슨 교수는 그에게 이렇게 말했다.

"물론 적절한 생명 유지 장치를 갖고 잠깐 동안 내려간다면 살아남을 수는 있겠지만, 즐겁지는 않을 겁니다. 그리고 그런 경험은 당신의 신경계와 근육을 훨씬 더 약하게 만들 수 있습니다. 그 영역은 사실 1000년의 잠에서 결코 회복되지 못했습니다."

또 하나의 후견인인 인드라 윌러스는 풀에게 불필요하게 쳐들어오는 사람들을 막아 주고, 어떤 요청을 받아들여야 하고 어떤 요청을 예의 바르게 거절해야 하는지 조언해 주었다. 혼자였다면 그는 이 믿을 수 없을 만큼 복잡한 문화의 사회정치적 구조를 결코 이해하지 못했을 것이다. 그러나 그는 곧 이론적으로는 모든 계급의 구분이 사라졌지만 시민 위의 시민이 몇천 명 있다는 것을 알게 되었다. 조지 오웰의 말이 옳았다. 어떤 자들은 다른 자들보다 언제나 더 평등하다.

21세기 경험에 적응을 마친 풀은 이 환대의 비용을 전부 누가 지불하고 있는지 궁금할 때가 있었다. 어느 날 엄청난 금액의 호텔 청구서 비슷한 걸 받게 되지는 않을까? 그러나 인드라는 재빨리 그를 안심시켰다. 그는 독특하고 값을 매길 수 없이 귀중한 박물관 전시품이었으므로, 결코 그런 세속적인 고려 사항을 걱정하지 않아도 되었다. 상식적인 범위 안에서라면, 그는 원하는 것을 뭐든지 이용할 수 있었다. 풀은 그 한계가 어디까지일지 궁금했지만, 어느 날 자신이 그 한계를 알아내게 될 줄은 꿈에도 몰랐다.

인생에서 모든 중요한 일은 우연히 일어난다. 풀이 벽 디스플레이 브라우저를 랜덤 스캔, 무음에 맞추었을 때 놀라운 이미지가 그의 주의를 끌었다.

"스캔 멈춰! 소리 켜고!"

풀은 커다랗게 외쳤지만 전혀 그럴 필요가 없었다.

아는 음악이었지만, 무슨 곡인지 떠올리기까지 몇 분이 걸렸다. 벽에 우아하게 선회하는 날개 달린 인간들이 가득 차 있다는 사실도 분명히 도움이 되었을 것이다. 그러나 차이코프스키가 이 「백조의 호수」 공연을 보았다면 완전히 얼떨떨해졌을 것이다. 무용수들이 진짜로 날고 있었으니까⋯⋯.

풀은 몇 분 동안 황홀한 채로 지켜보다가 이 광경이 시뮬레이션이 아니라 현실이라는 것을 확신하게 되었다. 심지어 그가 살던 시절에도 현실과 시뮬레이션은 구분하기가 어려웠지만. 그 발레는 저중력 환경에서 공연되고 있는 것으로 보였다. 이미지들로 보아서는 매우 거대한 공간 같았다. 여기 아프리카 탑일 수도 있었다.

'나도 저걸 해 보고 싶어.'

풀은 결심했다. 가치 있는 투자 자산이 위험에 처하는 걸 바라지 않는다는 뜻은 알 수 있었지만, 자기의 가장 큰 즐거움인 낙하산 지연 편대 강하를 금지한 항공우주국을 그는 결코 용서하지 않았다. 의사들은 예전에 그가 당한 행글라이더 사고를 매우 애석하게 생각했다. 다행히, 10대 시절 사고로 골절되었던 뼈는 완전히 나았다.

'뭐, 앤더슨 교수만 아니면 이제 날 막을 사람은 없으니까…….'

의사가 그것을 훌륭한 아이디어라고 생각해서 풀은 안심했고, 또한 탑마다 10분의 1 중력 높이에 '새장'을 하나씩 갖고 있다는 것을 알고 기뻤다.

며칠 지나지 않아 풀은 날개를 맞추기 위해 몸 치수를 쟀다. 그러나 그 옷은 「백조의 호수」 공연자들이 입었던 우아한 옷과는 전혀 달랐다. 깃털 대신 신축성 있는 막이 있었고, 그것을 떠받치는 늑골에 붙은 손잡이를 쥐었을 때 풀은 자신이 새보다는 박쥐를 훨씬 더 닮아 보이리라는 것을 깨달았다. 그러나 그가 "비켜라, 드라큘라!"라고 하자 강사는 무슨 헛소리냐는 태도를 보였다. 뱀파이어에 대해서 전혀 모르는 것 같았다.

첫 수업을 하기 위해 풀은 기본 스트로크를 배우는 동안 움직이지 않도록 가벼운 안전벨트로 몸을 묶였다. 무엇보다도 중요한 것은 조종법과 안정성을 배우는 것이었다. 기술을 습득할 때는 으레 그렇지만, 그건 말처럼 쉽지 않았다.

안전벨트를 입고 그는 좀 우습다고 생각했다. 10분의 1 중력에서 누가 다친다고! 그래도 겨우 몇 가지 수업만 하면 된다니 다행이었다. 그가 받은 우주 비행사 훈련이 도움이 된 게 틀림없었다. 윙마스터는 자기가 가르쳐 본 최고의 학생이라고 했다. 하지만 그는 아마 학생들 전부에게 그 이야기를 했을 것이다.

풀은 벽 길이가 40미터쯤 되고 여러 가지 장애물이 십자형으로 엇갈려 있는 방에서 열 번 넘게 자유 비행을 했다. 장애물은 쉽게 피할 수 있었다. 얼마 후 풀은 첫 번째 솔로를 해도 좋다는 허가를 받았다. 다시 열아홉 살 청년이 되어 플래그스태프 비행 클럽의 오래된 세스나 비행기를 타고 막 이륙하기 직전인 것 같았다.

'새장'이라는 따분한 이름의 장소에서 처녀비행을 하자니 영 흥이 나지 않았다. 그곳은 아래 달 중력 레벨의 숲과 정원이 있는 공간보다 훨씬 더 커 보였지만 사실은 거의 같은 크기였다. 그곳도 조금씩 좁아지는 탑의 한 층 전체를 차지하고 있었기 때문이다. 반 킬로미터 높이에 4킬로미터가 넘는 넓이의 텅 빈 원형 공간에 시선을 둘 만한 특징은 전혀 없어서 그런지 진짜 거대해 보였다. 벽이 균일한 담청색이어서 더더욱 무한한 공간처럼 느껴졌다.

풀은 "뭐든지 좋아하는 경치를 누릴 수 있을걸요."라는 윙마스터의 호언장담을 믿지는 않았지만, 불가능해 보이는 도전에 몸을 내던져 보기로 했다. 그러나 첫 비행인 데다 50미터라는 어질어질한 높이에 서 있자니 시각적으로 눈을 둘 곳이 없었다. 물론 열 배 더 중력이 강한 지구에서 동등한 높이에 해당하는 5미터에서 떨어진다면 목이 부러질 것이다. 그러나 여기에서는 작은 타박상도 입을 것 같지 않았다. 마루 전체에 신축성 있는 케이블 그물망이 덮여 있었기 때문이다. 방 전체가 거대한 트램펄린이었다.

풀은 생각했다.

'날개가 없어도 여기서 아주 재미있게 놀 수 있겠어.'

단호하게 아래쪽으로 스트로크를 저어 풀은 공중으로 몸을 띄웠다. 곧 100미터 공중에 떠오르는 것 같았고, 아직도 올라가고 있었다.

"천천히 가요! 내가 따라잡을 수가 없어요!"

윙마스터가 말했다.

풀은 몸을 뻗은 후 느리게 굴러 보았다. 몸이 (체중이 10킬로그램도 안 되게) 가벼울 뿐만 아니라 머리도 약간 어지러워 산소 농도가 짙어졌나 생각했다.

경이로웠다. 육체적으로 도전해야 할 과제가 더 많았기 때문에 무중력과는 전혀 달랐다. 가장 가까운 것은 스쿠버다이빙이었다. 열대 산호초에서 다채로운 산호초 물고기들과 자주 함께 노닐었던 것처럼, 이곳에도 새들이 있었으면 좋겠다고 그는 생각했다.

윙마스터는 그에게 여러 가지 연습을 하나하나 시켰다. 구르기, 고리 모양으로 움직이기, 거꾸로 날기, 공중 정지……. 마침내 그가 말했다.

"더 가르쳐 드릴 게 없네요. 이제 경치를 즐겨 볼까요."

잠시 동안, 풀은 예상했던 대로 거의 조종력을 잃었다. 예고도 전혀 없이 그는 꼭대기가 눈에 덮인 산들에 둘러싸인 채 아래쪽 좁은 산길로 날아가고 있었다. 산길은 무시무시하게 삐죽삐죽한 바위들과 겨우 몇 미터밖에 떨어져 있지 않았다.

물론 이것이 현실일 리가 없었다. 그 산들은 구름과 마찬가지로 실체가 없었기에, 마음만 먹으면 산을 뚫고 날 수도 있었다. 그러나 그는 절벽 앞면에서 방향을 틀어(절벽 틈에 독수리 둥지가 있었다. 더 가까이 가면 만질 수도 있을 것 같은 알 두 개가 둥지에 담겨 있었다.) 더 확 트인 공간으로 향했다.

산들이 사라졌다. 갑자기 밤이 되었고, 별들이 나왔다. 지구의 손바닥만 한 하늘에 자리 잡은 보잘 것 없는 별 몇천 개가 아니고, 셀 수 없을 만큼 많은 별들이었다. 별들뿐만 아니라, 먼 은하계의 나선형 소용돌이들이, 빽빽하게 바글거리는 구상성단의 태양 무리들이 있었다.

이런 하늘이 존재하는 어떤 세계로 마법을 써서 전송되었다고 해도, 이것이 진짜일 리는 없었다. 그 은하계들은 풀이 지켜보는 도중에도 멀어지고 있었기 때문이다. 별들이 빛을 잃고, 폭발하고, 은은히 달아오른 불의 안개로 된 별 탄생소에서 태어나고 있었다. 1초마다 100만 년이 지나가고 있었다…….

그 압도적인 장관은 보이기 시작할 때만큼이나 빠르게 사라졌다. 풀은 어느새 다시 '새장'의 특징 없는 파란 원통 안 텅 빈 하늘에 강사와 단둘이 있었다.

"이거면 하루 치로는 충분하겠지요."

윙마스터가 풀보다 몇 미터 위에 머무른 채 말했다.

"다음에 여기 올 때는 어떤 풍경이 좋겠습니까?"

풀은 주저하지 않고, 미소를 지으며 그 질문에 대답했다.

이곳에는 드래곤이 있다

이 시대의 기술을 가지고도 풀은 그것이 가능하다고는 믿지 않았을 것이다. 몇 세기 동안, 어떤 종류의 저장 매체에, 얼마나 많은 테라바이트, 페타바이트 — 그것에 걸맞을 만큼 큰 단위를 가리키는 단어가 있을까? — 가 축적되었을까? 그런 생각은 하지 말고 인드라의 조언을 따르는 편이 좋을 듯했다. "당신이 공학자라는 건 잊어버리고 그냥 경치를 즐겨 봐요."

견디기 어려운 향수가 섞여 있는 즐거움이긴 했지만, 풀은 확실히 지금 경치를 즐기고 있었다. 왜냐하면 그는 어린 시절 보았던 잊을 수 없는 멋진 풍경 위를 약 2킬로미터 높이에서 날고 있었다. 적어도 그렇게 보였다. 물론 새장은 겨우 500미터 높이였기 때문에 그 전망은 가짜일 수밖에 없었지만, 환영은 완벽했다.

풀은 예전 우주 비행사 훈련을 할 때 옆면을 어떻게 기어올랐는지 떠올리면서 '애리조나 운석 구덩이'를 돌았다. 그 구덩이의 기원과 이름의 정확성을 누가 의심할 수도 있다는 건 생각도 못 했는데! 그러나 20세기에 접어든 후에 유명한 지질학자들은 그것이 화산 작용으로 만들어졌다고 주장했다. 우주 시대로 접어들고 나서야 모든 행성들이 여전히 끊임없이 유성의 폭격을 당하고 있다는 사실이 마지못해 받아들여졌다.

풀은 자신이 편안한 순항 속도는 시속 200킬로미터가 아니라 20킬로미터라고 확신했지만, 어쨌거나 15분 안에 플래그스태프에 닿을 수 있었다. 어렸을 적 자주 가서 놀았던, 하얗게 반짝거리는 로웰 천문대(미국의 천문학자 퍼시벌 로웰이 화성인의 존재를 밝히기 위해 세웠다. ─ 옮긴이)가 있었다. 그곳의 다정한 직원들이야말로 그가 우주 비행사라는 직업을 선택한 이유였다. 그는 때때로 자신이 애리조나의 가장 오래 지속되고 가장 영향력 있는 화성인 판타지가 만들어진 곳 부근에 태어나지 않았다면 무슨 직업을 가졌을지 궁금해했다. 상상이었겠지만, 풀은 자신의 꿈을 부추겨 준 거대한 망원경 옆에 있는 로웰의 특이하게 생긴 무덤이 보인다는 생각도 했다.

이 이미지는 몇 년도에, 어느 계절에 찍었을까? 21세기 초반 세계를 지켜보던 정찰 위성들이 찍은 것이리라. 도시 전경이 그가 기억하는 대로 배치되어 있는 것을 보면, 그의 시대보다 훨씬 더 나중일 리는 없었다. 아주 낮게 날면 예전 그의 모습이 보일지도 몰랐다…….

그러나 그것이 말도 안 된다는 사실은 알고 있었다. 그는 이미 여기서 더 가까이 다가갈 수는 없다는 것을 알아냈다. 좀 더 가까이 날면 이미지가 깨지면서 기본 픽셀이 나타나기 시작할 것이다. 이 정도 거리를 지키고 아름다운 환영을 파괴하지 않는 편이 나았다.

믿을 수가 없었다! 그곳에는 중고등학교 친구들과 놀던 작은 공원도 있었다. 물 공급 문제가 점점 더 중요해지면서, 시의 원로들은 언제나 그곳을 유지할지 말지를 놓고 찬반 논쟁을 벌이곤 했다. 음, 그 공원은 적어도 그때까지는 살아남아 있었다. 그때가 언제인지는 몰라도.

그 순간 또 다른 기억이 떠오르는 바람에 눈에 눈물이 고였다. 휴스턴이나 달에서 임무를 마치고 집으로 돌아갈 때면 그는 애견 로디지안 리즈백(대형 수렵견의 일종 ― 옮긴이)과 이 좁은 길을 걸었다. 아득한 옛날부터 사람과 개가 해 오던 대로 막대기를 던져 개가 도로 찾아오도록 하면서.

풀은 자신이 목성에서 돌아올 때 리키가 환영해 주기를 진심으로 바라며, 남동생 마틴에게 리키를 맡기고 떠났다. 그는 통제력을 잃고 몇 미터 가라앉았다가 다시 한번 리키와 마틴이 둘 다 몇 세기 전에 흙으로 돌아갔다는 쓰디쓴 진실을 대면하면서 안정을 찾았다.

다시 제대로 볼 수 있게 되자, 그랜드캐니언이 먼 지평선에 검은 띠처럼 간신히 보였다. 약간 지쳐 있었기 때문에 그곳을 향해 갈지 말지 생각하고 있는데, 문득 하늘에 그 혼자 있는 것이 아님을 알게 되었다. 다른 물체가 다가오고 있었는데, 확실히 인간 비행자는 아니었다. 이만한 거리에서 판단하기는 어려웠지만 인간 비행자라기엔 너무 커 보였다.

"뭐, 여기서 익룡을 만난다고 별로 놀라지도 않아. 사실 내가 예상하는 건 바로 그런 일인걸. 그쪽이 우호적이었으면 좋겠군. 아니면 내가 익룡보다 빨리 날 수 있거나. 오, 세상에!"

익룡은 완전히 틀린 짐작은 아니었다. 10점 만점에 8점은 될 것이다. 지금 거대한 가죽 날개를 천천히 퍼덕이며 그에게 다가오고 있는 것은, 요정 나라에서 곧장 빠져나온 듯한 드래곤이었다. 그리고 그 그림을 완성하려는 듯이, 용의 등에는 아름다운 아가씨가 타고 있었다.

적어도 풀이 추측하기에 그녀는 아름다웠다. 다만 전통적인 이미지를 망치는 사소한 세부 사항이 하나 있었다. 그녀의 얼굴 대부분이 제1차 세계 대전 당시 복엽기 조종사가 쓸 법한 커다란 비행사 고글에 가려져 있었다.

풀은 물속에서 발장구를 치는 수영 선수처럼 공중에 멈춰, 괴수의 거대한 날개가 퍼덕이는 소리가 들릴 정도로 가까이 다가올 때까지 기다렸다. 20미터도 떨어지지 않은 곳까지 왔지만 그는 그것이 기계인지 생명공학의 산물인지 판단할 수가 없었다. 아마 둘 다일 것이다.

그다음 풀은 드래곤에 대해 잊어버렸다. 기수가 고글을 벗었기 때문이다.

어느 철학자가 아마 하품을 하면서 말한 적이 있다. 상투적인 말의 문제점은 그것들이 너무나 지겹게도 사실이라는 점이라고.

그러나 '첫눈에 반한 사랑'은 결코 지겨워질 수가 없는 법이다.

대닐은 어떤 정보도 알려 주지 못했지만, 그 무렵 풀은 그에게서 아무것도 기대하지 않았다. 그는 어디에나 풀을 따라다니며 호위를 하기에는 기능의 한계가 있었다. 확실히 고전적인 시종 노릇은 하지 못할 것 같았다. 풀은 때때로 대닐에게 정신적으로 문제가 있는 것일까 궁금했지만, 그렇게 보이지는 않았다. 그는 가사 기구들의 기능을 전부 알고 있었고, 간단한 명령을 하면 빠르고 효율적으로 실행에 옮겼고, 탑의 지리에도 밝았다. 그러나 그것뿐이었다. 대닐과는 지적인 대화를 할 수 없었고, 가족에 대해 예의 바르게 질문해도, 이해하지 못하겠다는 듯 무표정한 얼굴로 쳐다볼 뿐이었다. 풀은 대닐도 생체 로봇이 아닌가 궁금해한 적도 있었다.

그러나 인드라는 풀이 원하는 대답을 즉시 내놓았다.

"아, 드래곤 레이디를 만났군요!"

"그 여성을 그렇게 부릅니까? 진짜 이름은 뭐죠? 그녀의 신분을 알려 줄 수 있을까요? 우리는 손바닥이 닿을 만한 거리에 있지 않았어요."

"그럼요. 노 프라블레모."

"그런 표현은 어디서 들었어요?"

인드라는 그녀답지 않게 당황한 것 같았다.

"모르겠어요. 옛날 책이나 영화겠죠. 수사적으로 괜찮은 표현인가요?"

"열다섯 살 넘은 사람한테는 안 그렇지요."

"기억해 둘게요. 이제 무슨 일이 있었는지 말해 줘요. 내가 질투하게 하고 싶지 않다면요."

그들은 이제 아주 좋은 친구가 되어, 어떤 주제에 대해서도 완전히 솔직하게 이야기할 수 있었다. 사실 그들은 서로에게 로맨틱한 관심이 전혀 없다는 점을 웃으며 한탄했다. 인드라는 "만약에 우리 둘 다 버려진 소행성에 고립되고, 구출될 희망이 없다면, 그때는 타협을 해 볼 수 있겠죠."라고 말한 적이 있었지만.

"우선 그녀가 누군지 말해 줘요."

"이름은 오로라 매컬리예요. 하고많은 것들 중에서 '창조적 시대 착오 협회'의 회장이죠. 당신이 드라코에게 깊은 인상을 받았다면 그들의…… 음…… 다른 창조물을 볼 때까지 기다려 봐요. 모비 딕이나…… 어머니 자연이 생각한 적도 없었던 공룡들이 한가득이에요."

풀은 생각했다.

'진짜 같지 않을 정도로 좋은걸. 나야말로 지구 상에서 제일 큰 시대착오잖아.'

좌절

지금까지 풀은 항공우주국 심리학자와 나누었던 대화를 거의 잊어버리고 있었다.

"당신은 적어도 3년 동안 지구에서 떠나 있어야 합니다. 원하신다면 인체에 해가 없고 임무 기간 동안 지속될 성욕 억제제를 이식해 드리겠습니다. 지구에 돌아오신 다음에 그 이상으로 보상해 드릴 것을 약속하지요."

"아뇨, 괜찮습니다. 제가 알아서 할 수 있다고 생각합니다."

풀은 진지한 얼굴을 유지하려고 애쓰며 대답했다.

하지만 서너 주가 지나자 풀은 의심스러워졌다. 데이브 보먼도 마찬가지였다.

"나도 그런 것 같아. 그 망할 의사들이 우리 음식에 뭔가 넣었다고 장담할 수 있어."

그런 '뭔가'가 있었다면, 그게 뭔지는 몰라도 유통기한을 아주 옛날에 지난 게 확실했다. 지금까지는 풀이 너무 바빠서 감정적이고 복잡한 관계에 휘말려들 겨를이 없었기 때문에, 몇 명의 젊은(때로는 젊지 않은) 숙녀들의 관대한 제안을 정중히 거절했다. 풀은 그들의 관심을 끈 것이 자신의 체격 조건인지 명성인지 알 수 없었다. 아마 과거 이삼십 대조 조상일지도 모르는 남자에 대한 단순한 호기심이었을 것이다.

미스트리스 매컬리의 아이덴트에 현재 연애 중이 아니라는 정보가 담겨 있어서 풀은 매우 기뻤다. 그는 더 이상 시간 낭비를 하지 않고 그녀에게 연락했다. 24시간이 지나기 전에 그는 용의 뒷자리에 타서 그녀의 허리에 기쁘게 팔을 두르고 있었다. 왜 비행사 고글을 써야 하는지도 알게 되었다. 드라코는 완전히 로봇이었고, 시속 100킬로미터로 자유자재로 다닐 수 있기 때문이었다. 풀은 진짜 드래곤이라면 이런 속도를 낼 수 있을까 의심스러웠다.

아래에서 계속 변하고 있는 경치들이 전설에서 곧장 튀어나온 풍경들이라는 것을 알고도 풀은 놀라지 않았다. 그들이 비행 양탄자를 앞지르자 알리바바가 그들에게 화난 듯이 손을 흔들며 "앞 좀 똑바로 보고 다녀!" 하고 소리쳤다. 그러나 그가 있는 곳은 바그다드에서 멀었다. 그들이 지금 위에서 돌고 있는 꿈결 같은 첨탑은 옥스퍼드가 분명했기 때문이다.

오로라는 아래를 가리키면서 그의 추측이 사실이라고 확인해 주었다.

"저기가 펍이고 저기가 여관이에요. 루이스와 톨킨이 잉클리스(영국 작가 C. S. 루이스와 J. R. R. 톨킨이 주도한 문학 토론 모임 — 옮긴이) 친구들을 만나던 곳이죠. 그리고 저 강을 봐요. 다리에서 막 나오고 있는 저 보트, 저기 탄 작은 두 소녀와 남자 성직자 보여요?"

"예. 그중 한 명은 앨리스겠군요."

풀은 드라코의 날개가 일으킨 부드럽게 살랑거리는 바람에 대고 외쳤다.

오로라는 고개를 돌리고 어깨 너머로 풀에게 미소 지었다. 그녀는 진짜로 기쁜 것 같았다.

"바로 그거예요. 그녀는 목사의 사진에 바탕을 둔 정밀한 복제 인간이에요. 당신이 모를까 봐 걱정했어요. 당신의 시대 직후로 독서를 그만둔 사람이 아주 많거든요."

풀은 만족감이 은은하게 번지는 것을 느꼈다.

'시험을 또 하나 통과한 것 같군.'

그는 우쭐하며 생각했다. 첫 번째 시험은 드라코에 타는 것이었으리라. 얼마나 많은 시험이 남았을지 궁금했다. 대검을 가지고 싸워야 하나?

그러나 더 이상 시험은 없었고, 태곳적부터 반복돼 온 질문인 "당신 집으로 갈까요, 내 집에 갈까요?"에 대한 대답은 '풀의 집'이었다.

다음 날 아침 풀은 굴욕감과 당혹감을 느끼며 앤더슨 교수에게 연락했다.

"모든 게 눈부시게 잘 되어가고 있었어요. 그녀가 갑자기 히스테리를 부리며 나를 밀어냈을 때, 난 내가 그녀를 아프게 한 걸까 봐 걱정이 되었어요…….”

풀은 한탄했다.

“그때 그녀가 음성 명령으로 방 조명을 켰어요. 우리는 어둠 속에 있었거든요. 그러더니 침대 밖으로 뛰어나갔어요. 나는 그냥 바보처럼 보고만 있었던 것 같아요…….”

풀은 처량하게 웃었다.

“그녀의 모습은 확실히 바라볼 만했죠.”

“그건 그럴 것 같군요. 계속 이야기해 봐요.”

“몇 분 후 긴장이 풀린 그녀는 내가 절대 잊어버릴 수 없는 말을 했어요.”

앤더슨은 참을성 있게 풀이 심란한 마음을 가라앉힐 때까지 기다렸다.

“그녀는 이러더군요. ‘정말 미안해요, 프랭크. 우리는 즐거운 시간을 가질 수 있었을 거예요. 하지만 난 당신이…… 변형되었다는 걸 몰랐어요.’”

교수는 잠시 어안이 벙벙한 것 같았으나, 곧 평정을 되찾았다.

“아……. 알겠어요. 나도 유감이군요, 프랭크. 미리 당신에게 경고해 주었어야 하는 것 같아요. 임상 경력 30년 동안 내가 본 건 대여섯 건뿐이었어요. 모두 그럴 만한 의학적 이유가 있었기 때문인데, 그건 당신에겐 적용되지 않는 경우죠…….

포경수술은 원시시대에는 합리적인 선택이었어요. 심지어 당신의 세기에도, 위생 상태가 좋지 않은 후진국에서 불쾌하고 심지어 치명적인 질병을 막기 위해 시술하곤 했죠. 하지만 그런 이유가 아니라면 전혀 할 필요가 없는 수술이에요. 그리고 당신이 방금 알게 된 것처럼 포경수술 반대론자들이 있지요!

처음 당신을 검사했을 때 나는 기록을 살펴보고 21세기 중반까지 의료 과실 소송이 아주 많았다는 것을 발견했습니다. 미국 의사회는 그 수술을 금지해야만 했지요. 그 당시 의사들 사이의 논쟁은 매우 재미있습니다."

"분명 그렇겠지요."

풀은 뚱하니 말했다.

"어떤 나라들에서는 한 세기 정도 더 지속되었습니다. 그런 다음 어떤 이름 모를 천재가 이런 슬로건을 만들어냈지요. '신이 우리를 설계했다. 그러므로 포경수술은 신성모독이다.' 덕분에 그 풍습은 거의 멸종했습니다. 그러나 당신이 원한다면 이식 수술을 쉽게 준비할 수 있습니다. 어쨌든 당신이 의료사를 다시 쓰는 건 아닐 거예요."

"그건 효력이 있을 것 같지 않아요. 내가 매번 웃음을 참지 못할까 봐 걱정인데요."

"바로 그겁니다. 당신은 이미 그 일을 극복하고 있군요."

앤더슨의 말이 정확하다는 것을 깨닫고 풀은 조금 놀랐다. 심지어 그는 이미 자기도 모르게 웃고 있었다.

"이번엔 왜 그러죠, 프랭크?"

"오로라의 '창조적 시대착오 협회'요. 난 그것 덕분에 그녀와 잘될 가능성이 높아지기를 바랐어요. 하지만 그녀가 한 가지 시대착오만은 인정하지 않는다는 걸 알게 되는 걸로 끝났네요."

낯선 시대 이방인

인드라는 풀이 바랐던 것만큼 동정해 주지는 않았다. 결국 그들의 관계에는 어느 정도 성적인 긴장감이 있었던 것일까. 그들이 '드래곤 낭패'라고 이름 붙인 이 사건은 그들 사이에 훨씬 진지한 첫 싸움을 이끌어냈다.

그 싸움은 인드라의 한마디 불평에서 악의 없이 시작되었다.

"사람들은 언제나 나더러 왜 이렇게 끔찍한 시기의 역사를 연구하느라 인생을 보내느냐고 물어봐요. 역사에는 훨씬 더 끔찍한 기간도 있다고 말해 봤자 별로 대답이 되지도 않고요."

"그런데 정말 왜 내가 살던 세기에 관심을 갖죠?"

"그 시대가 야만과 문명 사이의 이행기니까요."

"고맙군요. 아예 날 코난(야만인 코난의 모험을 그린 판타지 시리즈의 주인공 — 옮긴이)이라고 부르지 그래요."

"코난? 내가 아는 사람은 셜록 홈즈를 창조한 사람뿐인데요."

"신경 쓰지 마요. 말을 막아서 미안해요. 물론 이른바 선진국에 사는 우리들은 스스로 문명화되었다고 생각했어요. 최소한 전쟁은 더 이상 바람직한 행위가 아니었고, 전쟁이 일어나도 국제연합에서 전쟁을 멈추려고 최선을 다했어요."

"별로 성공하지는 못했잖아요. 나는 10점 만점에 3점 정도 주겠어요. 하지만 우리가 믿을 수 없었던 것은 2000년대 초반까지도 사람들이 우리가 잔혹하다고 여길 행동을 아무렇지 않게 받아들였다는 거예요. 그리고 도저히 말도 되는 것을 믿고……."

"말도 안 되는 것을."

"……말도 안 되는 것들요. 이성적인 사람이라면 일고의 가치도 없이 묵살해 버렸을 것들 말이에요."

"예를 들어 줘요."

"음, 당신의 그 정말로 사소한 손실 때문에 나는 연구를 좀 해 봤어요. 그리고 내가 알게 된 것에 질겁을 했어요. 당신, 어떤 나라들에서는 매해 수천 명의 어린 소녀들이 처녀성을 보존하기 위해서 끔찍한 신체 훼손을 당했다는 걸 알고 있었어요? 그 의식을 받고 죽은 소녀도 많았죠. 그런데도 당국은 못 본 척했죠."

"그게 끔찍하다는 건 동의해요. 하지만 우리 정부가 거기에 대해서 뭘 어떻게 할 수 있었겠어요?"

"원하기만 했다면 엄청나게 많은 일을 할 수 있었지요. 하지만 그러면 그 정부에 기름을 공급하는 사람들과 정부의 무기를 사는 사람들을 화나게 만들었겠지요. 민간인들을 몇천 명씩 죽이고 불구로 만든 지뢰들 같은 거요."

"당신은 이해하지 못해요, 인드라. 우리에겐 선택의 여지가 없을 때가 많았어요. 우리가 전 세계를 개혁할 수는 없었어요. 그리고 누군가가 '정치는 가능성의 예술'이라고 말한 적이 있지 않나요?"

"맞는 말이에요. 그래서 2류의 정신을 가진 사람들만 그 분야에 뛰어들었죠. 천재들은 불가능에 도전하는 걸 좋아하니까요."

"음, 당신의 천재성이 뛰어나서 기쁘군요. 모든 일을 바로잡을 수 있을 테니까요."

"지금 빈정거린 건가요? 컴퓨터들 덕택에 우리는 현실에 적용해 보기 전에 사이버스페이스에서 정치 실험을 해 볼 수 있어요. 레닌은 운이 없었죠. 그는 100년이나 일찍 태어났어요. 마이크로칩이 그때 있었다면 러시아 공산주의는 잘 작동했을 거예요. 최소한 한참 동안은요. 그리고 스탈린을 피할 수 있었겠죠."

풀은 그의 시대에 대해 인드라가 갖고 있는 지식에 끊임없이 놀랐다. 물론 그가 당연하게 받아들이는 많은 것을 그녀가 모르는 데도 놀랐다. 어떤 면으로는, 그는 정반대의 문제를 갖고 있었다. 이 시대의 의료 기술이 그에게 자신 있게 약속한 100년을 산다고 해도, 그는 고향에 있는 것처럼 편안히 느낄 만큼 충분한 지식을 배울 수는 없을 것이다. 어느 대화에서건 언제나 그가 이해하지 못하는 말이 끼어들 것이고, 너무 어려워서 이해할 수 없는 농담이 있을 것이다. 훨씬 더 나쁜 것은, 그가 언제나 무슨 실수를 저지르기 직전의 아슬아슬한 기분을 느끼리라는 것이었다. 언제라도 새로 사귄 가장 친한 친구조차 당황하게 만들 사회적 재난을 일으킬 수 있었다.

……점심 식사를 하고 있을 때였다. 다행히 그는 자신의 거처에서 인드라와 앤더슨 교수와 함께 식사하고 있었다. 자동 조리기에서 나오는 식사는 언제나 아주 먹을 만했고, 그의 생리적 요구에 맞게 설계되어 있었다. 그러나 흥분할 만한 요리는 없었고, 21세기 미식가가 먹으면 절망할 맛이었다.

그런데 어느 날, 평소와 달리 맛있는 요리가 나왔다. 젊은 시절의 사슴 사냥과 바비큐의 기억을 생생하게 불러오는 요리였다. 그러나 맛과 질감 양쪽 다 어딘가 낯선 구석이 있었다. 그래서 풀은 당연히 할 만한 질문을 했다.

앤더슨은 미소만 지었지만, 인드라는 몇 초 후 토할 것 같은 표정을 지었다. 이윽고 태도를 가다듬은 인드라가 이야기했다.

"당신이 이야기해요. 우리가 다 먹은 다음에요."

'또 내가 뭘 잘못했지?'

풀은 스스로에게 물었다. 반 시간 후, 인드라가 뾰족한 태도로 방 저쪽 끝에서 비디오 디스플레이에 몰두해 있는 사이 풀의 제3밀레니엄에 대한 지식은 또 한 번 거대한 진보를 이루었다.

앤더슨이 설명했다.

"동물의 시체로 만든 음식은 당신네 시대에도 사양 산업이었습니다. 동물들을, 음, 먹기 위해서 키우는 것은 경제적으로 불가능해졌지요. 소 한 마리를 키우기 위해 땅이 얼마나 필요한지는 모르지만, 그 땅에서 생산하는 식물로 적어도 열 사람이 살아갈 수 있습니다. 수경재배 기술을 쓰면 아마 백 사람쯤 먹고 살 수 있겠지요.

그러나 그 끔찍한 사업을 완전히 끝장내 버린 것은 경제학이 아니라 질병이었습니다. 그 병은 먼저 소 떼에서 시작해서 다른 식용 동물들로 퍼졌지요. 뇌에 영향을 미치고 매우 끔찍한 죽음을 일으키는 바이러스였던 것 같습니다. 결국은 치료약이 발견되었지만, 시계를 되돌릴 수는 없었습니다. 하여간 이제 합성 식품이 훨씬 더 싸고, 어떤 맛이든 좋아하는 맛을 만들어 먹을 수 있으니까요."

배는 불렀지만 어딘가 미흡했던 몇 주 동안의 식사를 떠올리며 풀은 그 말에 강한 의구심을 느꼈다.

그는 생각했다.

'그러면 나는 왜 아직 돼지갈비와 일류 요리사가 구운 스테이크 꿈을 꾸며 아쉬워하지?'

다른 꿈은 훨씬 더 심란했고, 얼마 지나지 않아 풀은 앤더슨에게 부탁해 의술의 도움을 받아야 하지 않을까 걱정이 되었다. 그들은 그를 편안하게 해 주려고 최선을 다했지만, 낯설고 매우 복잡한 이 세계는 그를 압도하기 시작했다. 이곳에서 빠져나가려는 무의식적인 노력이었을까, 풀은 자는 동안 자주 예전 생활로 되돌아갔다. 그러나 깨어나면 그런 꿈은 사태를 악화시킬 뿐이었다.

아메리카 탑으로 건너가 아래를 내려다보는 것은 현실에서는 별로 좋은 아이디어가 아니었지만, 시뮬레이션에서는 괜찮았다. 광학적 도움 덕분에 대기가 맑을 때면 어렸을 때의 풍경에 아주 가까이 갈 수 있었다. 때로는 풀이 아직도 기억하는 거리를 따라 가며 자기일에 바쁜 사람들을 하나하나 볼 수 있을 정도였…….

언제나 마음 한구석에서는 저 아래 한때 그가 사랑했던 사람들이 모두 살고 있었다는 생각이 사무쳤다. 어머니, (다른 여자와 달아나 버리기 전의) 아버지, 조지 숙부와 릴 숙모, 동생 마틴…… 그리고 아주 어렸을 적의 다정한 강아지들로 시작해서 리키로 막을 내리는, 그와 함께 지냈던 개들.

무엇보다도 헬레나의 기억과 수수께끼가 있었다…….

우주 비행사 훈련 초기에 가벼운 연애로 시작했지만, 헬레나와의 관계는 해가 가면 갈수록 점점 더 진지해졌다. 풀이 목성으로 떠나기 직전, 그들은 영구적인 관계를 맺자는 계획을 세웠다, 그가 돌아오면.

그리고 풀이 돌아오지 않는다 해도, 헬레나는 그의 아이를 갖고 싶어 했다. 그러기 위해 그들이 필요한 절차를 밟을 때 엄숙한 가운데에서도 느껴지던 환희를 풀은 아직도 기억했다…….

1000년이 흐른 지금, 아무리 노력해도 풀은 헬레나가 약속을 지켰는지를 알아낼 수 없었다. 자신의 기억에 빈틈이 있는 것처럼, 인류의 집합적 기록에도 빈틈이 있었다. 최악의 빈틈은 2304년 소행성 충돌로 매우 파괴적인 전자기 펄스가 나왔을 때 생겼다. 수많은 백업과 안전 시스템이 무색하게도 그 사태는 세계 정보 은행에 담긴 정보의 몇 퍼센트를 지워 버렸다. 되찾을 수 없이 잃어버린 엑사바이트들 속에 자신의 아이들의 기록이 있었는지 풀은 궁금할 수밖에 없었다. 지금도 그의 30대 후손이 지구 위를 걷고 있을지 모르는 일이었다. 그러나 그는 결코 그 사실을 알 수 없을 터였다.

오로라와 달리 이 시대의 어떤 숙녀들은 그를 불량품으로 생각하지 않는다는 것을 알게 되자 약간 도움이 되었다. 오히려 그의 신체 변형을 보고 흥분할 때도 많았다. 하지만 이런 괴상한 반응을 접하고 난 후로 풀은 아무와도 친밀한 관계를 맺을 수가 없었다. 그렇게 하고 싶지도 않았다. 그에게 진짜 필요한 것은 운동뿐이었다. 건강을 위해, 아무 생각 없이, 가끔 하는 운동.

아무 생각을 할 필요가 없다……. 그것이 문제였다. 풀은 더 이상 삶의 목표가 없었고, 어깨 위에 너무나 많은 기억의 무게가 얹혀 있었다. 어린 시절 읽었던 유명한 책의 제목을 조금 바꿔, 그는 자주 이런 혼잣말을 하곤 했다.

"나는 낯선 시간 이방인이야(로버트 하인라인의 소설 『낯선 땅 이방인』의 패러디 — 옮긴이)."

의사의 지시에 따른다면 다시는 걸어 볼 수 없는 아름다운 행성을 내려다보며, 우주의 진공에 다시 몸을 던지면 어떨까 생각할 때조차 있었다. 경보를 울리지 않고 에어로크를 통과하는 일은 쉽지 않았지만 불가능하지도 않았다. 몇 년에 한 번씩 결의에 찬 자살자가 나타나 지구 대기권에 잠깐 동안 별똥별로 떨어지다가 스러졌다.

전혀 예상치 못한 쪽에서 구조의 손길이 다가오고 있어서 다행이었다고 해야 할까.

"만나서 반갑습니다, 풀 중령. 두 번째지요."

"미안합니다……. 기억이 안 나요……. 그 후로 너무 많은 사람을 만나서요."

"사과할 필요 없습니다. 처음에는 해왕성 바깥 궤도에서였죠."

"챈들러 선장! 만나서 기쁩니다. 자동 조리기에서 뭐 좀 드릴까요?"

"알코올 20퍼센트가 넘는 거면 뭐든지 좋습니다."

"그런데 도로 지구에 가서 뭘 하고 계십니까? 사람들 말로는 절대로 화성 궤도 안으로는 들어가지 않으신다던데요."

"대체로 사실입니다. 여기서 태어나긴 했지만 난 이곳이 더럽고 냄새 나는 곳이라고 생각합니다. 사람이 너무 많거든요. 다시 슬금슬금 10억까지 올라가고 있어요!"

"내가 살던 시대에는 100억이 넘었어요. 그런데 내가 보낸 감사 메시지는 받으셨나요?"

"예. 그걸 받고 당신에게 연락했어야 한다는 생각이 났지요. 하지만 나는 '태양 쪽'으로 다시 오게 될 때까지 기다렸다가 여기 왔습니다. 당신의 건강을 위해!"

선장이 인상적인 속도로 술을 마셔 없애는 동안 폴은 자신의 방문객을 분석해 보려고 했다. 이 사회에서 턱수염은—챈들러의 수염 같은 작은 염소수염이라도—매우 드물었고, 그는 턱수염을 기른 우주 비행사를 본 적이 없었다. 턱수염을 기르면 우주 헬멧을 편히 쓸 수가 없었다. 물론, 선장은 몇 년에 한 번 정도만 선외 활동을 했고, 그나마도 우주선 바깥 일은 대부분 로봇이 했다. 그러나 언제나 사람이 서둘러 우주복을 입어야 할 만한 예기치 못한 위험은 있기 마련이었다. 챈들러는 분명히 좀 별난 사람이었고, 그래서 폴은 그에게 호의를 품게 되었다.

"내 질문에 대답을 안 하셨군요. 지구를 좋아하지 않는다면 여기서 뭘 하고 계신 거죠?"

"아, 주로 옛날 친구들과 연락하고 있지요. 한 시간씩 지연되는 일 없이 실시간 대화를 한다는 건 멋진 일입니다. 하지만 물론 그것 때문에 온 건 아닙니다. 내 녹슬고 오래된 우주선이 수리 중이거든요. 림 조선소에서요. 그리고 선체 장갑을 바꿔야 해요. 장갑이 몇 센티 미터 두께로 줄어들면 잠을 잘 수가 없으니까요."

"장갑이라고요?"

"더스트 실드요. 당신 시대에는 그리 큰 문제가 아니었죠, 그렇 죠? 하지만 목성 주위 환경은 지저분하고, 우리의 보통 순항 속도는 몇천 킬로미터랍니다. 1초에 몇천 킬로미터요! 그래서 지붕에 빗방 울 부딪치는 소리처럼 끊임없이 가벼운 후드득 소리가 나요."

"농담이시겠죠!"

"물론이죠. 우리가 진짜 무슨 소리를 들을 수 있을 정도라면 벌써 죽었게요. 다행히 이런 불쾌한 일은 매우 드물어요. 마지막으로 심 각한 사고가 있었던 때는 20년 전이었습니다. 우리는 주요 혜성이 흘러가는 길이나 쓰레기가 대부분 어디 있는지 다 알고 있고, 그걸 피하려고 주의합니다. 얼음을 모으기 위해 속도를 맞출 때만 빼고요.

그런데 우리가 목성으로 떠나기 전에 내 우주선에 타고 여기저기 둘러보는 건 어떻습니까?"

"그러면 기쁘겠습니다. 그런데…… 목성이라고 하셨나요?"

"아, 물론 가니메데죠. 아누비스 시요. 우리는 그곳에 벌여 놓은 사업이 아주 많고, 그곳에 있는 가족을 몇 달 동안 보지 못한 사람 들도 몇 명 있습니다."

풀에게는 챈들러의 말이 거의 들리지 않았다.

갑자기, 예상치 못한 순간에, 하지만 아마도 꼭 알맞은 때에 풀은 살아갈 이유를 찾아냈다.

프랭크 풀 중령은 하던 일을 다 하지 않고 남겨 놓는 것을 아주 싫어하는 인간이었다. 1초에 1000킬로미터씩 움직이는 우주 먼지 몇 알갱이 정도로는 그의 용기가 꺾일 것 같지 않았다.

그는 한때 목성으로 알려졌던 세계와 아직 끝나지 않은 일이 있었다.

2부

골리앗

지구와의 작별

프랭크 풀은 "상식적인 범위 안에서라면, 원하는 것은 뭐든지 이용할 수 있다."라고 들었다. 풀은 자신을 보살펴 주는 사람들이 목성으로 돌아가겠다는 요구도 상식적인 범위 안이라고 생각할지 확신할 수 없었다. 사실, 풀 자신도 완전히 확신하지 못했기에 다시 생각해 보기 시작했다.

그는 이미 몇 주 전에 수십 가지 업무에 참가할 계획을 세워 놓고 있었다. 그 업무들 대부분은 못 하게 되는 것이 기뻤지만, 포기하기 아쉬운 것들도 좀 있었다. 특히 그가 예전에 다닌 고등학교—그 고등학교가 아직도 존재한다니 얼마나 놀라운가!—고3들이 다음 달에 그를 방문한다고 했는데, 그들을 실망시키는 건 정말 싫었다.

그러나 인드라와 앤더슨 교수 둘 다 매우 훌륭한 생각이라고 찬성해 주었고, 풀은 안심하는 한편으로 약간 놀라기도 했다. 그는 그들이 자신의 정신 건강을 걱정하고 있었다는 것을 처음으로 깨달았다. 지구에서 놓여나 휴일을 즐기는 것이 최선의 치료가 될 터였다.

가장 중요한 것은 챈들러 선장이 기뻐했다는 점이다. 그는 이렇게 약속했다.

"내 선실을 쓰세요. 내가 일등 항해사를 밀어내고 그 자리를 차지하죠."

수염을 기르고 으스대며 걷는 챈들러 선장도 또 하나의 시대착오가 아닌지 궁금한 순간들이 있었다. 풀은 머리 위에 해골과 엇갈린 뼈다귀 깃발을 휘날리며 낡은 돛대 세 개짜리 범선의 함교 위에 서 있는 선장을 쉽게 상상할 수 있었다.

일단 풀이 결정을 내리자 모든 일이 놀라운 속도로 진행되기 시작했다. 그는 얼마 안 되는 소지품을 모아 보았고, 그중에서 가져갈 필요가 있는 것은 훨씬 더 적었다. 가장 중요한 것은 전자 기기로 만들어진 그의 분신이자, 비서이자, 그의 양쪽 삶을 다 저장할 창고인 미스 프링글을 가져가는 것이었다. 그녀에게 필요한 약간의 테라바이트 메모리 스택과 함께.

미스 프링글은 그의 시대의 휴대용 정보 단말기보다 별로 크지 않았고, 옛날 서부 시대의 콜트 45구경처럼 그때그때 뽑아 쓸 수 있게 허리 주머니에 넣어 가지고 다녔다. 무선이나 브레인캡으로 그와 통신할 수 있었고, 미스 프링글의 주요 기능은 외부 세계에 대한 정보 필터 겸 버퍼였다. 좋은 비서라면 다 그렇듯이, 미스 프링글은 언제 어떻게 적절히 반응해야 할지 잘 알았다. "지금 연결해 드리겠습니다."라고 대응하기도 했지만, "미안합니다. 미스터 풀은 바쁘십니다. 메시지를 녹음해 주시면 미스터 풀이 가능한 한 빨리 연락하실 겁니다."를 훨씬 더 자주 했다. 하지만 풀이 다시 연락하는 일은 거의 없었다.

작별할 사람은 별로 없었다. 전파 속도가 느려서 실시간 대화는 할 수 없지만, 그는 인드라와 조와 끊임없이 연락할 것이다. 그가 사귄 진짜 친구들은 그들뿐이었다.

풀은 수수께끼 같지만 유용했던 '시종'을 그리워하게 되리라는 것을 깨닫고 좀 놀랐다. 이제는 일상생활의 사소한 일들을 모두 혼자 해 나가야 했기 때문이다. 헤어질 때 대닐은 살짝 고개를 숙였을 뿐, 어떤 감정도 드러내지 않았다. 지구를 둘러싼 바퀴의 바깥쪽 곡선을 타고 중앙아프리카의 3만 6000킬로미터 상공으로 함께 올라가면서도.

"딤, 난 자네가 이런 비교를 좋아할지 모르겠어. 하지만 골리앗을 보면 뭐가 생각나는지 알아?"

그들은 이제 아주 친해져서, 풀은 선장의 별명을 부르기도 했다. 그러나 다른 사람이 근처에 없을 때만이었다.

"뭔가 달갑잖은 거겠지."

"꼭 그렇진 않아. 하지만 어렸을 때 나는 우연히 조지 삼촌이 방치해 둔 옛날 과학소설 잡지들을 무더기로 발견했어. 그런 소설들이 인쇄된 싸구려 종이의 이름을 따서 '펄프'라고 불렸지……. 대부분은 이미 바스러졌을 거야. 그 잡지들에는 낯선 행성과 괴물 들이 그려진 멋지고 번쩍거리는 표지들이 달려 있었어. 그리고 물론 우주선들도 있었지!

나이를 먹으면서 나는 그 우주선들이 얼마나 말도 안 되는지 알게 되었어. 보통 로켓 추진식 로켓들인데, 추진 연료 탱크가 있는 티가 하나도 나지 않았어! 어떤 것들은 원양 정기선처럼 이물부터 고물까지 줄줄이 창이 나 있기도 하고. 내가 제일 좋아하던 것은 거대한 유리 돔을 가진 거였는데, 우주를 여행하는 온실이었지…….

뭐, 하지만 마지막으로 웃은 자들은 그 옛날 화가들이었지. 그들은 결코 그 사실을 몰랐으리라는 게 안됐지만. 골리앗 호는 우리가 케이프에서 발사했던 날아가는 연료 탱크보다는 그들의 꿈에 더 가까우니까. 자네 시대의 관성 추진력은 여전히 너무 좋아서 진짜 같지가 않아. 눈에 보이는 지탱 수단은 아무것도 없고, 속도와 범위는 무한하고……. 때때로 내가 꿈을 꾸고 있는 게 아닐까 싶어!"

챈들러는 웃으며 바깥 경치를 가리켰다.

"저게 꿈처럼 보여?"

그것은 풀이 스타 시티에 온 이래 처음으로 본 진짜 지평선이었고, 예상보다 멀리 떨어져 있지 않았다. 하여간 그는 지구 지름보다 일곱 배 더 큰 바퀴의 바깥 가장자리에 있는 것이었으니, 이 인공 세계의 지붕을 가로지르는 전망은 몇백 킬로미터에 걸쳐 펼쳐져 있었다…….

풀은 암산을 잘했다. 심지어 그가 살던 시대에도 암산을 잘하는 사람은 드물었고, 지금은 훨씬 더 드물 것이다. 지평선의 거리를 구하는 공식은 단순했다. 자기 높이에 두 배를 곱하고 그 제곱근에 반경을 곱한다. 잊어버리고 싶어도 잊어버릴 수 없는 종류의 공식이다…….

보자……, 약 8미터 올라왔으니까 16의 제곱근…… 이건 쉽지! 대문자 R이 4만 미터라고 하자……, 0 세 개를 지워서 킬로미터로 만들고……, 40의 제곱근을 4배……, 흠……, 25가 조금 넘는구나…….

음, 25킬로미터면 꽤 되는 거리였고, 지구의 어떤 우주 공항도 이만큼 거대해 보이지는 않았다. 무엇을 보게 될지 잘 알고 있으면서도, 오래전에 사라져 버린 디스커버리 호의 몇 배나 되는 크기의 우주선들이 소리도 내지 않고, 눈에 보이는 추진 수단도 없이 이륙하는 것을 지켜보자니 기분이 묘했다. 풀은 예전의 맹렬한 카운트다운과 불꽃이 그리웠지만, 이쪽이 더 깨끗하고 효율적이라는 것을 인정할 수밖에 없었다. 그리고 훨씬 더 안전했다.

그러나 무엇보다도 이상했던 것은, 정지 궤도에서 이곳 가장자리에 앉아 있으면서 무게가 느껴진다는 것이었다! 작은 관측 라운지에서 내다보면 겨우 몇 미터 떨어진 곳에서 서비스 로봇과 우주복 입은 인간 몇 명이 부드럽고 원활하게 자기 일을 하고 있었다. 그러나 여기 골리앗 안에서 관성장은 표준 화성 중력을 유지하고 있었다.

"마음을 바꾸려는 건 아니지, 프랭크? 아직 이륙까지 10분 남았어."

챈들러 선장이 함교로 나가면서 농담 삼아 물었다.

"내가 그런다면 별 인기가 없겠지, 안 그래? 아니, 옛날 사람들이 하던 식으로 말하면…… 우리는 저질렀어. 준비가 됐건 안 됐건, 이제 간다."

엔진이 켜졌을 때 풀은 혼자 있고 싶었고, 소수의 승무원 ─ 남자 넷, 여자 셋뿐이었다. ─은 그의 소원을 존중했다. 그들은 그가 1000년 만에 두 번째로 지구를 떠나 다시 한번 미지의 운명과 마주하는 기분이 어떤지 짐작했을 것이다.

목성-루시퍼는 태양 맞은편에 있었고, 골리앗은 거의 똑바른 궤도를 타고 금성으로 갈 것이다. 풀은 지구의 자매 별이 몇 세기의 테라포밍(천체의 환경을 지구와 비슷하게 바꾸는 작업 — 옮긴이)을 거친 후 이제 '비너스'라는 이름에 걸맞게 살아나기 시작했는지 두 눈으로 보고 싶었다.

1000킬로미터 위에서 보자 스타 시티는 지구가 적도에 두른 거대한 강철 끈 같아 보였다. 갠트리 기중기, 압력 돔, 비계가 달린 반쯤 완성된 배, 안테나와 다른 수수께끼 같은 구조물 들이 그 안에 흩어져 있었다. 골리앗이 태양 쪽을 향하면서 스타 시티는 빠르게 작아졌고, 곧 그것이 얼마나 불완전한지 보였다. 거미줄 같은 비계로만 이어져 있는 거대한 간격들이 있었고, 그것은 결코 완전히 이어지지는 못할 것이다.

이제 그들은 그 고리가 이루는 평면 아래로 떨어지고 있었다. 북반구에서는 한겨울이었기 때문에 가느다란 후광 같은 스타 시티는 20도 넘게 태양 쪽으로 기울어져 있었다. 대기권의 파란색 아지랑이 너머 지구 바깥쪽으로 멀리 뻗어 나가는 빛나는 실들을 바라보다 보면 아메리카 탑과 아시아 탑이 시야에 들어왔다.

골리앗이 성간 공간에서 태양 쪽으로 떨어진 어떤 혜성보다도 더 빠르게 속도를 낼 때, 풀은 거의 시간을 의식하지 못했다. 거의 둥근 지구는 여전히 시야를 메우고 있었고, 이제 아프리카 탑의 전체 길이를 볼 수 있었다. 그가 지금 떠나고 있는 삶에서 그의 집이 되어 주었던 곳. 그는 아마 영원히 그곳을 그리워할 수밖에 없을 것이다.

5만 킬로미터 밖으로 나오자 지구를 좁은 타원으로 둘러싼 스타 시티 전체가 보이려고 했다. 먼 쪽은 별들을 배경으로 빛으로 그린 가느다란 선처럼 거의 보이지 않았지만, 인류가 이제 이런 표시를 하늘에 남겼다고 생각하자 경외감이 들었다.

그 순간 풀은 토성의 고리를 떠올렸다. 그쪽이 훨씬 더 장엄했다. 우주 비행 공학자들이 자연의 성취와 어깨를 나란히 하려면 여전히 갈 길이 멀었다.

아니면, 말을 바꾸어서, 데우스와 어깨를 겨누려면.

금성까지 수송

다음 날 아침에 눈을 떠 보니, 그들은 이미 금성에 와 있었다. 그러나 하늘에서 가장 경이로운 모습은 아직 구름으로 덮여 있는 금성의 거대하고 눈부신 초승달 모양이 아니었다. 골리앗은 끝없이 펼쳐진 채 계속 패턴이 변하며 태양 빛 속에서 번쩍이는 주름진 은빛 포일 위를 떠서 가로지르고 있었다.

풀은 그의 시대에 어느 예술가가 건물 전체를 플라스틱 천으로 쌌던 것을 떠올렸다. 그가 살아 있었다면 수십억 톤의 얼음을 빛나는 봉투로 쌀 수 있는 이런 기회를 얼마나 좋아했을까! 이런 식으로 해야만 '태양 쪽'으로 가는 몇십 년 동안의 여행에서 혜성의 핵이 증발되지 않도록 막을 수 있었다.

챈들러가 말했다.

"자넨 운이 좋아, 프랭크. 이건 나도 한 번도 못 본 거라고. 장관일 거야. 한 시간쯤 지나 충돌이 시작될 거야. 우리는 혜성을 살짝 찔러서 제가 갈 곳에 확실히 가도록 방향을 바꿨어. 아무도 다치면 안 되니까."

풀은 경악해서 그를 바라보았다.

"자네 말은…… 금성에 이미 사람들이 있다는 말이야?"

"남극 근처에 미친 과학자들이 50명 정도 있어. 물론 땅속에 잘 숨어 있지만, 우리는 땅을 약간 흔들어 그들을 위로 올리게 될 거야. 낙하지점 제로 — 아니면 '대기권 제로'라고 해야 할까. — 는 행성 맞은편이지만, 충격파 빼고 뭐든지 표면에 닿으려면 며칠 걸릴 거야."

보호 공간 안에서 반짝이며 빛을 내는 우주 빙산이 금성을 향해 작아져 가는 것을 보며 풀은 문득 가슴 아픈 추억을 떠올렸다. 어린 시절 그는 크리스마스트리를 섬세한 색유리 방울들을 써서 바로 저런 식으로 장식했다. 그 비교가 완전히 터무니없는 것도 아니었다. 지금은 지구에 사는 많은 가족들이 여전히 선물을 주고받는 철이었고, 골리앗은 다른 세계로 값을 따질 수 없는 선물을 가져가고 있었다.

일그러진 금성 풍경의 레이더 이미지 — 기괴한 화산, 팬케이크 같은 돔, 좁고 구불구불한 협곡들 — 가 골리앗 통제 센터의 주 스크린을 온통 차지했다. 그러나 풀은 자기 눈으로 본 증거 쪽을 더 좋아했다. 그 행성을 덮은 구름바다가 갈라지지 않았기 때문에 그 아래의 불지옥은 하나도 드러나 보이지 않았지만, 그는 그 훔쳐 온 혜성이 행성과 충돌할 때 무슨 일이 일어날지 보고 싶었다. 몇 초 안에, 해왕성부터 비탈을 굴러 내려오며 몇십 년 동안 속도를 얻은, 엄청난 규모로 얼어붙은 수화물이 갖고 있던 모든 에너지를 전달할 것이다…….

처음 빛은 예상보다 훨씬 더 밝게 번쩍였다. 얼음 미사일이 수만 도의 온도를 낼 수 있다는 건 얼마나 이상한 일인가! 창문에 달린 필터들이 위험한 짧은 파장들을 전부 흡수했을 텐데도, 불공이 내는 맹렬한 파란색은 그것이 태양보다 더 뜨겁다는 사실을 분명히 보여 주고 있었다.

혜성은 팽창하면서 재빨리 식어 가고 있었다. 노란색, 오렌지색, 붉은색을 지나…… 충격파는 이제 음속으로 바깥쪽으로 퍼져 갈 것이다. 또 그 소리는 어떨 것인가! 몇 분 후면 금성 표면에는 혜성이 통과한 흔적이 눈에 보이게 남을 것이다.

그리고 사실이 그랬다! 아주 작은 검은 고리였다. 가벼운 담배 연기처럼, 탄착점에서 폭발해 나가는 격렬한 분노의 낌새는 조금도 보이지 않았다. 풀이 지켜보는 동안 그 고리는 천천히 팽창했다. 하지만 그 규모 때문에 움직임이 눈에 보인다는 감각은 전혀 없었다. 꼬박 1분을 기다린 다음에야 고리가 커지고 있다는 것을 확신할 수 있었다.

그러나 15분 후, 그것은 그 행성에서 가장 눈에 띄었다. 검다기보다는 지저분한 회색으로 훨씬 희미해졌지만, 그 충격파는 이제 직경 1000킬로미터가 넘는 들쑥날쑥한 원이 되었다. 풀은 그 원이 아래 놓여 있는 거대한 산맥을 휩쓰는 동안 원래의 대칭성을 잃어버린 것 같다고 생각했다.

우주선 방송 설비에서 챈들러 선장의 기운찬 목소리가 울렸다.

"여러분을 아프로디테 기지로 연결합니다. 그들이 살려 달라고 외치고 있지 않다는 소식을 전하게 되어 기쁩니다.

……우리를 약간 위로 흔들었지만, 예상한 대로입니다. 모니터를 보면 이미 노코미스 산맥 위에 비가 내리고 있습니다. 그 비는 곧 증발하겠지만, 그건 시작에 불과합니다. 그리고 헤카테 골짜기에 갑작스러운 홍수가 일어났던 것 같습니다. 너무 좋아서 진짜 같지 않지만, 지금 확인해 보고 있습니다. 그곳에는 지난번 배달이 온 다음 일시적으로 끓는 물 호수가 생겼습니다……."

'난 저 사람들이 부럽지 않아. 하지만 확실히 저 사람들을 존경해. 이 너무나 안락하고 잘 조정된 사회에서도 모험 정신이 아직 존재한다는 것을 증명하는 사람들이잖아.'

풀은 속으로 생각했다.

"……그리고 이 작은 짐을 제자리에 내려 주신 걸 다시 감사드립니다. 행운이 따라서 우리가 저 태양광 스크린을 싱크로 궤도에 올려놓을 수 있다면, 오래지 않아 영원히 지속될 바다가 생길 겁니다. 그러면 우리는 산호초를 심을 수 있을 테고, 그러면 그걸로 석회를 만들어 대기 중의 과잉 이산화탄소를 없앨 수 있을 테고…… 그걸 볼 때까지 살 수 있으면 좋겠습니다!"

'저도 당신이 그러면 좋겠군요.'

풀은 조용히 감탄했다. 그는 종종 지구의 열대 바다에 다이빙해 들어가 기묘하고 다채로운 생물들을 감탄의 눈으로 바라보곤 했다. 너무나 기이해서 태양계 다른 행성에 더 이상한 것이 있을 거라고 믿기 어려울 때가 많았다.

"짐은 제때 배달했고, 영수증도 잘 받았습니다."

챈들러 선장은 만족감을 드러내며 말했다.

"안녕, 금성아. 가니메데야, 이제 우리가 간다."

미스 프링글.

파일명, 월러스.

안녕, 인드라. 그래요, 당신 말이 정말 옳았어요. 우리가 벌이던 작은 논쟁이 그리워요. 챈들러와 나는 잘 지냅니다. 그리고 이건 당신이 재미있어할 일인데, 처음에는 승무원들이 날 마치 성유물처럼 대했어요. 하지만 날 받아들이기 시작했고, 심지어 내게 딴지를 걸기 시작했답니다.(이 숙어를 아나요?)

당신과 직접 대화할 수 없어서 짜증이 나는군요. 화성 궤도를 건넜기 때문에 무선 메일을 주고받으려면 한 시간이 넘게 걸리기 시작했어요. 하지만 한 가지 이점이 있어요. 당신이 내 말을 가로막을 수는 없을 겁니다……

목성에 닿을 때까지는 겨우 일주일 남았지만, 내가 긴장을 풀 시간이 있을 줄 알았어요. 하지만 전혀 그렇지 않았어요. 학교에 되돌아가고 싶어 손가락이 근질거리더군요. 그래서 골리앗의 미니 셔틀을 하나 골라 기본 훈련을 전부 다시 시작했어요. 딤은 실제로 내가 단독 비행을 하게 해 줄 겁니다……

그 셔틀은 디스커버리 호의 포드보다 별로 크지 않아요. 하지만 전혀 달라요! 제일 먼저, 이 셔틀은 로켓을 쓰지 않아요. 난 관성 추진력과 그것의 무한한 범위에 익숙해지질 않아요. 그럴 일이 있으면 지구로 도로 날아갈 수도 있다니. 아마 그렇게 하겠지만. 내가 한번 썼었고 당신이 뜻을 추측했던 문구를 기억하나요? '빵에 갇혀 있다 돌았다'는 말.

그러나 제일 크게 차이 난 건 조종 시스템이었어요. 핸즈프리 조종에 익숙해지는 건 내게는 큰 도전이었고, 컴퓨터도 내 목소리 명령을 인지하는 법을 배워야 했어요. 처음에는 컴퓨터가 "진심이십니까?" 하고 5분마다 묻더라고요. 브레인캡을 쓰는 편이 나을 거라고 생각하지만, 아직 그 도구를 완전히 자신 있게 쓸 준비는 되어 있지 않아요. 뭔가가 내 마음을 읽는다는 것에 언젠가는 익숙해질 수 있을지 모르겠어요…….

아, 이 셔틀 이름은 팔콘이에요. 멋진 이름이죠. 그런데 이 이름이 우리가 처음 달에 착륙한 아폴로 계획에서 유래했다는 걸 아는 탑승자가 없다는 걸 알고 실망했어요…….

으흠, 하고 싶은 말은 훨씬 더 많지만, 선장이 부르고 있어요. 도로 교실로 돌아갑니다. 사랑을 보내며 이만.

저장.

전송.

안녕 프랭크, 인드라 전화예요. 이게 맞는 말이죠? 나는 새 '생각 적기 기계'로 말하고 있어요. 옛날 건 신경쇠약에 걸렸어요, 하하. 그래서 실수가 아주 많아요. 보내기 전에 수정할 시간이 없어요. 당신이 잘 알아들어 주면 좋겠어요.

컴셋! 채널 103, 1230에서 녹음해, 수정할게, 1330에서 녹음해, 미안…….

예전에 쓰던 '생각 적기'를 고칠 수 있었으면 좋겠어요. 내가 쓰는 단축키와 약어를 모두 알고 있으니까요. 아마 당신 시대에서처럼 심리분석을 받아야 할 거예요. 그 프라우드들의 — 프로이트 학파라는 뜻이에요, 하하. — 헛소리들이 어떻게 그렇게 오래 버텼는지 이해할 수가 없어요…….

가만있자……, 며칠 전에 20세기 후기의 정의를 찾아냈는데, 아마 당신도 재미있어할 거예요. 이런 거였어요. 인용 시작. 정신분석이란 1900년경 비엔나에서 발명된 전염병이다. 이제 유럽에서는 근절되었으나 잘사는 미국인들 사이에서는 때때로 발생한다. 인용 끝. 재미있지요?

또 미안해요. '생각 적기'에 문제가 있어요……. 계속 가리키기가 힘드네…….

xz 12L w888 8***** js9812yebdc, 젠장…… 그만…… 복사.

내가 뭐 잘못했나? 다시 해 볼게요.

당신이 대닐 얘기를 했죠. 당신이 그에 대해 물어볼 때 늘 대답을 피해서 미안해요. 당신이 궁금해했던 건 알아요. 하지만 우리에겐 그럴 만한 이유가 있었어요. 당신이 대닐을 언급하며 '사람이 아닌 것 같다'고 했던 거 기억나요? 그다지 틀린 추측은 아니었어요……!

당신이 내게 요즘 범죄에 대해 물은 적이 있었죠. 난 그런 흥미는 병적이라고 대답했고요. 아마 당신 시대에 끝없이 나오던 소름 끼치는 텔레비전 프로그램들 때문에 촉발된 거겠죠. 나는 몇 분 이상 볼 수도 없어요……. 역겨워요!

문, 승인! 아, 안녕 멜린다, 실례, 앉아요. 거의 다 끝났어요…….

그래요, 범죄. 언제나 얼마쯤은……, 어느 수준 아래로 떨어뜨릴 수 없는 사회의 소음 수준 같은 거죠. 어떻게 해야 할까요?

당신들의 해법은 감옥이었죠. 국가가 후원하는 왜곡된 공장들 말이에요. 수감자 하나를 잡아 놓기 위해서 평균 가족 임금의 열 배를 지불하는 곳! 완전히 돌았어요……. 감옥을 더 많이 짓자고 가장 크게 외쳤던 사람들은 분명 뭔가가 매우 잘못됐을 거예요. 그들은 정신분석을 받았어야 해요! 하지만 공정하게 대해야죠. 전자 모니터링과 통제가 완성되기 전에는 사실 대안이 없었을 거예요. 당신도 그때 감옥 벽을 때려 부수며 기뻐하는 군중들을 봤어야 해요. 50년 전 베를린 이후 그런 일은 처음이었어요!

그래요, 대닐. 그가 무슨 범죄를 저질렀는지는 몰라요. 알아도 당신에게 말하지 않을 거예요. 하지만 그의 심리 프로파일에서 그가 좋은, 그 단어가 뭐죠? 시장이…… 아니, 시종이 될 거라고 제안했을 거예요. 일할 사람을 찾기가 너무 힘들어요. 범죄 수준이 0이라면 우리 사회가 어떻게 될지 모르겠어요! 하여간 그가 곧 통제 해제를 받아 정상 사회로 돌아갔으면 좋겠어요.

미안 멜린다. 거의 다 끝났어요.

다 됐어요, 프랭크. 디미트리에게 안부 전해 줘요. 지금쯤 가니메데까지 절반 정도 갔겠군요. 아인슈타인의 원리가 폐기되고 우리가 실시간으로 우주를 가로질러 이야기할 수 있을 때가 오기는 할까요!

내가 곧 이 기계에 익숙해졌으면 좋겠네요. 아니면 진짜 골동품 20세기 워드 프로세서를 찾아 돌아다니고 있을 거예요……. 믿을 수 있어요? QWERTYUIOP 헛소리를 일단 다 익혔더니 없애기까지 200년이 걸렸다는 걸?

사랑을 보내며, 안녕.

안녕 프랭크, 다시 왔어요. 아직 내 지난번 통신의 승인을 기다리고 있어요……

당신이 가니메데와 내 오랜 친구 테드 칸을 향해 간다니 기분이 이상하군요. 하지만 그렇게 기막힌 우연의 일치는 아니겠죠. 그는 당신이 빨려 들어간 것과 같은 수수께끼에 이끌려 갔어요……

우선 칸에 대한 이야기를 할게요. 그의 부모는 그에게 시어도어라는 이름을 붙인다는 야비한 장난을 했어요. 짧게 부르면 — 절대로 그렇게 부르지 마세요! — '테오'가 돼요. 내가 무슨 말 하는 줄 알죠?

그가 그것 때문에 그렇게 치닫는 건지 궁금하지 않을 수가 없어요. 종교에 그 정도의 흥미를, 아니, 강박을 가진 사람은 본 적이 없어요. 당신한테미리 경고해 두는 게 낫겠어요. 당신은 그가 아주 지루하다고 느낄 수도 있어요.

그런데, 나 지금 어때요? 예전 '생각 적기'가 아쉽긴 한데, 이 기계 조종에 익숙해지고 있는 것 같아요. 아직까지는 심한…… 그걸 뭐라고 불렀죠? 실수, 작은 문제, 실패……, 그런 게 없었죠. 적어도 지금까지는……

당신이 무심결에 우연히 말해 버릴 수도 있으니 이런 이야기를 하면 안될 것 같긴 한데, 내가 테드에게 개인적으로 붙인 별명은 '마지막 예수회(기도와 고행을 중시하는 가톨릭의 남자 수도회 — 옮긴이)'예요. 당신은예수회에 대해 알고 있겠죠? 그 종파는 당신의 시대까지는 매우 활발하게활동했어요.

놀라운 사람들이죠. 위대한 과학자도 많았고, 대단히 훌륭한 학자들에……, 많은 해를 끼쳤을 뿐만 아니라 엄청난 선한 일도 많이 행했어요. 역사의 가장 큰 아이러니라고 볼 수 있죠. 진지하고 훌륭하게 지식과 진실을 추구한 사람들이지만, 그들의 철학은 전부 가망 없을 정도로 왜곡된 미신이고…….

Xuedn2k3jn deer21 eidj dwpp.

젠장. 감정적이 되는 바람에 통제력을 잃었어요. 하나, 둘, 셋, 넷……, 이제 좋은 사람들이 모두 와서 파티를 도와줄 거야……. 좀 낫군요.

하여간, 테드하면 '고결한 투지'예요. 그와 절대로 말싸움하지 마세요. 당신을 증기 롤러처럼 깔아뭉개 버릴 테니까.

그런데, 증기 롤러가 뭐였죠? 옷을 누르는 데 쓰였나요? 참 불편할 것 같아요…….

'생각 적기' 때문에 말썽이……, 아무리 열심히 마음을 집중하려고 해도 온갖 방향으로 뻗어 나가려고 하네요……. 결국 키보드 쪽에 이야기를 해야겠어요……. 전에도 분명히 이런 얘기를 한 것 같은데…….

테드 칸…… 테드 칸…… 테드 칸.

적어도 칸이 한 두 마디 말 때문에, 그는 여전히 지구에서 유명해요. "문명과 종교는 공존할 수 없다."는 말과 "신앙은 자기가 아는 것이 진실이 아니라고 믿는 것이다." 사실 두 번째 말은 그가 생각해 낸 게 아닌 것 같아요. 그가 생각해 낸 거라면 그가 한 말 중에서 농담에 제일 가까울 거예요. 내가 제일 좋아하는 농담을 테드에게 해 보았을 때 그는 조금도 미소 짓지 않았어요. 당신이 전에 들어 본 적이 없는 농담이었으면 좋겠어요……. 당신 시대 농담인 게 확실하거든요.

학장이 교수들에게 불평하고 있었어요. "왜 당신네 과학자들은 그렇게 비싼 장비가 필요한 거죠? 왜 칠판과 휴지통만 있으면 되는 수학과처럼 되질 못해요? 그보다 철학과가 더 낫지. 철학과는 휴지통도 필요 없으니

까……." 음, 테드는 들어 본 적이 있나 봐요……, 철학자들은 대부분 들어

봤을 것 같아요…….

　　하여간 그에게 안부 전해 줘요. 그리고 절대로, 다시 한번 말하지만 절대

로, 그와 논쟁을 하지 마요!

　　즐거운 나날 보내기를 바라며 아프리카 타워에서.

　　변환. 저장.

　　전송, 폴.

선장의 테이블

이 유명한 승객이 도착하자 골리앗이라는 작고 틀에 박힌 세계는 어느 정도 혼란을 겪었다. 그러나 승무원들은 유쾌한 기분으로 그 생활에 적응했다. 매일 저녁 6시가 되면, 직원들은 모두 저녁을 먹기 위해 사관실에 모였다. 벽 주위에 균일하게 퍼져 자리 잡는다면, 무중력 상태에서는 적어도 30명이 편안하게 들어갈 수 있는 공간이었다. 그러나 대체로 우주선의 작업 공간은 달 중력에 맞춰져 있었기 때문에, 그곳에는 확실히 마루가 있었다. 그래서 8명 이상이 되면 사람이 너무 많아졌다.

식사 때 자동 조리기 주위에 펼쳐지는 반원형 테이블에는 가운데 상석에 선장이 앉고 나머지 자리에는 전부 일곱 명의 승무원만 앉을 수 있었다. 한 사람 더 오게 되자 극복할 수 없는 자리 문제가 발생했고 결국 누군가는 식사 때 혼자 먹어야 했다. 부드러운 논쟁이 한참 오가고 난 후, 알파벳순으로 돌아가며 먹기로 결정되었다. 그런데 이름은 거의 쓰이지 않고 별명순이었다. 풀이 그 별명에 익숙해지는 데는 시간이 좀 걸렸다. '볼트'(구조공학), '칩'(컴퓨터와 통신), '일등'(일등 항해사), '생명'(의료와 생명 유지 시스템), '추진'(추진과 동력), 그리고 '별'(궤도와 항행).

열흘간의 여행 동안 이야기와 농담, 임시 동료 선원들의 불평에 귀를 기울이면서, 풀은 지구에서 몇 달 보낸 것보다 더 많이 태양계에 대한 지식을 배우게 되었다. 우주선 사람들은 아무것도 모르는 듯한 새로운 1인 청중이 주의 깊게 자기 말에 귀를 기울이는 데 매우 기뻐했지만, 풀은 그들의 상상을 가미한 이야기에는 거의 혹하지 않았다.

그러나 어디가 상상과 현실 사이의 경계인지는 때때로 불분명했다. 금 소행성대를 진짜로 믿는 사람은 아무도 없었다. 그것은 보통 24세기에 유래한 거짓말이라고 여겨졌다. 그러나 수성의 플라스마 덩어리는 어떤가? 지난 500년 동안 믿을 만한 목격자가 적어도 열 명은 넘게 나왔던?

가장 간단한 설명은 그런 것들은 지구와 화성에서 그렇게 많이 보고된 '미확인 비행물체'의 원인이었던 구상 번개와 연관이 있다는 것이었다. 그러나 어떤 목격자들은 근거리에서 마주쳤을 때 그들이 목적성, 심지어 호기심을 보였다고 맹세하다시피 말했다. 회의론자들은 말도 안 된다, 정전기의 인력일 뿐이라고 대답했다!

그것이 우주의 생명체에 대한 논의로 이어지는 것은 불가피했다. 그리고 풀은—처음은 아니었지만—너무 잘 믿거나 너무 회의주의로 빠지며 양극단을 오갔던 자신의 시대를 자기도 모르게 변론하고 있었다. '외계인은 우리 사이에 있다'는 믿음을 가진 광신도들은 이미 그가 어렸을 적에 잠잠해졌지만, 2020년대까지도 다른 세계에서 온 방문객들과 접촉했다거나 그들에게 납치당했다가 돌아왔다고 주장하는 미치광이들이 여전히 항공우주국을 괴롭혔다. 선정적인 언론 매체들이 그런 주장을 부추기면서 그들의 망상은 강화되었고, 그 신드롬은 나중에 의학 문헌에 '애덤스키 병'이라는 이름으로 고이 남게 되었다.

TMA-1의 발견은 정말로 어딘가에 지성이 존재하지만 그 지성은 몇백만 년 동안 인류에게 간섭하지 않았던 것 같다는 사실을 증명하면서, 역설적으로 이런 안쓰러운 헛소리에 종지부를 찍었다. TMA-1의 존재는 박테리아보다 한 단계 높은 생명체가 나타나는 것은 거의 불가능한 현상이라서 인류는 우주 전체나 이 은하계에서 단 하나뿐이라고 주장하는 한 줌의 과학자들을 설득력 있게 반박하기도 했다.

골리앗의 승무원들은 풀의 시대의 정치나 경제보다는 기술에 더 관심이 있었고, 특히 그의 시대에 일어난 혁명에 매혹되었다. 진공 에너지를 활용하면서 촉발된 연료 혁명이 화석연료 시대를 종식시킨 이야기 말이다. 그들은 20세기의 스모그로 숨 막히는 도시들, 석유 시대의 폐기물과 탐욕과 끔찍한 환경 재앙을 상상하기도 힘들어 했다.

"날 탓하지 마요. 어쨌건 21세기가 어떤 난장판을 만들었는지 보라고요."

풀이 쏟아지는 비판과 투지만만하게 맞서 싸우며 말했다.

"무슨 소립니까?"

테이블 주위에서 합창이 일어났다.

"자, 이른바 '무한 동력의 시대'가 시작해서 모든 사람이 저마다 수천 킬로와트의 싸고 깨끗한 에너지를 활용할 수 있게 되자마자 무슨 일이 일어났는지 알잖아요!"

"아, 열 위기 말이군요. 하지만 그건 해결됐다고요."

"결국 지구 반쪽을 반사 장치로 덮어서 태양열을 도로 우주로 튕겨 보낸 다음에야 해결됐죠. 그렇지 않았다면 지금쯤 지구도 금성만큼 뜨거워져 있을 겁니다."

승무원들이 제3밀레니엄에 대해 가진 역사 지식은 놀라울 정도로 제한되어 있었다. 반면에 풀은 스타 시티에서 집중 교육을 받았기에 가끔 자신의 시대 이후에 일어난 사건들의 세부 사항을 들먹여 그들을 놀라게 할 수 있었다. 그러나 그들이 디스커버리 호의 항해 일지에 대해 자세히 알고 있다는 걸 발견하고는 으쓱해졌다. 그들에게 그 일지는 우주 시대의 고전적인 기록이었던 것이다. 그들은 마치 풀이 바이킹 서사시를 보듯 그것을 보았다. 그는 자신이 시간상으로 최초로 대서양을 건넌 배들과 골리앗 호 사이의 중간 지점에 있다는 것을 자주 떠올려야 했다.

"항해 시작 86일째에 당신은 소행성 7794에서 2000킬로미터 안쪽을 지나가면서 그 안으로 탐사구를 쏘았죠. 기억하십니까?"

다섯 번째의 저녁 식사 때 '별'이 그에게 일깨워 주었다.

"물론 기억하죠. 나한테는 1년도 안 된 일인데요."

풀은 좀 퉁명스럽게 대답했다.

"어, 미안합니다. 음, 내일이면 소행성 13,445에 훨씬 더 가까워질 텐데, 한번 보고 싶으세요? 자동 안내와 정지 화면을 기동시키고, 10밀리초의 기회를 노려야 할 거예요."

100분의 1초라니! 디스커버리에서 보냈던 몇 분만 해도 정신없이 바빴던 것 같은데, 이제 모든 일이 50배 더 빨리 일어날 것이다.

"크기가 얼마나 되나요?"

"30x20x15미터요. 쭈그러든 벽돌처럼 생겼어요."

'별'이 대답했다.

"거기에 쏴 볼 총알이 없는 게 유감입니다. 당신은 탐사구가 7794에 맞아 튕겨 나올까 궁금했나요?"

'추진'이 말했다.

"그런 생각은 전혀 떠오르지 않았어요. 하지만 그 일에서 천문학자들이 유용한 정보를 아주 많이 얻었으니, 그런 위험을 감수할 가치가 있었죠……. 그렇지만 100분의 1초라면 그런 귀찮은 일을 감수할 가치가 없어 보이는군요. 그래도 고마워요."

"이해합니다. 당신이 소행성 하나를 보았을 때, 그들을 보는 눈은……."

"꼭 그렇진 않아요, 칩. 내가 에로스에 있었을 때……."

"당신이 열 번도 넘게 말했지만……."

풀은 더 이상 그 토론을 듣지 않았고, 그러자 그것은 무의미한 배경 소음이 되었다. 그는 1000년 전, 재앙으로 모든 것이 끝장나기 직전 디스커버리 호가 받은 임무에서 유일하게 흥분할 만한 부분을 떠올리고 있었다. 7794가 단지 생명도 없고 공기도 없는 돌조각일 뿐이라는 사실을 똑똑히 알고 있는데도 풀과 보먼의 감정은 별반 달라지지 않았다. 목성에 도착할 때까지 두 사람이 만날 구체적인 물체라고는 저 소행성밖에 없었으니까. 그들은 오랜 항해를 하다가 상륙할 수 없는 해안을 스쳐 지나가는 뱃사람의 심정으로 그것을 뚫어져라 바라보았다.

그 소행성은 빙글빙글 천천히 돌고 있었고, 표면에는 별다른 규칙 없이 아무렇게나 빛과 그림자가 보였으며, 비행기나 결정체가 햇빛 속에서 반짝일 때 창문이 번쩍하는 것처럼 때때로 번쩍거렸다…….

또, 목표가 정확하게 겨누어졌는지 보려고 기다리면서 점점 고조되던 긴장도 떠올랐다. 2000킬로미터 거리에서, 초속 20킬로미터의 상대 속도로 가면서 그렇게 작은 목표에 초점을 맞추는 일은 쉽지 않았다.

다음 순간, 소행성의 어두워진 부분과 대조되는 눈부신 빛이 갑작스럽게 폭발했다. 작은 탄약―순수한 우라늄 238―이 유성의 속도로 충돌했던 것이다. 몇 분의 1초 만에 탄약의 모든 운동 에너지가 열로 바뀌었다. 백열성 가스가 잠시 우주로 치솟았고, 디스커버리 호의 카메라들은 빠르게 사라지는 스펙트럼 선을 기록하고, 빛나는 원자들의 또렷한 특징을 찾았다. 몇 시간 후 지구에서는 천문학자들이 처음으로 그 소행성 표면의 구성을 알게 되었다. 크게 놀랄 거리는 없었지만, 샴페인 몇 병이 손에 손을 돌았다.

챈들러 선장은 반원형 테이블에서 벌어지는 민주적인 토론에 거의 참여하지 않았다. 그는 승무원들이 긴장을 풀고 비공식적인 분

위기에서 이렇게 감정 표현을 하도록 하는 데 만족하는 것 같았다. 오직 하나의 암묵적인 규칙이 있었다. 식사 시간에는 심각한 업무 얘기를 하면 안 된다. 기술적인 문제나 우주선 가동상의 문제가 있으면 다른 때 다른 곳에서 이야기해야 한다.

골리앗 호의 시스템에 대한 승무원들의 지식이 매우 피상적이라는 것을 알고 풀은 놀라고 약간 충격을 받았다. 풀이 쉽게 대답할 수 있는 질문을 해도 승무원들은 배의 메모리 은행을 참조하곤 했다. 그러나 얼마 후, 그는 이제는 자신의 시대에 받았던 것처럼 면밀한 훈련을 할 수 없다는 것을 깨달았다. 복잡한 시스템들이 너무 많이 연관되어 있어서 한 사람이 통달할 수 없게 된 것이다. 여러 전문가들은 자기 장비가 어떻게 작동하는지 알 필요가 없었다. 무슨 일을 하는지 알기만 하면 되었다. 중복성과 자동 점검이 신뢰도를 좌우했고, 인간의 개입은 이득이 되기보다는 해를 끼치는 일이 더 많았다.

다행히, 이 여행에서는 아무것도 필요하지 않았다. 새로운 태양 루시퍼가 앞에 펼쳐진 하늘을 지배할 때까지, 어떤 선장이라도 감사할 정도로 별다른 사건이 없었다.

3부

갈릴레오의
세계들

(텍스트 발췌, 외태양계로 가는 여행자 가이드, v. 219.3)

심지어 오늘날에도, 한때 목성이었던 별의 거대한 위성들은 우리에게 중요한 수수께끼를 내민다. 같은 행성의 궤도를 돌고 크기도 매우 유사한 위성 네 개가 그 밖에 측면에서는 왜 그렇게 다를까?

제일 안쪽에 있는 위성 이오만 근거를 들어 설명할 수 있다. 이오는 목성에 너무 가까워서 중력의 조성이 끊임없이 이오의 내부를 주무르며 엄청난 양의 열을 생성한다. 그 뜨거운 열 때문에 이오의 표면은 반쯤 녹아 있다. 이오는 태양계에서 가장 화산 활동이 격렬해서, 몇십 년만 지나면 지도가 반쯤 변해 버린다.

이런 불안정한 환경에 영구적인 인간 근거지가 설립된 적은 없지만, 인간은 수없이 이곳에 착륙했고 끊임없이 로봇을 통해 모니터링했다.(2571년 탐사의 비극적인 운명에 대해서는 『비글 5』를 보라.)

목성에서 두 번째로 떨어져 있는 에우로파는 원래 완전히 얼음으로 덮여 있었고, 표면에 복잡한 그물망처럼 난 금을 제외하고는 별 특징이 없었다. 이오를 지배하는 조석력은 여기에서는 훨씬 약했지만, 에우로파 세계에 액체 물의 대양을 만들어 주기에는 충분한 열을 생산했다. 그 바다에서는 이상한 생물 형태들이 많이 진화했다.(우주선 첸 호, 갤럭시 호, 유니버스 호를 보라.) 목성이 소태양 루시퍼로 바뀐 이후로 에우로파의 얼음 표층은 사실상 전부 녹아 버렸고, 대규모의 화산 활동으로 작은 섬 몇 개가 생겨났다.

잘 알려져 있듯이, 에우로파에는 거의 1000년 동안 아무도 착륙하지 않았다. 그러나 이 위성은 끊임없는 감시를 받고 있다.

태양계에서 가장 큰 위성(지름 5,260킬로미터)인 가니메데도 새 태양의 탄생에 영향을 받았고, 아직 숨 쉴 수 있는 대기는 없지만 적도 지역은 지구의 생명체가 살 수 있을 정도로 따뜻하다. 그곳 주민들은 대부분 테라포밍과 과학 연구에 활발하게 참여하고 있다. 주 정착지는 남극 근처의 아누비스 시티(인구 41,000명)이다.

칼리스토는 또 완전히 다르다. 칼리스토의 표면은 온갖 크기의 충돌 크레이터로 덮여 있다. 크레이터가 너무 많아서 서로 겹칠 정도다. 새 크레이터들이 예전 크레이터를 완전히 지워 버린 것을 보면, 폭격은 수백만 년 동안 계속되었을 것이다. 칼리스토에는 영구적인 근거지가 없지만, 자동 기지 몇 군데가 설립되어 있다.

가니메데

프랭크 풀이 늦잠을 자는 일은 드물었지만, 전날 밤 그는 이상한 꿈 때문에 계속 깨어 있었다. 과거와 현재가 떼려야 뗄 수 없이 섞여 있었다. 때때로 그는 디스커버리 호에 있었고, 때로는 아프리카 탑에 있었다. 또 때로는 다시 어린 소년이 되어 오래전에 잊어버렸다고 생각했던 친구들 사이에 있었다.

난 어디 있지? 그는 수면 위로 떠오르려는 수영 선수처럼 의식으로 돌아오려고 애쓰면서 스스로에게 물었다. 침대 바로 위에 작은 창이 있었고, 바깥에서 비치는 빛을 완전히 막을 정도로 두껍지는 않은 커튼이 쳐져 있었다. 20세기 중반쯤, 항공기는 퍼스트클래스에 수면 시설이 있을 정도로 느렸다. 어린 시절에 아직 어느 관광사에서 퍼스트클래스 비행을 광고하고 있었지만, 풀은 이런 향수 어린 호사를 맛본 적이 한 번도 없었다. 그러나 그는 지금 자신이 퍼스트클래스에 타고 있다고 쉽게 상상할 수 있었다.

풀은 커튼을 걷고 밖을 내다보았다. 그가 깬 곳은 지구의 하늘이 아니었지만, 아래에 펼쳐진 풍경은 남극과 다르지 않았다. 그러나 남극에는 해가 두 개인 적이 없었다. 동시에 떠 있는 두 개의 해를 향해 골리앗은 미끄러지듯 나아갔다.

우주선은 눈이 가볍게 내려앉은 거대한 경작지처럼 보이는 곳 위에서 100킬로미터도 안 되는 고도의 궤도를 돌고 있었다. 쟁기질하던 사람이 취했던지, 아니면 유도장치가 미쳤던지, 경작지의 고랑은 사방으로 구불구불 뻗고 때때로 서로 엇갈리거나 자기 흔적 위로 되돌아갔다. 땅 이곳저곳에 희미한 원들이 점점이 찍혀 있었다. 아주 오래전 운석이 충돌해서 남긴 유령 크레이터들이었다.

'그러면 이게 가니메데구나. 인류의 고향에서 가장 먼 전초기지! 분별 있는 사람이라면 왜 여기에 살고 싶어 할까? 흠, 나는 겨울의 그린란드나 아이슬란드 위를 날아갈 때 그런 생각을 자주 했지…….'

풀은 졸음에 겨운 채 생각했다.

문에서 노크 소리가 났다.

"들어가도 될까?"

챈들러 선장은 대답도 기다리지 않고 들어왔다.

"착륙할 때까지 자네가 그냥 자게 두려고 했는데, 여행 마무리 파티가 생각보다 길어졌어. 하지만 반란의 위험을 무릅쓰면서까지 파티를 빨리 끝낼 수는 없잖아."

풀이 웃었다.

"우주 반란이 일어났던 적이 있어?"

"오, 꽤 자주 있었지……, 하지만 우리 시대엔 없어. 우주 반란 이야기가 나왔으니 말인데, 그 전통은 HAL이 시작했다고 해도 될 거야……. 미안, 이 이야기는 하지 말걸……. 봐, 가니메데 시티야!"

거의 직각으로 교차하지만 약간 불규칙성을 띤, 크고 작은 십자형 패턴의 거리처럼 보이는 것이 지평선 위로 올라오고 있었다. 중심 도시 계획 없이 서서히 몸집을 불려 가며 성장한 정착지의 전형적인 모습이었다. 도시는 넓은 강으로 이등분되어 있었다. 풀은 가니메데의 적도 지역은 이제 액체 물이 존재할 정도로 따뜻하다는 것을 떠올렸다. 예전에 보았던 중세 런던의 풍경을 담은 목판화가 생각났다.

풀은 챈들러가 재미있다는 표정으로 자신을 바라보고 있는 것을 알아차렸다……. 그리고 그 '도시'의 규모를 깨달았을 때, 환영은 사라졌다.

"가니메데 사람들은 꽤 큰가 봐. 5킬로미터에서 10킬로미터 너비의 길을 만들다니."

그가 건조하게 말했다.

"어떤 곳은 20킬로미터야. 웅장하지, 안 그래? 게다가 모두 얼음이 팽창하고 수축한 결과야. 어머니 자연은 기발해……. 이만큼 크지는 않지만 훨씬 더 인공적으로 보이는 패턴도 보여 줄 수 있어."

"내가 어렸을 때는 화성 표면을 가지고도 큰 소동이 있었어. 물론 그건 모래 폭풍이 빚어낸 언덕이라는 것이 밝혀졌지……. 지구의 사막에도 비슷한 것이 아주 많았어."

"역사는 언제나 스스로를 되풀이한다고 누가 말하지 않았나? 가니메데 시티에도 비슷한 헛소리가 있었어. 어떤 미친놈들이 외계인들이 그걸 지었다고 주장했거든. 하지만 여긴 오래가지 못할 거야."

"왜?"

풀은 놀라서 물었다.

"루시퍼가 영구 동토층을 녹이면서 이미 무너지기 시작했거든. 몇백 년 후에 보면 자네는 가니메데를 알아보지 못할 거야……. 저기 길가메시 호수 가장자리다, 잘 봐, 저기 오른쪽에……."

"무슨 말인지 알겠어. 지금 일어나고 있는 일은……, 이렇게 압력이 낮은데도 물이 끓어오르지 않아?"

"전기분해 발전소 덕택이야. 하루에 얼마나 많은 산소가 나오는지 몰라. 물론 수소는 위로 올라가서 없어지고 있고, 우리는 그러길 바라지."

차츰 목소리가 잦아들더니 챈들러는 입을 다물었다. 잠시 후 평소와는 달리 조심스러운 어조로 다시 말하기 시작했다.

"저 아래 있는 아름다운 물을 봐. 가니메데에는 저 물의 절반도 필요하지 않아! 아무한테도 이야기하지 마. 하지만 나는 저 물을 금성으로 보내는 일을 하고 있어."

"혜성을 미는 일보다 쉬워?"

"에너지 측면에서는 그래. 가니메데의 탈출 속도는 겨우 초속 3킬로미터니까. 그리고 작업 속도가 훨씬, 훨씬 더 빨라. 몇십 년이 아니라 몇 년이면 끝낼 작업이야. 하지만 현실적인 어려움이 몇 가지 있어……."

"뭔지 알겠군. 그걸 우주 기재 발사 장치로 쏴 버리나?"

"아냐. 대기권을 통과해 올라가는 탑을 이용했어. 지구에 있는 것과 원리는 같지만 훨씬 작아. 꼭대기까지 물을 펌프질해서 절대영도 부근에서 얼린 다음, 가니메데가 회전할 때 방향을 맞춰 그걸 던지는 거야. 수송 중에 어느 정도 증발되면서 손실은 있겠지만, 대부분은 도착할 테고⋯⋯, 뭐가 그리 우스워?"

"미안, 그 아이디어 때문에 웃고 있는 게 아니야. 그건 아주 합리적인 아이디어야. 하지만 자네 이야기 때문에 아주 생생한 기억이 떠올랐어. 우리 집 정원에는 빙글빙글 돌아가는 스프링클러가 있었어. 자네가 계획하고 있는 것과 본질적으로 같은 거야. 약간 더 큰 규모로, 위성 하나를 이용한다뿐이지⋯⋯."

갑자기 과거에서 떠오른 또 하나의 이미지가 다른 모든 것을 지워 버렸다. 풀은 애리조나에서 여름날이면 천천히 돌아가는 정원 스프링클러를 따라 피어나던 물보라 구름 사이로 그와 리키가 서로 쫓아다니며 즐거워하던 기억을 떠올렸다.

챈들러 선장은 보기보다 훨씬 더 섬세한 사람이었기에 풀이 혼자 있고 싶어 한다는 걸 눈치챘다.

"함교로 돌아가 봐야겠어. 아누비스에 착륙하면 보세."

챈들러가 무뚝뚝하게 말했다.

그랜드 호텔

그랜드 가니메데 호텔은 그 이름 때문에 어쩔 수 없이 태양계 전체에 '그래니메데 호텔'로 알려졌지만, 이름과는 달리 전혀 웅장하지 않았다. 지구에서라면 별 한 개 반을 받으면 운이 좋다고 할 것이다. 하지만 가장 가까운 경쟁자가 몇억 킬로미터 떨어져 있기 때문인지 경영진은 별로 노력할 필요를 느끼지 못했다.

그러나 풀은 불만이 없었다. 생활 가전을 쓰는 법을 알려 주고 그를 둘러싼 반(半)인공지능 장치들과 더 효율적으로 의사소통을 하도록 도와주던 대닐이 옆에 있었으면 하고 바라기는 했지만. (인간) 벨보이는 유명한 손님을 맞아 너무 경외감에 휩싸인 나머지 룸서비스가 어떻게 작동하는지 하나도 설명하지 못하고 방에서 나가 버렸다. 5분 동안 대답 없는 벽에 헛된 이야기를 한 끝에, 마침내 그의 악센트와 명령을 이해하는 시스템과 연결될 수 있었다. 하마터면 전 우주에 '역사적인 우주 비행사가 가니메데 호텔 방에 갇혀 굶어 죽었습니다!'라는 뉴스가 전달될 뻔했다. 그랬다면 이중으로 아이러니였을 것이다.

그래니메데에 단 하나뿐인 호화로운 스위트룸에 다른 이름을 붙일 수는 없었을 것이다. 그럼에도 '보먼 스위트룸'에 안내되어 옛날 동료 승무원의 정장 제복을 입은 등신대 홀로그램을 만나는 것은 진짜 충격적인 일이었다. 풀은 심지어 그 이미지가 어떤 것인지도 알아보았다. 임무 시작 며칠 전에 그와 보먼의 공식 초상화가 동시에 만들어졌던 것이다.

풀은 곧 골리앗 호의 친구들 대부분이 아누비스에 거처를 두고 있고, 배가 정박하기로 되어 있는 20일 동안 각자 '중요한 사람들'을 만나기를 고대한다는 것을 알게 되었다. 거의 즉각 그는 이 변두리 정착지의 직업적, 사교적 생활에 붙잡혔고, 아프리카 탑은 이제 아득한 꿈처럼 보였다.

많은 미국인들과 마찬가지로 풀은 마음 한구석에 모든 사람이 다른 모든 사람을 아는 작은 공동체에 대한 향수 어린 애정을 갖고 있었다. 사이버스페이스의 가상 공동체가 아닌 현실 세계의 공동체 말이다. 그의 기억 속 플래그스태프보다 인구가 적은 아누비스는 그의 이상형에서 그리 어긋나지는 않았다.

각각 지름 2킬로미터인 주 압력돔 세 개가 얼음 들판을 내려다보는 고원 위에 서 있었다. 얼음 들판은 깨진 곳 없이 지평선까지 쭉 뻗어 있었다. 한때 목성으로 알려졌던 가니메데의 두 번째 태양은 절대로 극지의 빙판을 녹일 만큼 충분한 열을 내지 않을 것이다. 아누비스를 이렇게 살기 힘든 장소에 설립한 주된 이유가 바로 그것이었다. 도시의 기초가 적어도 몇 세기는 건재해야 하지 않겠는가.

그리고 돔 안에 있으면 바깥세상에 완전히 무관심해지기 쉬웠다. 풀은 보면 스위트룸의 조작 방법을 다 익혔을 때, 제한적이긴 하지만 인상적인 환경 선택권을 갖고 있다는 것을 깨달았다. 파도의 부드러운 웅얼거림을 들으며 태평양 해안 야자나무 아래 앉아 있을 수도 있었고, 강렬한 느낌을 원한다면 열대의 허리케인이 울부짖는 소리를 들을 수도 있었다. 히말라야 산맥 꼭대기를 따라 천천히 날 수도 있었고, 마리너 계곡의 거대한 협곡을 날아 내려갈 수도 있었다. 베르사유 궁전의 정원을 걸을 수도 있었고, 여러 시대의 대도시 거리 대여섯 군데를 걸을 수도 있었다. 호텔 그래니메데는 태양계에서 평판 높은 휴양지가 아니었는데도, 지구의 더 유명한 과거 호텔들이 전부 경악할 만한 시설들을 자랑했다.

그러나 낯선 신세계를 방문하기 위해 태양계를 절반쯤 건너와 놓고 지구에 대한 향수에 빠지는 건 터무니없는 일이었다. 어느 정도 실험을 한 후, 풀은 이제 얼마 남지 않은 자유 시간 동안의 즐거움과 영감을 위해 타협하기로 했다.

그는 한 번도 이집트에 가 본 적이 없는 것이 엄청나게 유감스러웠다. 그래서 논란 많은 '복원' 전의 스핑크스의 시선 아래에서 긴장을 푸는 것도, 여행객들이 '대피라미드'의 엄청나게 큰 벽돌들 위로 올라가는 것을 지켜보는 것도 기분이 좋았다. 보면 스위트룸의 (약간 닳은) 카펫과 사막이 맞붙는 무인지대만 제외하면 그 환영은 완벽했다.

그러나 그 하늘은 기자 피라미드의 마지막 돌이 놓인 이래 5000년 동안 어떤 인간도 본 적이 없는 것이었다. 환영이 아니라 복잡하고 늘 변화하는 현실, 가니메데의 하늘이었기 때문이다.

왜냐하면 이 위성은 다른 동료 위성들처럼 오래전에 목성의 조수 항력으로 자전이 없어졌기 때문에, 거대한 행성에서 태어난 새 태양이 움직이지 않고 하늘에 매달려 있었다. 가니메데의 한쪽 면에는 루시퍼가 영원히 빛을 비추고 있었고, 다른 반구는 종종 '밤의 땅'이라고 불렸지만, 그 옛날 '달의 뒷면'처럼 그 명칭도 사람을 오해하게 만드는 이름이었다. 달의 '먼 쪽'처럼, 가니메데의 '밤의 땅'도 긴 하루의 절반 동안 기존 태양의 밝은 빛을 받고 있었다.

가니메데가 주 궤도를 도는 데는 거의 정확히 일주일, 즉 7일 세 시간이 걸렸다. 그 우연의 일치는 쓸모가 있기보다는 오히려 혼란을 야기했다. '1메데 일=1지구 주' 달력을 만들려는 시도는 너무 많은 혼란을 일으켰고, 사람들은 몇 세기 전에 그런 시도를 포기했다. 태양계의 다른 모든 거주민처럼 이곳 지역민들도 세계시를 채용하고, 24시간 표준일을 이름이 아니라 숫자로 확인하며 살았다.

가니메데의 신생 대기권은 아직 극도로 희박하고 거의 구름 한 점 없었기 때문에, 천체의 행렬들이 끝없는 장관을 보여 주었다. 가장 가까이 보이는 이오와 칼리스토는 둘 다 지구에서 본 달의 반 정도 되는 크기였다. 그러나 그들의 공통점은 그것뿐이었다. 이오는 루시퍼에 아주 가까웠기 때문에, 궤도를 쏜살같이 도는 데 이틀도 안 걸리고 심지어 분 단위로 보아도 움직인 거리가 눈에 띌 정도였다. 그러나 이오의 거리의 네 배가 넘는 곳에 있는 칼리스토는 느긋

한 순회를 마치는 데 2메데 일(혹은 16지구일)이 필요했다.

두 세계 사이의 물리적 차이는 더욱더 놀라웠다. 깊이 얼어붙은 칼리스토는 작은 태양으로 변한 목성에 거의 영향을 받지 않았다. 그곳은 여전히 얇은 얼음 크레이터의 황무지였다. 크레이터가 너무나 빽빽하게 생겨나 있어서 그 위성에는 목성의 거대한 중력장이 외태양계의 잡석을 긁어모으려고 토성의 중력과 경쟁하던 시절 몇 번씩 운석과 충돌하지 않은 곳이 하나도 없어 보였다. 그 이후로 몇 번의 소행성 추락을 제외하면 수십억 년 동안 이곳에는 아무 일도 일어나지 않았다.

이오에서는 매주 뭔가가 일어났다. 그 지역의 재치 있는 지식인이 이야기한 것처럼, "루시퍼 탄생 전 그곳이 지옥이었다면, 지금은 데워진 지옥이다."

풀은 그 타오르는 풍경을 자주 확대해 바라보았다. 아프리카보다 넓은 지역의 지형을 끊임없이 바꾸고 있는 화산들의 유황 목구멍을 들여다보았다. 때때로 아주 잠깐 눈부시게 밝은 분수가 우주 공간으로 수백 킬로미터 넘게 날아오르곤 했다. 생명 없는 세계에 자라는 거대한 불의 나무 같았다.

녹은 유황이 홍수처럼 화산과 표층의 구멍에서 터져 나가면서, 여러 가지 원소가 카멜레온처럼 얼룩덜룩한 동소체들로 바뀌었다가, 빨간색과 오렌지색과 노란색의 좁은 스펙트럼으로 바뀌었다. 우주 시대의 여명이 밝기 전에는 아무도 이런 세계가 존재할 거라고 상상도 하지 못했다. 편안하고 좋은 위치에서 관찰하기에는 아주 매혹적이었지만, 저런 곳에 사람이 착륙하는 위험을 무릅썼다는 건

차마 믿기 어려웠다. 로봇조차 발 디디기를 두려워하는 곳인데…….

그러나 그의 주 관심사는 에우로파였다. 에우로파는 가장 가까이 있을 때 지구의 만월과 같은 크기로 보였지만, 겨우 나흘 만에 달의 모든 위상 단계를 다 밟았다. 풀은 풍경을 선택할 때 상징주의는 전혀 고려하지 않았지만, 에우로파가 또 하나의 거대한 수수께끼인 스핑크스 위 하늘에 떠 있는 것은 아주 적절해 보였다.

심지어 확대하지 않고 맨눈으로 보아도 에우로파가 얼마나 엄청나게 바뀌었는지 확인할 수 있었다. 1000년 전 디스커버리 호가 목성을 향해 출발한 이래, 한때 갈릴레이 위성들 중 가장 작았던 에우로파를 완전히 덮었던 거미줄 같은 좁은 금과 띠는 극점 근처만 제외하고 완전히 사라졌다. 그곳에만은 몇 킬로미터 두께로 전체 표층에 깔려 있던 얼음이 새 태양의 온기에 녹지 않고 남아 있었다. 다른 곳에서는, 희박한 대기권에서 새로운 대양이 부글거리고 끓어올랐다. 지구라면 안락한 실온이었을 온도였다.

이 정도면 생물들을 가두기도 하고 보호하기도 하던 깨지지 않는 얼음 방패가 녹은 후 나타난 생물종들에게도 안락한 온도였다. 센티미터 단위까지 자세히 보여 줄 수 있는 정찰 위성들이 궤도를 돌면서 에우로파의 어느 종이 양서류 단계로 진화하는 과정을 지켜보았다. 아직 많은 시간을 물속에서 지내기는 했지만, '에우로파인'들은 간단한 건물 건축까지 시작했다.

이런 일들이 겨우 1000년 만에 일어났다는 것은 놀라웠지만, 그 원인에 대해서는 아무도 의심하지 않았다. 석판 중에서 가장 크고 가장 나중에 발견된, 갈릴리 바다 가장자리에 서 있는 몇 킬로미터 길이의 '만리장성'이 이 모든 것의 시작이었다.

그리고 그것이 나름의 수수께끼 같은 방식으로, 자신이 이 세계에서 시작한 실험을 지켜보고 있다는 것 또한 아무도 의심하지 않았다. 400만 년 전 지구에서 했던 것처럼.

인류의 광기

미스 프링글.

파일, 인드라.

친애하는 인드라, 음성 메일도 보내지 않아서 미안해요. 물론 이유는 보통 때와 비슷하죠. 그러니까 그런 변명을 애써 하지는 않을게요.

우선 당신 질문에 대답하면, 그래요, 이제는 그래니메데가 아주 편해요. 하지만 거기서 보내는 시간이 점점 줄어들어요. 내 스위트룸에 송신한 하늘 디스플레이는 아주 즐거운 눈요깃거리지만요. 지난밤 이오 플럭스관이 멋진 공연을 했어요. 이오와 목성 — 그러니까 루시퍼 — 사이에서 일종의 번개가 방출되는 거예요. 지구의 오로라와 비슷하지만 훨씬 더 볼 만해요. 내가 태어나기도 전에 전파 천문학자들이 발견했던 거예요.

그리고 그 옛 시절 이야기를 좀 하면……, 아누비스 시티에 보안관이 있다는 거 알았어요? 그건 프론티어 정신을 남용하는 것 같아요. 우리 할아버지가 애리조나 주에 대해 하시던 이야기가 생각나는데…… 그중 몇 가지를 가니메데에서도 시험해 봐야 해요…….

바보 같은 소리로 들릴지 모르지만, 난 아직 보면 스위트룸 생활에 익숙해지지 않았어요. 자꾸 어깨 너머를 돌아보게 돼요…….

내가 어떻게 시간을 보내냐고요? 아프리카 탑에서와 비슷해요. 나는 이 지역 지식인들을 만나고 있어요. 당신이 예상한 대로 그 사람들 수가 좀 적기는 해도요.(아무도 이걸 도청하지 않기를 바랍시다.) 그리고 나는 현실 세계와 가상 세계에서 교육 시스템과 상호작용을 했어요. 매우 좋아 보이기는 하지만, 당신이 생각하는 것보다 더 기술 지향적이에요. 물론 그건 이런 적대적인 환경에서는 어쩔 수 없죠…….

하지만 왜 사람들이 여기 사는지 이해하는 데 도움이 되었어요. 여기엔 도전이……, 있다는 느낌이 있어요. 당신이 원한다면 목적 의식이라고 표현해도 좋겠지요. 지구에서는 보기 드물었던 것이에요.

가니메데인들 대부분이 여기서 태어나서 다른 세계를 모르는 건 사실이에요. 보통은 너무 예의 발라서 그렇게 얘기는 안 하지만, '고향 행성'은 타락해 간다고 생각하고요. 그런가요? 만약 그렇다면 당신 '테리'들—여기 사람들은 당신들을 그렇게 불러요.—은 어떻게 할 건가요? 내가 만난 10대 학생들은 당신들에게 경각심을 안겨 주고 싶어 해요. 그들은 지구 침공 최고 기밀 계획을 정교하게 세우고 있어요. 내가 경고하지 않았다고는 하지 마세요…….

한번은 아누비스 시티 밖, 이른바 '밤의 땅'으로 여행을 가 봤어요. 사람들이 절대로 루시퍼를 못 보는 곳이죠. 우리 열 명—나, 챈들러, 골리앗 승무원 둘, 가니메데인 여섯—이 '먼 쪽'으로 들어가서 지평선 아래로 지는 해를 쫓아갔어요. 진짜 밤이었지요. 경탄할 만했어요. 지구의 극지방 겨울과 매우 비슷했지만, 하늘이 완전히 검은색이었죠……. 마치 내가 우주에 있는 것 같은 느낌이었어요.

모든 갈릴레이 위성들이 아름답게 보였고, 에우로파가 이오를 가리는 것을 — 미안, 오컬트적 의미가 있어요. — 지켜보았어요. 물론 우리가 이걸 관찰할 수 있도록 시간을 맞춰 떠난 여행이었죠…….

더 작은 위성들도 몇 개 간신히 보였어요. 그러나 이중성(근접해 보이는 두 개의 별 — 옮긴이) 지구-달은 훨씬 더 뚜렷했죠. 내가 향수병을 느꼈냐고요? 솔직히, 아뇨. 그곳에 있는 새 친구들이 그립긴 하지만요…….

그리고 미안해요. 칸 박사가 내게 메시지를 몇 건 남겼는데도 아직 그를 못 만났어요. 앞으로 며칠 안에 만날 거라고 약속해요. 가니메데 날 말고 지구 날 기준으로요!

조에게 안부 전해 줘요. 대닐이 어떻게 지내는지 안다면 그에게도요. 다시 묻는데, 대닐은 진짜 사람인가요? 당신에게 사랑을 보내요…….

저장.

전송.

풀의 세기에는 사람 이름으로 외모에 대한 실마리를 얻는 일이 많았다. 그러나 30세대 후에는 더 이상 그렇지 않았다. 시어도어 칸 박사는 중앙아시아의 스텝 지대를 유린하기보다는 바이킹의 대형 보트를 탔을 때 더 편안해 보일 것 같은 금발의 북유럽인으로 보였다. 그러나 키가 150센티미터도 안 되었기 때문에 어느 쪽 역할을 해도 별로 인상적이지는 않았을 터였다. 풀은 아마추어 정신분석을 해 보고 싶은 마음을 억누를 수가 없었다. 키 작은 사람들은 공격적인 과잉 성취자일 때가 많다. 인드라 월러스가 준 힌트에 따르면, 이 말은 가니메데에 단 한 명 있는 철학자 주민을 제대로 표현한 것 같았다. 칸은 이런 실용적 정신의 사회에서 살아남기 위해 그런 학벌이 필요했을 것이다.

아누비스 시티는 너무 작아서 대학 캠퍼스가 없었다. 통신 혁명 때문에 이제는 그런 것이 쓸모없다고 믿는 사람들이 많지만, 대학 캠퍼스는 아직 다른 세계에는 존재하는 사치였다. 대신, 아누비스에는 훨씬 더 적절하고 몇 세기나 오래된 것이 있었다. 숲 속으로 걸어가려고 시도해 보기 전에는 플라톤도 속을 것 같은 작은 올리브 나무 숲이 갖춰진 '학술원'이 바로 그것이었다. 칠판 이상의 장비가 필요 없다는 인드라의 철학과 농담은 분명 이 복잡한 환경에서는 적용되지 않았다.

"이곳은 일곱 명이 들어올 수 있도록 지어졌어요. 사람들이 효율적으로 소통할 수 있는 최대한의 인원이 일곱 명이기 때문이죠."

썩 편안하게 설계되지는 않은 의자에 자리 잡고 앉았을 때, 칸 박사가 자랑스럽게 말했다.

"그리고, 소크라테스의 유령까지 한 사람으로 친다면 파이돈(소크라테스의 제자 — 옮긴이)이 그 유명한 연설을 했을 때 있던 사람들의 수이기도 합니다⋯⋯."

"영혼의 불멸에 대한 연설요?"

칸이 놀라는 모습이 너무나 명백해서 풀은 웃을 수밖에 없었다.

"졸업 직전에 철학 특강을 들었거든요. 강의 계획을 짤 때 어떤 사람이 우리 야만적인 공돌이들도 문화를 좀 알아야 한다고 결정하는 바람에."

"그런 말을 들으니 기쁘군요. 이야기를 훨씬 쉽게 할 수 있겠습니다. 아, 아직도 나의 행운을 믿을 수가 없어요. 당신이 여기 도착한 것은 거의 기적과도 같습니다! 심지어 당신을 만나러 지구에 갈까 하는 생각도 했답니다. 우리 인드라가 당신에게 나의……, 어……, 강박에 대해서 이야기하던가요?"

"아뇨."

풀은 그다지 정직하지 않은 대답을 했다.

칸 박사는 매우 기쁜 것 같았다. 그는 새 청중을 찾아내어 기뻐하고 있었다.

"어쩌면 나를 무신론자라고 부르는 걸 들었을지도 몰라요. 하지만 그건 전혀 사실이 아니랍니다. 무신론은 증명할 수 없고, 따라서 흥미롭지 않아요. 아무리 가능성이 없다고 해도 우리는 신이 존재했는지 아닌지, 고타마 붓다처럼 아무도 그를 찾을 수 없는 피안으로 가고 있는지 아닌지, 결코 확신할 수 없어요. 그 주제에 대해서는 아무 입장도 없습니다. 내가 흥미를 느끼는 분야는 종교라고 알려진 정신 병리학이에요."

"종교가 정신 병리학이라고요? 가혹한 판정이군요."

"역사를 통해 충분히 입증된 사실입니다. 당신이 지성이 있는 외계인이고, 증명할 수 있는 진실에만 관심이 있다고 상상해 보세요. 그런데 자기 종을 수천―아니, 지금은 수백 만이죠.―의 종족으로 나눈 종을 발견해요. 우주의 기원과 우주 안에서 행동하는 양식에 대한 믿을 수 없을 만큼 다양한 신앙을 기준으로요. 그들 중 많은 수가 공통된 생각을 갖고 있지만, 심지어 그 믿음의 99퍼센트가 겹치지만 남은 1퍼센트 때문에 그들은 서로 죽이고 고문할 수 있는 겁니다. 외부인에게는 무의미하기만 한 사소한 교리 한 가지 때문에요.

이런 비합리적인 행동을 어떻게 설명하죠? 루크레티우스(고대 로마의 철학자 — 옮긴이)가 '종교는 공포의 부산물'이며 신비롭고 적대적이기도 한 우주에 대한 반응이라고 말했을 때 그는 핵심을 찌른 거예요. 선사시대에는 그것이 인간에게 필요악이었을 겁니다. 그런데 왜 필요 이상으로 훨씬 더 악랄해졌을까요? 그리고 왜 아직까지 살아남아 있을까요? 이제는 필요도 없는데.

나는 종교가 악하다고 말했고, 그건 진심입니다. 공포는 잔인함으로 통하기 때문입니다. 종교 재판에 대해 조금만 알아도 인류라는 종에 속한 것이 부끄러워집니다……. 지금까지 출판된 책 중 가장 역겨운 책이 『마녀의 망치』(15세기 독일에서 출간된 마녀사냥 지침서 — 옮긴이)입니다. 변태 사디스트 두 명이 쓰고 교회가 공인한—독려도 했죠! —고문들을 묘사한 책이죠. 무해한 늙은 여자들 수천 명에게서 '고백'을 끌어내고 그 고백을 토대로 그들을 산 채로 태워 죽이기 위해서요. 그 책을 칭찬하는 서문을 교황이 직접 썼습니다!

하지만 다른 종교들도 대부분 기독교만큼 나쁩니다. 몇몇 고결한 예외를 제외하고요. 심지어 당신의 세기에도, 어린 소년들은 사슬로 묶이고 헛소리뿐인 책 한 권을 다 외울 때까지 채찍질을 당했어요. 그런 식으로 어린 시절을 빼앗기고 남성성을 억압당한 채 수도승이 되었지요…….

이런 사례를 통틀어 가장 당황스러운 점은, 어떻게 광인임이 분명한 사람들이 세기에서 세기를 거듭해 가며 자기들이 ─그리고 자기들만! ─신에게서 메시지를 받았다고 주장했느냐 하는 겁니다. 모든 메시지들이 일치했다면 문제가 해결됐겠죠. 하지만 당연하게도 그 메시지들은 걷잡을 수 없이 어긋났습니다. 그 메시지들은 자칭 메시아들이 수백 명, 때로는 수백만 명의 지지자를 모아 미시적으로 다른 신앙을 믿는, 똑같이 망상에 빠진 신자들과 맞서 죽을 때까지 싸우는 것을 막지 못했죠."

풀은 맞장구를 칠 때라고 생각했다.

"당신 말을 듣고 있자니 내가 어렸을 때 고향 마을에서 일어났던 일이 생각나는군요. 어느 '성자'가 기적을 보여 줄 수 있다고 주장하면서 가게를 열었고, 눈 깜짝할 사이에 헌신적인 추종자들이 구름처럼 몰려들었죠. 그 사람들은 무지하거나 문맹이 아니었어요. 좋은 가문 사람도 많았지요. 매주 일요일마다 값비싼 차들이 그의, 어……, 사원 주위에 주차된 것이 보였어요."

"'라스푸틴(제정 러시아 말기의 혹세무민한 괴승 ─ 옮긴이) 신드롬'이라고 불리죠. 그런 경우가 모든 나라에 걸쳐 역사상 수백만 건이 있습니다. 그리고 천 번 중에 한 번 그 사이비 종교가 두어 세대 살아남지요. 이 경우엔 어떻게 되었지요?"

"음, 그 경쟁은 매우 불행했고, 그의 평판은 아주 나빠졌죠. 그의 이름이 기억나면 좋을 텐데. 그는 스와미 어쩌고 하는 긴 인도인 이름을 썼는데, 알고 보니 앨라배마 출신이었어요. 그가 쓴 속임수 중

한 가지는 난데없이 성물을 꺼내서 숭배자들에게 건네주는 거였어요. 공교롭게도, 우리 동네 랍비는 아마추어 마술사였고, 그게 정확히 어떤 식으로 이루어지는지 보여 주려고 공개적으로 시연도 했어요. 하지만 달라지는 건 없었어요. 그의 충실한 지지자들은 자기 대장의 마법이 진짜고 랍비는 그걸 질투할 뿐이라고 말했어요.

유감스러운 이야기지만 일찍이 우리 어머니는 그 악당의 이야기를 진지하게 받아들였어요. 아버지가 도망간 직후였는데, 아버지가 도망간 건 아마 그것과도 관계가 있었을 거예요. 어머니는 나를 그의 예배에 끌고 갔어요. 나는 겨우 열 살 정도였지만, 그렇게 불쾌하게 생긴 사람은 처음 본다고 생각했어요. 그의 턱수염은 새가 몇 마리 둥지를 지을 수 있을 정도였고, 실제로 짓기도 했을 겁니다."

"전형적인 사이비 교주 같군요. 그의 기세가 얼마나 오래 번창했죠?"

"삼사 년요. 그다음에는 우리 동네를 서둘러 떠나야 했어요. 10대들과 음란한 술판을 벌이다가 붙잡혔거든요. 물론 그는 신비주의 영혼 구제 기법을 쓰고 있었다고 주장했죠. 그리고 당신은 이걸 믿지 않겠지만……."

"말해 봐요."

"그때까지도 그에게 사기당한 사람들 중 여러 명이 아직 그를 믿었어요. 자기들의 신은 잘못을 저지를 리 없으니까 그는 분명히 누명을 쓴 거라고요."

"누명이 뭐죠?"

"미안해요. 거짓 증거로 유죄를 선고받았다고요. 때때로 경찰이

다른 모든 방법이 실패했을 때 범죄자를 잡기 위해 쓰는 수단이죠."

"흠, 당신의 스와미는 너무나 전형적이어서 난 좀 실망했어요. 하지만 인류의 대부분은 언제나 제정신이 아니었다는 내 주장을 증명하는 데는 도움이 되는군요. '언제나'가 아니라면 적어도 얼마 동안은."

"이게 대표적인 예는 아니잖아요. 플래그스태프 교외의 작은 마을에서 일어난 일일 뿐인데."

"맞아요. 하지만 그런 예는 당신 세기뿐만 아니라 모든 시대에서 수천 건 찾아볼 수 있어요. 아무리 터무니없어 보여도, 무수히 많은 사람들이 믿을 준비가 되어 있었죠. 가끔은 아주 열정적이어서 자신들의 환상을 포기하느니 차라리 싸우다 죽었어요. 나한테는, 그것이 정신 이상의 훌륭한 조작적 정의(사물 또는 현상을 경험적으로 기술하는 정의 ― 옮긴이)입니다."

"강한 종교적 믿음을 가진 사람은 누구라도 정신 이상자라고 주장하는 건가요?"

"엄밀하게 말하면 그렇습니다. 그들이 진짜로 진지하고, 위선자가 아니라면요. 하지만 90퍼센트는 위선자가 아닐까 싶습니다."

"내 어린 시절 랍비 베렌슈타인은 진지했다고 확신해요. 그렇지만 그 랍비는 내가 아는 사람 중에 가장 정신이 온전한 축이었어요. 그리고 이건 어떻게 설명할 겁니까? 내가 만난 단 한 명의 진짜 천재는 HAL 프로젝트를 주도한 찬드라 박사였어요. 언젠가 그의 사무실에 갔는데, 문을 두드려도 대답이 없었어요. 그래서 난 아무도 없나 보다 생각했지요.

알고 보니 찬드라 박사는 꽃으로 장식한 한 무리의 기묘한 작은 청동 조각상들에게 기도하고 있었어요. 그중 하나는 코끼리 같아 보였어요……. 다른 하나는 비정상적으로 팔이 많았고요. 난 매우 당황했지만, 운 좋게도 찬드라 박사는 내가 낸 소리를 듣지 못했어요. 그래서 나는 살금살금 방에서 나갔지요. 당신은 찬드라 박사가 정신 이상자라는 건가요?"

"나쁜 예를 골랐군요. 천재들은 그런 일이 많아요! 그러면 정신 이상이라고 하지 말고, 어린 시절의 조건화 때문에 정신적으로 손상되었다고 말해 봅시다. 예수회는 '나한테 6년 동안 소년을 맡기면 그 소년은 평생 나를 따를 것이다.'라고 주장했어요. 그들이 어린 찬드라를 제때 발견했다면, 그는 힌두교도가 아니라 독실한 가톨릭교도였을 겁니다."

"그럴듯하군요. 하지만 난 어리둥절한데요. 왜 그렇게 날 보고 싶어 했죠? 난 어떤 종교에도 그렇게 독실하지 않았던 것 같은데요. 이런 모든 것과 내가 무슨 관계가 있습니까?"

오래 쌓아 놓았던 무거운 비밀을 벗어 버리게 된 기쁨을 노골적으로 드러내며 칸 박사는 그에게 천천히 이야기하기 시작했다.

배교자

기록, 풀.

안녕, 프랭크……. 그럼 마침내 테드를 만났군요. 그래요. 테드는 괴짜라고 할 수 있어요. 괴짜를 유머 감각 없는 열광자라고 정의한다면요. 하지만 괴짜는 자기가 '크나큰 진실' ― 내가 따옴표 붙인 거 들려요? ―을 아는데 아무도 귀 기울이지 않기 때문에 성마르죠……. 당신이 테드에게 귀를 기울여 줘서 기뻐요. 당신이 테드를 아주 진지하게 받아들여 주면 좋겠어요.

당신이 테드의 아파트에 여봐란 듯이 전시되어 있는 교황 초상화를 보고 놀랐다고 했죠. 그건 테드의 영웅 피우스 20세였을 거예요. 내가 당신에게 분명히 그 사람 이야기를 했어요. 그에 대해서 찾아봐요. 그는 보통 '불경자'라고 불려요! 그건 대단히 흥미로운 이야기고, 당신이 태어나기 직전 일어났던 어떤 사건과 아주 비슷해요. 당신은 소비에트 제국의 서기장 미하일 고르바초프가 20세기 말에 소비에트의 범죄와 방종을 폭로해 마침내 제국의 해체를 초래했다는 걸 알죠.

고르바초프는 그렇게까지 하려던 건 아니었어요. 그곳을 개혁하려고 했던 거죠. 그러나 그건 가능하지 않았어요. 피우스 20세도 같은 생각을 가졌을지도 몰라요. 하지만 우리는 진짜 그런지 절대로 모를 거예요. 왜냐하면 그는 '종교 재판'의 비밀 파일을 공개해서 온 세상을 경악하게 한 직후에 미친 추기경에게 암살당했으니까요.

독실한 사람들은 여전히 겨우 몇십 년 전에 발견된 TMA-0 때문에 동요하고 있었어요. 그 발견은 피우스 20세에게도 엄청난 충격이었고, 그의 행동에 영향을 미친 게 확실해요……

하지만 아직 그 늙고 비밀스러운 자연신교도 테드가 자신의 신에 대한 탐구를 당신이 도와줄 수 있다고 생각한 이유를 나한테 말해 주지 않았잖아요. 나는 신이 그토록 성공적으로 숨어 있어서 그가 여전히 화가 나 있다고 생각해요. 내가 이런 말을 했다고는 그에게 말하지 마세요.

다시 생각해 보니 못 할 것도 없겠네요.

사랑을 담아, 인드라.

저장.

전송.

미스 프링글.

기록.

안녕, 인드라. 나는 테드 박사와 또 한 번 만났어요. 하지만 당신이 생각하는, 그가 신에게 화가 난 이유는 그에게 말하지는 않았어요!

그렇지만 아주 흥미로운 논쟁, 아니 대화를 그와 나누었어요. 이야기는 대부분 그가 했지만요. 그렇게 오랫동안 공학을 공부했는데 다시 철학에 입문하게 될 줄은 전혀 생각 못 했어요. 제대로 생각해 보려면 먼저 철학사부터 살펴봐야 할 것 같아요. 내가 학생이라면 테드는 내게 무슨 학점을 줄까요?

어제 난 그의 반응을 보려고 이런 접근 방식을 시도해 봤어요. 어쩌면 독창적인 접근일지도 몰라요. 설마 그럴까 의심스럽긴 하지만요. 당신도 그걸 듣고 싶어 할 거예요. 당신이 뭐라고 할지 궁금해요. 우리는 이런 논의를 했어요.

미스 프링글. 오디오 94 복사하기.

"테드, 인류 예술의 위대한 작품들이 대부분 종교적인 헌신에서 영감을 얻었다는 건 부인할 수 없잖아요. 그게 뭔가를 증명하지 않나요?"

"증명해요. 하지만 신자에게 커다란 위안을 줄 방식으로 증명하는 건 아니죠! 때때로 사람들은 최대, 최선, 최고의 목록을 만들어 스스로 즐기죠. 그건 분명 당신 시대의 대중적인 오락이었을 겁니다."

"그건 확실히 그랬죠."

"자, 예술에서도 그런 유명한 시도들이 있었어요. 물론 그런 목록으로 절대적이고 영원한 가치를 확립할 수는 없었죠. 하지만 그것들은 흥미롭고, 시대의 흐름에 따라 어떻게 취향이 바뀌는지 보여 줘요…….

내가 마지막으로 본 목록은 겨우 몇 년 전에 지구 아트넷(온라인 미술품 경매 회사 — 옮긴이)에 떠 있던 건데, 건축, 음악, 시각예술로 나뉘어 있었어요. 몇 가지 사례가 기억나는데……, 파르테논 신전, 타지마할……, 음악에서는 첫 번째가 바흐의 「토카타와 푸가」였고, 베르디의 「레퀴엠 미사」가 그 뒤를 따랐죠. 미술에서는 물론 모나리자였고요. 그다음에는 순서는 확실하지 않은데……, 실론 어딘가의 불상 한 그룹, 그리고 젊은 왕 투탕카멘의 황금 데스마스크였어요.

내가 다른 것을 다 기억할 수 있다고 해도 ― 물론 그렇게는 못 하죠.―그건 중요하지 않아요. 중요한 건 그것들의 문화적, 종교적 배경입니다. 전반적으로, 단 하나의 종교가 지배적인 게 아닙니다. 음악만 제외하고요. 그리고 그건 순전히 기술상의 우연 때문일 수도 있습니다. 오르간과, 전자음악 기기 이전의 악기들은 기독교화된 서구에서 완성되었으니까요. 역사는 완전히 다르게 전개될 수도 있었습니다……. 예를 들어, 그리스인이나 중국인들이 기계를 장난감 이상으로 생각했다면요.

하지만 내가 생각하기에 진짜로 논쟁을 해결한 건, 인간 예술 중에서 가장 위대한 작품에 대한 일반적인 의견의 일치였어요. 거의 모든 목록에서 그건 앙코르와트였죠. 그러나 그것에 영감을 준 종교는 오래전에 사멸했어요. 그것이 무엇이었는지, 아무도 정확히 몰라요. 단순히 하나가 아니라 수백 명의 신이 나오는 종교라는 것 외에는!"

"우리 늙은 랍비 베렌슈타인한테 그 질문을 던질 수 있었으면 좋았을 텐데. 그는 분명히 훌륭한 대답을 갖고 있었을 거예요."

"나도 그건 의심하지 않아요. 내가 직접 그를 만날 수 있었으면 좋았을 거라고 생각해요. 그리고 이스라엘에 무슨 일이 일어났는지 그가 살아서 보지 못해서 기쁘군요."

오디오 끝.

잘 들었죠, 인드라. 그래니메데 메뉴에 앙코르와트가 있었으면 좋겠어요. 난 그걸 한 번도 본 적이 없어서요. 하지만 모든 걸 가질 수는 없으니까…….

자, 당신이 진짜로 궁금해하는 건, 왜 테드 박사가 내가 여기 온 걸 그렇게 기뻐하는가 하는 거죠?

당신도 아는 것처럼, 테드 박사는 1000년 동안 아무도 착륙 허가를 받지 못한 에우로파에 많은 수수께끼를 푸는 열쇠가 있다고 확신해요.

그리고 테드는 내가 예외일 수도 있다고 생각해요. 거기 내 친구가 있다고 믿거든요. 그래요. 데이브 보먼, 지금 그가 무엇이 되었는지 몰라도…….

데이브 보먼이 그 '큰형' 석판에 끌려 들어가 살아남았다는 것, 그리고 어떻게인지는 몰라도 그 후 지구에 다시 방문했다는 걸 우린 알아요. 그러나 그 이상의 것이 있었는데, 난 그걸 몰랐어요. 가니메데인들은 그 이야기를 하게 되면 당황하기 때문에, 아주 소수의 사람들만 알고 있죠…….

테드 칸은 몇 년 동안 증거를 모으면서 보냈고, 이제 그 사실을 확신하지만 설명하지는 못해요. 각각 1세기쯤 간격을 두고, 적어도 여섯 차례에 걸쳐, 이곳 아누비스의 믿을 만한 관찰자들이 헤이우드 플로이드가 디스커버리 호에서 만난 것 같은 '유령'을 보았다고 보고했어요. 그들 중 한 명도 그 사건에 대해서 몰랐지만, 그들은 데이브 보먼의 홀로그램을 보여 주자 모두 그를 알아보았어요. 데이브 보먼은 600년 전에, 에우로파에 가까이 다가갔던 조사선 위에서 또 한 번 목격된 적이 있지요…….

개별적으로는 아무도 이 사건들을 진지하게 받아들이지 않을 겁니다. 하지만 전체적으로 보면 이건 어떤 패턴을 형성해요. 테드는 데이브 보먼이 우리가 '만리장성'이라고 부르는 석판과 합쳐져 어떤 형태로든 살아남았고, 아직 어느 정도 우리 세상에 관심을 갖고 있다고 매우 확신해요.

데이브는 의사소통을 하려는 시도를 하지 않았지만, 테드는 우리가 그와 접촉할 수 있기를 바라요. 그리고 내가 그렇게 할 수 있는 유일한 인간이라고 믿어요……

나는 아직 마음을 정하지 못했어요. 내일 챈들러 선장과 이야기해 볼 겁니다. 우리가 뭔가 결정하면 알려 줄게요. 사랑을 담아, 프랭크.

저장.

전송, 인드라.

격리

"자네 유령을 믿어, 딤?"

"물론 아니지. 하지만 분별 있는 사람답게 유령을 무서워해. 그런 건 왜 묻지?"

"유령이 아니었다면 그건 내가 꾼 것 중에 가장 생생한 꿈이었어. 간밤에 나는 데이브 보먼과 대화를 했어."

풀은 챈들러 선장이 필요하다면 자기 말을 진지하게 받아들이리라는 것을 알고 있었다. 그 면에서 그의 기대는 깨지지 않았다.

"재미있군. 하지만 그건 명백하게 설명이 돼. 자네는 여기 보먼 스위트룸에 살잖아, 데우스 맙소사! 자네 입으로 직접 여기는 귀신 들린 느낌이라고 나한테 말한 적도 있고."

"자네가 옳다고 확신해……, 음, 99퍼센트 확신해. 그리고 이 일 전체가 테드 교수와 나눈 논의 때문에 생긴 거라고도 확신해. 자네

데이브 보먼이 때때로 아누비스에 나타난다는 보고를 들어 본 적 있나? 약 100년 간격으로? 디스커버리 호가 재가동된 다음 그 배에 탄 플로이드 박사 앞에 나타난 것처럼 말이야."

"그때 무슨 일이 일어났는데? 애매한 이야기를 들은 적은 있지만, 그걸 진지하게 받아들였던 적은 없어."

"칸 박사는 진지하게 받아들였고, 나도 그래. 나는 원본 기록을 봤어. 플로이드 박사가 내 옛날 의자에 앉아 있는데, 먼지구름 같은 것이 그의 뒤에서 형태를 갖추더니 데이브 보먼의 머리 모양으로 변했어. 그러고는 그에게 떠나라고 경고하는 그 유명한 메시지를 전했어."

"누가 아니래? 하지만 그건 1000년 전 일이잖아. 위조할 만한 시간이 아주 많았다고."

"무슨 말을 하고 싶은 거야? 나는 어제 칸과 함께 그걸 봤다고. 난 그게 진짜라는 데 목숨이라도 걸 수 있어."

"사실 난 자네 말에 동의해. 그리고 그런 보고들에 대해서도 들어 봤어……."

챈들러가 말끝을 흐렸다. 약간 당황한 것 같았다.

"아주 오래전에 여기 아누비스에 여자 친구가 있었거든. 그녀는 자기 할아버지가 보먼을 봤다고 말했어. 나는 웃었지."

"테드의 목록에 그 목격담도 올라와 있는지 궁금하군. 자네 친구를 통해 그에게 연락할 수 있겠나?"

"어……, 안 그러는 게 좋겠어. 우리는 오랫동안 말도 나눈 적 없는 사이야. 어쩌면 그녀가 달이나 화성에 있을지도 모르고……. 그런데, 왜 테드 교수가 흥미를 갖는 거야?"

"내가 진짜로 자네와 의논하고 싶은 게 바로 그거야."

"불길하게 들리는데? 어서 말해 봐."

"테드는 데이브 보먼이, 혹은 뭐든지 그가 변한 존재가 아직 저위 에우로파에 존재할 거라고 생각해."

"1000년이 지났는데?"

"뭐……, 날 봐."

"예시 하나로 통계를 만들면 형편없어진다고 우리 수학 교수가 이야기하곤 했어. 하지만 계속해 봐."

"이건 복잡한 이야기야. 아니면 조각들이 대부분 없어진 퍼즐 맞추기와 비슷해. 하지만 400만 년 전 아프리카에 그 석판이 나타났을 때 우리 조상들에게 뭔가 결정적인 일이 일어났다는 건 일반적으로 다들 동의하잖아. 그건 선사시대에 전환점을 찍었어. 도구의 첫 출현, 무기, 종교……. 그게 순전한 우연의 일치일 리는 없어. 석판이 우리에게 무언가 한 게 분명해. 그냥 수동적으로 숭배나 받으면서 그냥 거기 있었을 리는 없어…….

테드는 유명한 고생물학자의 이런 말을 인용하는 걸 좋아해. 'TMA-0은 진화하라고 우리 엉덩이를 걷어차 줬다.' 그는 그것이 완전히 바람직한 방향으로 겨누어 걷어차지는 않았다고 주장해. 우리가 살아남기 위해서 이렇게 비열하고 끔찍해져야 했을까? 아마 그랬을지도 모르지……. 내가 이해하기로, 테드는 우리 두뇌의 배선이 근본적으로 뭔가 잘못됐고, 그래서 우리는 일관성 있고 논리적인 생각을 할 수 없다고 해. 더 나쁜 건, 모든 생물은 살아남기 위해 어느 정도 공격성이 필요하지만, 우리는 절대적으로 필요한 양보다 훨씬 더 많이 갖고 있는 것 같다는 사실이야. 다른 어떤 동물도 우리처럼 동족들을 고문하지는 않아. 이것은 진화 과정의 우연 때문일까, 아니면 유전적인 불운이 한 조각 끼어 있었던 걸까?

또, 그 프로젝트, 실험, 하여간 뭐든 간에 그것의 진행을 계속 파악하고 목성(태양계의 확실한 임무 통제소)에 보고하기 위해 TMA-1이 달에 세워졌다는 주장이 널리 받아들여지고 있지. 다른 석판('큰형')이 거기서 기다리고 있는 이유가 바로 그거야. 그렇게 400만 년 동안 기다린 끝에, 디스커버리 호가 도착했어. 여기까지는 동의해?"

"그래, 난 언제나 그 가설이 가장 그럴듯하다고 생각했어."

"이제부터는 더더욱 추측에 근거해. 보먼은 '큰형'에 삼켜졌지만 그의 인격 중 어떤 부분이 살아남은 것 같아. 두 번째 목성 탐사에서 헤이우드 플로이드와 만나고 20년 후에, 플로이드가 2061년 핼리 혜성과 랑데부하기 위해 유니버스 호에 탔을 때 둘은 그 우주선에서 또 한 번 접촉했어. 적어도 헤이우드 플로이드의 회고록에는 그렇게 되어 있어. 그가 그걸 구술했을 때는 100살이 훨씬 넘었지만."

"노망이 들었을 수도 있지."

"현대의 모든 설명으로는 그렇지 않아! 또, 심지어 더 의미심장한 것은, 갤럭시 호가 에우로파에 어쩔 수 없이 착륙했을 때 그의 손자 크리스도 똑같이 이상한 경험을 했다는 거야. 물론 그곳은 오늘날 그 석판 중 하나가 있는 곳이야! 에우로파인들에게 둘러싸여서……."

"테드 박사가 뭘 겨냥하는지 알겠어. 우리가 겪은 일이 바로 이거야. 그 사이클 전체를 다시 시작하는 것 말이야. 이제는 에우로파인들이 스타덤에 오를 차례군."

"바로 그거야. 모든 것이 들어맞아. 목성은 그들에게 태양을 주기위해, 그들의 얼어붙은 세계를 데우기 위해 점화되었어. 우리에게 접근하지 말라고 경고한 건 우리가 그들의 발전에 간섭하지 않게 하기 위해서……"

"전에 그 아이디어를 내가 어디서 들었더라? 알겠어, 프랭크, 1000년 전으로 거슬러 올라가. 자네 시대야! 지상명령(Prime Directive, 스타트렉의 우주연방이 외계 문명과 접촉할 때 지침으로 삼는 불간섭 정책 — 옮긴이)! 우리는 아직 그 옛날 스타트렉 프로그램들을 보며 아주 많이 웃는다네."

"내가 그 드라마 배우들을 몇 명 만난 적이 있다고 자네한테 말한 적 있나? 그 사람들은 지금의 나를 보면 놀랄 거야……. 그리고 난 언제나 불간섭 정책에 대해 생각이 달랐어. 아프리카에서 석판은 확실히 그걸 어겼어. 어떤 사람은 그래서 처참한 결과가 생겼다고 주장할지도 몰라……"

"그러면 다음엔 더 행운이 따르길, 에우로파에!"

풀은 별로 즐거운 기분 없이 웃었다.

"칸도 똑같은 말을 하더군."

"그는 우리가 그걸 어떻게 해야 한다고 생각하나? 무엇보다도, 자네는 어디에 등장하지?"

"우선 우리는 에우로파에 진짜로 무슨 일이, 왜 일어나고 있는지 알아내야 해. 단순히 우주에서 관찰하는 걸로는 충분하지 않아."

"우리가 달리 뭘 할 수 있어? 그곳에 접근하려 한 가니메데의 탐사선은 전부 착륙 직전에 폭발했어."

"그리고 갤럭시 호를 구출하기 위한 임무 이후, 유인 우주선들은 아무도 이해할 수 없는 역장 같은 것 때문에 튕겨져 나갔어. 매우 흥미롭지. 저 아래 있는 것이 무엇을 보호하려 들건 간에, 악의적이지는 않다는 걸 증명해. 그리고 이건 중요한 지점인데, 무엇이 오는지 스캔할 방법을 갖고 있는 것도 분명해. 그건 로봇과 인간을 구별할 수 있어."

"때로는 나보다 더 잘 할 수 있지. 계속해."

"자, 테드는 에우로파 표면에 착륙할 수 있는 인간이 단 한 명 있을지도 모른다고 생각해. 왜냐하면 그의 옛 친구가 있고, '존재하는 힘'에 영향력을 갖고 있을 수도 있기 때문이야."

디미트리 챈들러 선장은 길고 낮은 휘파람을 불었다.

"그리고 자네는 그 위험을 무릅쓸 생각이 있고?"

"그렇지. 내가 잃을 게 뭐가 있겠어?"

"자네 마음속 꿍꿍이가 내가 알고 있는 대로라면, 값나가는 셔틀 하나를 잃을 수 있지. 그래서 자네가 팔콘 조종법을 배웠던 거 아닌가?"

"음, 말이 나왔으니 말인데……, 그 생각도 했지."

"생각 좀 해 봐야겠어. 흥미가 있다는 건 인정하겠는데, 얽힌 문제가 많아."

"자네를 아니까, 그런 문제가 자네를 막지 못하리라는 것도 잘 알아. 일단 자네가 날 돕기로 마음만 먹는다면."

모험

미스 프링글, 지구에서 온 메시지 목록 우선 순위.

기록.

안녕 인드라, 극적으로 과장하지 않으려고 하지만, 이건 가니메데에서 내가 마지막으로 보내는 메시지일 수도 있어요. 당신이 이걸 받을 때쯤에, 나는 에우로파에 가는 도중일 거예요.

갑자기 결정한 것이고, 나보다 더 놀란 사람은 없겠지만, 깊이 생각하고 내린 결정이에요. 당신도 아마 짐작하겠지만, 주로 테드 칸의 책임이에요……. 만약 내가 돌아오지 않으면 그에게 설명을 들어요.

오해하지는 마요. 난 이걸 전혀 자살 임무라고 생각하지 않아요! 그러나 테드의 주장에 90퍼센트 정도 설득되었고, 그가 내 호기심을 어찌나 불러일으켰는지, 일생에 한 번 있는 이 기회를 거부한다면 나 자신을 용서하지 못할 것 같아요. 두 생애에 한 번 있는 기회라고 해야 하려나요……

나는 골리앗 호의 작은 1인 셔틀인 팔콘을 조종하고 있어요. 항공우주국의 옛 동료들에게 팔콘으로 시범 비행을 해 보여 주는 걸 내가 얼마나 좋아했는지! 과거 기록으로 보아 가장 가능성이 높은 결과는 내가 착륙하기 전에 에우로파에서 튕겨 나가는 거예요. 그렇다고 해도 난 뭔가 알게 되겠지요…….

그리고 만약 그 지역 석판(만리장성)이 과거에 제압했던 로봇 탐사선처럼 나를 대하기로 한다면, 어떻게 될지 전혀 모르겠어요. 그런 위험부담은 내가 감수해야죠.

당신이 해 준 모든 일에 감사해요. 그리고 조에게 안부 전해 줘요. 가니메데에서 사랑을 전해요. 곧 에우로파에서도 소식을 전할 수 있으면 좋겠네요.

저장.

전송.

4부

유황의
왕국

팔콘

"에우로파는 지금 가니메데에서 40만 킬로미터 정도 떨어져 있어."

챈들러 선장이 풀에게 알렸다.

"만일 자네가 페달을 좀 밟아 주면 ─ 이런 말을 가르쳐 줘서 고마워! ─ 팔콘은 한 시간 안에 자네를 거기 데려다줄 수 있어. 하지만 그쪽을 추천하진 않겠어. 우리의 수수께끼 친구는 누가 그렇게 빨리 오면 경계할 수도 있으니까."

"동감이야. 그리고 나도 생각할 시간이 있으면 좋겠어. 적어도 몇 시간 걸릴 거야. 그리고 내가 아직도 바라는 건……."

풀의 목소리가 잦아들어 조용해졌다.

"뭘 바라고 있는데?"

"내가 착륙 시도를 하기 전에 데이브와, 데이브가 뭐가 됐건 간에, 접촉 같은 걸 할 수 있으면 좋겠어."

"그래, 초대장 없이 가는 건 언제나 무례한 일이지. 아는 사람이라도 말이야. 에우로파인들처럼 완전히 낯모르는 사람들은 말할 것도 없고. 자넨 선물을 좀 가져가야 할지도 몰라. 옛날 탐험가들은 뭘 가져갔지? 한때는 거울과 구슬이 인기 있었다고 들었는데."

챈들러의 익살맞은 어조도 그의 마음속 불안을 감추지는 못했다. 풀에 대한 불안, 그가 빌려 주겠다고 한 고가의 장비에 대한 불안, 그리고 골리앗의 선장이 궁극적으로 져야 하는 책임에 대한 불안.

"난 아직도 우리가 이 문제를 어떻게 풀어야 할지 잘 모르겠어. 자네가 영웅이 되어 돌아오면, 나는 자네의 영광에서 반사되는 빛을 좀 받고 싶어. 하지만 자네뿐만 아니라 팔콘까지 잃게 되면 난 뭐라고 해야 하지? 우리가 보지 않는 동안 자네가 셔틀을 훔쳤다고 말할까? 그 이야기는 아무도 믿지 않을 것 같은데. 가니메데 우주 관제소는 아주 일을 잘해. 그래야 하기도 하고! 자네가 사전 연락 없이 떠난다면 그들은 1마이크로초 안에 자네를 적발해낼 거야. 음…… 1밀리초 정도로 하지. 자네의 비행 계획을 내가 사전에 제출하지 않으면 자네는 떠날 수가 없어.

그래서 난 더 나은 방법이 생각나지 않으면 이렇게 하기로 했어.

자네는 마지막 자격 시험을 치러 팔콘을 타고 나가고 있어. 자네가 이미 단독 비행을 한다는 건 모두들 알아. 자네는 에우로파 2000킬로미터 상공의 궤도로 들어갈 거야. 여기까지는 이상한 게 없어. 사람들은 늘 그렇게 하고, 지역 당국도 별로 반대하지 않는 것 같아.

총 예상 비행 시간은 다섯 시간 플러스 마이너스 10분. 자네가 귀환하다가 갑자기 마음을 바꾼다면, 아무도 그걸 어떻게 할 수 없어.

적어도 가니메데에 있는 사람은 아무도. 물론 나는 화난 소리를 좀 하고, 이런 중대한 항해 실수에 대해 얼마나 크게 놀랐는지 등등 뭐든 간에 상황이 끝나고 난 후에 청문회에서 제일 그럴듯하게 들릴 말을 할 거야."

"그렇게까지 해야 하나? 자네를 곤란에 몰아넣고 싶지는 않아."

"걱정 마. 여기도 좀 재미있는 일이 생길 때가 됐어. 하지만 이 계획은 자네와 나만 알고 있는 거야. 승무원들에게는 말하지 말자고. 난 그들이 ─ 자네가 알려 준 쓸모 있는 표현이 또 뭐더라? ─ '그럴싸한 알리바이'를 갖게 만들고 싶어."

"고마워, 딤. 자네가 해 주고 있는 일이 정말 고마워. 자네가 날 골리앗에, 해왕성에 끌고 온 걸 절대 후회하지 않게 되면 좋겠어."

짧은 평상 비행 모드로 팔콘을 준비하는 새 승무원 친구들에게 의심을 불러일으키지 않기는 힘들었다. 그 비행이 그런 것이 아니라는 걸 그와 챈들러만 알고 있었다.

그러나 1000년 전 그와 데이브 보먼이 했듯이 완전히 알려지지 않은 곳으로 향하고 있는 것은 아니었다. 셔틀의 메모리에는 몇 미터 간격까지 세부적으로 보여 주는 에우로파의 고해상도 지도가 저장되어 있었다. 그는 자기가 가고 싶은 곳을 정확히 알고 있었다. 그가 수 세기에 걸친 격리를 깨도 된다는 허락을 받을 수 있는지 알아보는 일만 남아 있었다.

탈주

"수동 조종 부탁해."

"정말입니까, 프랭크?"

"정말이야, 팔콘…… 고마워."

비논리적으로 보이기는 했지만, 인류 대부분은 자신의 인공 아이들이 아무리 단세포적이라고 해도 예의를 갖추지 않을 수가 없었다. 인간과 기계 간 예절이라는 주제로 심리학 책은 물론 대중적인 안내서도 나왔다.(『컴퓨터의 감정을 상하게 하지 않는 법: 인공지능이 진짜 화날 때』가 제일 잘 알려진 책이었다.) 로봇에 대한 무례가 대수롭지 않게 보일지라도, 그런 무례는 막아야 한다고 오래전에 판정이 되었다. 그런 무례는 인간관계에까지도 너무 쉽게 퍼져 버릴 수 있었다.

팔콘은 이제 비행 계획대로 에우로파 2000킬로미터 상공의 안전한 궤도에 있었다. 그 거대한 위성의 초승달 모양이 눈앞의 하늘을 꽉 채웠고, 루시퍼가 비추지 않은 지역도 멀리 있는 태양이 아주 밝게 비춰 주어 구석구석까지 또렷하게 보였다. 풀은 광학적 장치의 도움 없이도 자기가 가기로 계획한 목적지를 볼 수 있었다. 그곳은 이 세계에 착륙한 첫 번째 우주선의 잔해에서 멀지 않은, '갈릴리 바다'의 아직 얼음 덮인 해변 위였다. 에우로파인들은 오래전에 첸 호에 붙어 있던 금속을 모두 빼내 갔지만, 그 불운한 중국 우주선은 여전히 승무원들을 기리는 기념비 노릇을 하고 있었다. 이 세계의 유일한 마을—외계인 마을이라고 해도—에 '첸 마을'이라는 이름이 붙은 것은 당연했다.

풀은 바다 건너로 내려가기로 했고, 뒤이어 아주 천천히 첸 마을로 향하면서 이 접근이 우호적으로 보이기를, 적어도 공격적으로 보이지는 않기를 바랐다. 그가 생각하기에도 이건 매우 순진한 생각이었지만, 그보다 더 좋은 대안은 생각해낼 수가 없었다.

그때 갑자기, 그가 1000킬로미터 레벨 아래로 강하하던 바로 그때, 간섭이 들어왔다. 그가 바라던 간섭이 아니라 예상하던 간섭이었다.

"여기는 가니메데 관제소, 팔콘 응답하라. 당신의 비행 계획에서 이탈했다. 지금 무슨 일이 일어나고 있는지 즉각 알려 달라."

이런 긴급한 요청을 무시하기는 힘들었지만, 이 상황에서는 그럴 수밖에 없어 보였다.

정확히 30초 후 그가 에우로파에 100킬로미터 더 가까워졌을 때, 가니메데는 메시지를 되풀이했다. 다시 한번 풀은 그 메시지를 무시했다. 그러나 팔콘은 무시하지 않았다.

"정말 이러려는 거 확실한가요, 프랭크?"

셔틀이 물었다. 프랭크는 그것이 자신의 상상이라는 걸 잘 알고 있었지만, 셔틀의 목소리에 불안의 어조가 깃들어 있었다고 맹세할 수 있었다.

"확실해, 팔콘. 내가 지금 무슨 일을 하고 있는지 잘 알고 있어."

그건 전혀 사실이 아니었고, 이제 언제라도 더 까다로운 청중에게 더한 거짓말을 해야 할 수 있었다.

계기판 가장자리에 있는, 드물게 활성화되는 계기등들이 번쩍이기 시작했다. 풀은 만족스레 미소를 지었다. 모든 것이 계획대로였다.

"여기는 가니메데 관제소! 메시지를 받고 있나, 팔콘? 당신의 비행기는 수동 우선으로 조작하고 있어서 도울 수가 없다. 무슨 일이 일어나고 있나? 당신의 비행기는 여전히 에우로파를 향해 내려가고 있다. 즉각 알려 주기 바란다."

풀의 양심이 가볍게 뜨끔거렸다. 관제사의 목소리를 알 것도 같았다. 풀이 아누비스에 도착한 직후 시장이 베푼 환영식에서 만났던 매력적인 아가씨임이 거의 틀림없었다. 그녀는 진짜 겁에 질린 것 같았다.

갑자기 그는 그녀의 불안을 없애 줄 방법을 깨닫고, 전에는 너무 터무니없다고 무시했던 일을 시도했다. 어쨌든 해 볼 만한 가치가 있을 것이다. 아무 해도 끼치지 않을 것이고, 심지어 효과가 있을지도 몰랐다.

"여기는 프랭크 풀, 팔콘에서 응답한다. 나는 괜찮다. 그러나 뭔가가 조종을 넘겨받아 셔틀을 에우로파로 데려가고 있는 것 같다. 관제소가 이 메시지를 받고 있기를 바란다. 가능한 한 오래 보고를 계속하겠다."

자, 걱정하는 관제사에게 완전히 거짓말을 한 건 아니었다. 풀은 언젠가는 맑은 양심으로 그녀를 마주 볼 수 있었으면 하고 바랐다.

그는 진실의 가장자리에서 에두르는 것이 아니라 완전히 진심인 척하면서 이야기를 계속했다.

"반복한다, 여기는 셔틀 팔콘에 탄 프랭크 풀이다, 에우로파로 내려가고 있다. 어떤 외부의 힘이 내 우주선을 넘겨받고, 안전하게 착륙시키려고 하는 것 같다.

데이브, 여기는 자네 옛 동료 프랭크야. 나를 조종하는 실체가 자네인가? 자네가 에우로파에 있다고 생각할 만한 근거가 있어.

만약 그렇다면, 자네를 정말 만나고 싶어. 자네가 무엇이든, 어디에 있든 간에."

그는 무슨 대답이 있을 거라고는 조금도 상상하지 않았다. 가니메데 관제소도 충격을 받아 침묵하는 것 같았다.

그렇지만 어떻게 보면 대답을 받은 거나 다름없었다. 팔콘은 여전히 갈릴리 바다 쪽으로 내려가고 있었으니까.

에우로파는 겨우 50킬로미터 아래에 있었다. 이제 프랭크는 맨눈으로 첸 마을 외곽의 그 좁고 검은 빗장을 볼 수 있었다. 석판 중에서 제일 큰 것이 경비를 서고 있는 것만 같았다.

1000년 동안 어떤 인간도 이렇게 가까이 오도록 허락받지 못했다.

대양 속의 불

수백만 년 동안 그곳은 바닷속 세상이었다. 거기에 숨겨져 있는 물은 얼음 껍데기에 덮여 진공인 우주 공간으로부터 보호받고 있었다. 대부분의 장소에서 그 얼음은 두께가 몇 킬로미터나 되었다. 하지만 줄 모양으로 취약한 부분이 더러 있었는데, 얼음에 금이 가고 당겨져 벌어졌던 곳이었다. 얼음이 갈라지면 그악스럽고 적대적인 두 요소가 태양계의 그 어떤 행성, 위성 위에서도 벌어지지 않는 직접 접촉을 하게 되어 거기서 짧은 전투가 벌어졌다. 바다와 우주 사이에 벌어진 전쟁은 언제나 똑같은 교착 상태로 끝났다. 진공에 노출된 물은 끓으면서 동시에 얼어붙어서, 얼음의 갑주를 땜질해 고쳤다.

가까이 있는 목성의 영향이 아니었더라면 에우로파의 바다는 벌써 오래전에 완전히 딱딱하게 얼어붙었을 것이다. 목성의 중력이,

이오를 뒤흔들어 경련하게 하는 그 힘이 이오에서보다 위력은 훨씬 덜해도 또한 마찬가지로 작용하여 끊임없이 이 작은 세상의 핵을 치대었다. 심해 해저면 모든 곳에서 행성과 위성 사이에 벌어진 줄다리기의 증거를 볼 수 있었다. 바다 밑 지진의 우르릉거리는 소리가 끊이지 않는 가운데 내부로부터 기체들이 빠져나오는 찢어지는 듯한 쉿쉿 소리를, 깊은 바다 밑 평원을 휩쓴 산사태의 초저주파 압력파를. 에우로파를 뒤덮고 있는 요동하는 대양에 비하면 지구에서 가장 요란한 바다라 할지라도 정적일 것이다.

대양 밑 사막에는 지구의 어떤 생물학자라도 놀라고 기뻐할 오아시스들이 여기저기 흩어져 있었다. 위성 내부에서 뿜어져 나오는 광물염수가 침착되어 만들어진 마구 뒤얽힌 관과 굴뚝 들이 주위에 거의 몇 킬로미터나 되게 펼쳐져 있었다. 자연이 고딕 성곽을 풍자하여 흉내 낸 듯한 구조물이 종종 만들어졌고, 그곳에서 델 듯이 뜨거운 시커먼 액체가 느린 박자로 뿜어져 나왔다. 흡사 어떤 거대한 심장이 박동하며 뿜어내는 듯이 울컥울컥 나왔다. 그리고 피와 마찬가지로 그 분출은 진정으로 생명 그 자체를 나타내는 상징이었다.

부글부글 끓는 액체가 위에서 새어 내려오는 극도로 차가운 물을 물리치고 바다 밑바닥에 온기의 섬을 형성했다. 그에 못지않게 중요한 점은 그 분출수가 에우로파의 내부로부터 생명의 화학물질들을 전부 가지고 나왔다는 것이었다. 식량과 에너지를 풍부하게 제공하는 이런 비옥한 오아시스들은 지구의 대양 탐험가들도 20세기 지구에서 발견했다. 그러나 이곳 오아시스는 규모가 엄청나게 더 크고, 생물종도 훨씬 더 다양했다.

열원 가까이 있는 열대 구역이라고 할 만한 곳에 거미 다리처럼 가늘고 섬세한 구조물들이 번성하고 있었는데 식물과 유사했다. 이 식물들 가운데 기어 다니는 놈들은 기괴한 민달팽이와 벌레들로서, 어떤 것들은 식물을 먹고 있었고 다른 것들은 자기 주변의 광물질이 함유된 물로부터 바로 양식을 얻고 있었다. 바다 밑의 불로부터 더 먼 거리에는 더 단단하고 억세어 보이는 유기체들이 살았다. 그 모습이 게나 거미를 닮지 않은 것도 아니었다.

작은 오아시스 하나를 연구하는 데 생물학자들이 부대 단위로 달려들어 평생을 보낼 수도 있으리라. 고생대 지구의 바다와는 달리 에우로파의 심해는 안정된 환경이 못 되었고, 그러므로 진화는 많은 환상적인 형태들을 빚어내며 놀라운 속도로 진행되어 왔다. 그리고 모두는 똑같이 사형집행 잠정 중지 상태에 있었다. 조만간에 각각의 생명 샘들이 약해져 죽어 버릴 터였다. 샘을 살려 놓았던 힘들이 그 초점을 어딘가 다른 곳으로 옮기면……. 에우로파의 해저 도처에 그러한 비극의 증거들이 있었다. 죽은 생물들의 골격과 광물질이 껍질처럼 덮인 유해가 내버려진 원형의 구역들이 수도 없었다. 그곳에서 이루어진 진화 이야기는 생명의 책으로부터 한 장(章)씩 통째로 지워진 것이다. 어떤 것들은 사람보다 더 크고, 복잡한 트럼펫처럼 보이는 거대한 고동 껍데기를 남겼다. 갖가지 모양의 조개들이 있었다. 쌍각류들이 있었고, 심지어 껍데기 세 장짜리 삼각류들도 있었다. 그리고 지름이 몇 미터나 되게 나선형 무늬가 진 것도 있었는데, 백악기 말 지구의 대양으로부터 너무나도 아리송하게 사라져 버린 아름다운 암모나이트와 그야말로 똑 닮았다.

에우로파 심해의 경이 중 가장 대단했던 것은 이글이글 작열하는 용암의 강이었으리라. 용암의 강은 해저 화산의 화구에서 쏟아져 나오고 있었다. 그 깊이에서는 수압이 너무나도 커서 새빨갛게 달아오른 마그마에 접촉한 물이 일순간에 수증기로 바뀔 수 없었고, 그리하여 두 액체가 불편한 강화를 맺고 공존하고 있었다.

그곳에, 인간이 다다르기 한참 전 먼 옛날 다른 세상에서 낯선 배우들이 이집트 이야기 같은 것을 공연하고 있었다. 나일 강이 황무지 사막에 좁다란 끈 모양으로 생명을 일궈 냈듯이 이 따스함의 강도 에우로파의 심해를 살아나게 만들었다. 그 강가를 따라서 폭이 몇 킬로미터가 안 되는 좁은 띠 안에 생물종이 연이어 진화하여 번성하다가 사라져 갔다. 그리고 어떤 종은 영구적인 기념비를 남기고 갔다.

그 생명체들은 열류가 솟아나는 구멍 주위에 생긴 자연적인 형성물과 구별하기 어려울 때가 많았고, 그것들이 순전히 화학적으로 만들어진 것이 아니라고 해도 본능의 산물인지 지성의 산물인지 구분하기는 쉽지 않았다. 지구의 흰개미는 이 얼어붙은 세계를 감싼 하나의 광대한 대양 속에서 발견되는 구조물만큼이나 인상적인 성을 짓는다.

심연의 황무지에 숨은 좁고 비옥한 띠 모양의 지대를 따라서 여러 문화가, 심지어 문명들이 흥성했다 소멸했을지 모른다. 에우로파의 탬벌레인이나 나폴레옹이 있어 그들의 명령 아래 군대들이 행진했을지(아니면 헤엄쳤을지) 모른다. 그리고 그들 세계의 다른 곳들에서는 전혀 알지 못했으리라. 왜냐하면 그 오아시스들은 모두 행성들이 각각 고립돼 있는 것과 마찬가지로 고립되어 있었기 때문이다. 용암 강의 열기에 몸을 쪼이고 뜨거운 분출수 주위에서 먹고살던 생물들은 자신들의 외로운 섬들 사이에 펼쳐진 발붙이지 못할 황무지를 건널 수 없었다. 혹시 그들이 역사학자들과 철학자들을 배출했다면, 각각의 문화마다 온 우주에 오직 자신들만 외로이 존재하는 줄로 믿었을 터이다.

그러나 오아시스와 오아시스 사이의 공간도 생명이 전혀 없이 텅 비어 있지만은 않았다. 한결 억센 생명체들이 있어서 감히 제 힘을 시험해 본 바 있었다. 어떤 것은 에우로파판 물고기였다. 수직 꼬리지느러미로 추진력을 얻고 몸을 따라 난 지느러미로 방향을 조절하는 유선형 어뢰들. 지구의 대양에서 가장 성공적인 서식자들과 그것들 사이의 유사성은 필연적인 것이었다. 동일한 공학적 문제가 주어진 만큼 진화가 대단히 유사한 답을 낼 수밖에 없었던 것이다. 하지만 돌고래와 상어가 별개의 종이듯, 겉으로 보기에는 거의 똑같다고 할 만큼 대단히 닮았다고 해도 생명의 나무에서는 멀찍이 떨어져 있었다.

그렇기는 해도 에우로파의 바다에 헤엄치는 물고기와 지구 바다의 어류 사이에 확연히 눈에 띄는 상이점이 하나 있었다. 에우로파 물고기들에게는 아가미가 없었다. 그것들이 헤엄치는 물에서는 산소를 미량이라도 뽑아낼 수가 없었기 때문이다. 지구에서도 지열 분출수 근처의 생물들은 그렇게 하듯이 에우로파 물고기들은 이런 화산 환경에 풍부하게 존재하는 황화합물을 기반으로 한 대사를 했다.

그리고 눈을 가진 놈들은 대단히 드물었다. 용암 분출의 깜박이는 빛을 제외하면, 그리고 때때로 짝을 찾는 생물들이나 먹잇감을 찾는 사냥꾼들이 한 번씩 내곤 하는 생물 발광의 빛을 제외하면 그곳은 빛이 없는 세계였다.

또한 멸망할 운명에 처한 세계이기도 했다. 그 에너지 원천들이 산발적이고 끊임없이 이동할 뿐 아니라 그것들을 촉발시키는 기조력이 계속해서 약해져 가고 있었다. 설령 진정한 지성을 발달시킨다고 하더라도 에우로파 생물들은 불과 얼음 사이에 갇힌 신세였다.

기적이 없다면, 에우로파인들은 그들의 작은 세계가 마지막으로 얼어붙으면서 멸망했을 것이다.

루시퍼가 그 기적을 일으켰다.

첸 마을

　마지막 순간에 시속 100킬로미터의 차분한 속도로 해안 위에 올라서면서, 풀은 마지막 간섭이 있지 않을까 생각했다. 그러나 그가 만리장성의 검고 으스스한 면을 따라 천천히 움직일 때에도, 아무런 일도 일어나지 않았다.

　지구와 달의 작은 동생들과는 달리 수평으로 서 있고 높이도 20킬로미터가 넘었기 때문에, 에우로파의 석판에 '만리장성'이라는 이름이 붙는 것은 불가피했다. 문자 그대로 TMA-0과 TMA-1보다 몇십억 배나 컸지만, 비율은 정확히 똑같았다. 여러 세기에 걸쳐 수비학적 헛소리에 커다란 영향을 끼친 그 흥미로운 비율, 1대 4대 9였다.

　수직면 높이가 거의 10킬로미터에 달했기 때문에, 만리장성에는 바람막이 기능도 있다는 그럴듯한 주장도 제기되었다. 갈릴리 바다에서 때때로 포효하듯 불어오는 맹렬한 강풍에서 첸 마을을 막아 준다는 이론이었다. 이제 기후가 안정되었기 때문에 그런 강풍은 훨씬 드물어졌지만, 1000년 전에는 바다에서 나오는 어떤 생명체에도 심한 방해 요소가 되었을 것이다.

의도는 충만했지만, 풀은 티코 석판을 방문할 시간을 전혀 내지 못했다. 그가 목성을 향해 떠났을 때에는 여전히 일급비밀이었고, 올두바이 협곡에 있는 쌍둥이 석판은 지구의 중력 때문에 가 보지 못했다. 그러나 그는 석판 이미지를 어찌나 자주 보았는지, 속담에서 말하는 것처럼 손바닥 보듯 낱낱이 헤아릴 수 있었다.(자기 손바닥을 알아보는 사람이 얼마나 될지 그는 종종 궁금했다.) 규모상의 거대한 차이를 제외하면, 만리장성과 TMA-0와 TMA-1를 구별할 방법은 전혀 없었다. 아니면, 레오노프 호가 목성 궤도를 돌 때 마주쳤던 '큰 형'과도 구별할 수 없었고.

너무나 황당해서 오히려 진실일 수도 있는 어떤 이론에 따르면, 석판에는 오직 하나의 원형만 있고 다른 것은 모두 크기와 상관없이 단순히 원형의 이미지나 투영일 뿐이었다. 풀은 만리장성의 우뚝 솟은 흑단 같은 면이 티 하나 없이 전혀 더럽혀지지 않고 매끄러운 것을 보았을 때, 그 생각을 다시 떠올렸다. 확실히, 이렇게 적대적인 환경에서 그토록 오랜 세월을 보냈다면 때라도 좀 타 있어야 했다! 그러나 그것은 마치 창 닦는 사람이 한 부대로 몰려와 구석구석 다 광을 내고 지나간 것처럼 잡티 하나 없었다.

그때 그는 TMA-1과 TMA-0을 보러 갔던 사람들이 전부 겉보기에 아주 깨끗한 그 표면을 만져 보고 싶은 억누를 수 없는 충동을 느꼈지만, 아무도 성공하지 못했다는 것을 떠올렸다. 손가락, 다이아몬드 드릴, 레이저 칼…… 모두 뚫을 수 없는 얇은 막에 감싸인 듯이 석판 위를 미끄러져 나갔다. 아니면, 마치 그것들이 이 우주의 것이 아니라 1밀리미터 정도의 전적으로 폐쇄된 부분을 표면에 두고 어떻게인지 이 우주와 격리되어 있는 것 같았다. 이것도 널리 퍼진 이론이었다.

그는 느긋하게 큰 원을 그리며 만리장성을 한 번 돌았다. 그가 다가와도 그것은 전적으로 무관심했다. 그다음에는 셔틀을 첸 마을 쪽으로 몰아가서 ― 가니메데 관제소가 그를 '구출'하려고 시도할 경우를 대비해서 여전히 수동 조작을 하고 있었다. ― 마을 외부 경계선에서 정지해 착륙할 만한 제일 좋은 장소를 찾았다.

팔콘의 작은 전망창을 통해 보는 풍경은 아주 낯익은 것이었다. 그는 가니메데 기록에서 그곳을 자주 조사했다. 하지만 어느 날 실제로 자기가 그곳을 관찰하게 될 줄은 전혀 상상하지 못했다. 에우로파인들은 도시 계획이라는 걸 전혀 모르는 것 같았다. 1킬로미터 정도 되는 넓이의 지역에 수백 개의 반구형 구조물들이 마구잡이로 흩어져 있는 것 같았다. 어떤 것은 아주 작아서 어린아이도 그 안에서는 갑갑해할 것 같았다. 반면 어떤 것은 대가족 하나가 들어갈 정도로 컸다. 5미터 높이를 넘는 것은 없었다.

그리고 그것들은 모두 두 개의 태양 빛 속에서 유령처럼 희게 빛나는 물질 한 가지로 만들어져 있었다. 지구의 에스키모들은 몹시 춥고 물자가 거의 없는 환경에 직면했을 때 똑같은 해답을 발견했다. 첸 마을의 이글루도 얼음으로 만들어졌다.

거리 대신 운하들이 있었다. 아직 부분적으로는 양서류이고 잘 때는 물로 들어가는 생물에게 제일 적절한 것이었다. 또, 먹고 짝짓기를 하기 위해서 물로 들어간다고 믿는 사람들도 있었지만, 어느 쪽 가설도 증명되지는 않았다.

첸 마을은 '얼음으로 만들어진 베니스'라고 불렸고, 풀은 그 표현이 적절하다는 데 동의할 수밖에 없었다. 그러나, 베니스인들은 아무도 보이지 않았다. 마치 오랫동안 버려진 장소 같았다.

그리고 또 하나의 수수께끼가 있었다. 루시퍼가 멀리 있는 태양보다 50배는 더 밝고 영원히 하늘에 붙박여 있는데도, 에우로파인들은 여전히 낮밤의 오래된 리듬에 묶여 있는 것 같았다. 조도가 겨우 몇 퍼센트 바뀌는 것인데도, 그들은 태양이 지면 대양으로 돌아갔고, 태양이 뜨면 나왔다. 하긴 지구에도 아주 유사한 현상이 있는 것 같았다. 훨씬 더 밝은 태양만큼이나 빛이 약한 달에 의해서도 많은 생물들의 생활 주기가 바뀌었다.

한 시간 안에 해가 떠오를 것이고, 그러면 첸 마을의 주민들이 땅으로 돌아와 느긋하게 자기 일에 착수할 것이다. 인간의 기준으로는 확실히 그랬다. 에우로파인들을 작동시키는 황 기반 생화학은 지구 동물들의 대다수에게 동력을 주는 산소 주도 생화학만큼 효율적이지 않았다. 나무늘보라도 에우로파인을 앞지를 수 있었으므로, 그들이 위험할 가능성이 있다고 생각할 수는 없었다. 그것은 좋은 소식이었다. 나쁜 소식은, 양쪽이 가장 선의를 가지고 의사소통을 시도한다고 해도 엄청나게 오랜 시간이 걸리리라는 점이다. 아마 참을 수 없이 지루할 것이다.

이제 가니메데 관제소에 도로 보고해야겠다고 풀은 결심했다. 그들은 매우 불안해하고 있을 것이고, 자신의 공모자인 챈들러 선장이 이 상황을 어떻게 헤쳐 나가고 있을지 그도 궁금했다.

"팔콘이 가니메데에게. 분명히 보이겠지만, 나는 여기 첸 마을 바로 위로 끌려왔다. 적대적인 표시는 없지만, 여기는 아직 에우로파인들이 모두 물에 들어간 태양의 밤이다. 땅으로 내려가는 대로 다시 연락하겠다."

눈송이처럼 부드럽게 팔콘을 조종해서 매끄러운 빙판 위로 내려가면서, 풀은 딤이 자신을 자랑스러워할 것이라고 생각했다. 그는 그 빙판이 안정적일 것이라는 데 기대를 걸지 않고, 셔틀 무게의 아주 일부분만 제외하고 관성 추진력을 모두 취소하도록 맞추었다. 빙판이 바람에 날려가지만 않았으면 좋겠다고 그는 바랐다.

그는 에우로파에 있었다. 1000년 만에 처음 온 인간이었다. 이글호가 달에 착륙했을 때, 암스트롱과 올드린도 이렇게 뛸 듯이 기뻤을까? 그러기에는 달 착륙선의 원시적이고 일일이 수동 조작해야 하는 시스템을 점검하느라 너무 바빴을 것이다.

물론 이 모든 일은 팔콘이 자동으로 하고 있었다. 잘 조절된 전자기기들이 윙윙거리는 소리를 제외하면 작은 선실은 이제 매우 조용했다. 불가피하게 나는 소리였고 듣다 보면 안심도 되었다. 그래서 미리 녹음된 것이 분명한 챈들러의 목소리가 갑자기 생각을 방해했을 때, 풀은 상당히 충격을 받았다.

"자네 해냈군! 축하하네! 자네도 알듯이, 우리는 다음 주에 '벨트'로 돌아갈 계획이지만, 그래도 자네에게는 시간이 많이 남을 거야. 팔콘이 닷새 후에 자기가 할 일을 알고 있을 거야. 팔콘은 자네가 있건 없건 집으로 가는 길을 찾을 거야. 그러니 행운이 있기를!"

미스 프링글.

크립토 프로그램 가동.

저장.

안녕, 딤. 그 신나는 메시지 고맙네! 이 프로그램을 쓰는 게 좀 바보 같은 기분이 들지만······. 마치 내가 태어나기 전에 아주 인기 있었던 스파이 멜로드라마에 나오는 비밀 요원이 된 것 같아. 그래도 이게 있으면 어느 정도 프라이버시가 보장될 거고, 그런 점에서 쓸모가 있겠지. 미스 프링글······, 아니, 미스 P가 이걸 제대로 다운로드했기를 바라네. 그냥 농담이야!

그런데, 태양계의 모든 뉴스 매체들이 내게 통신 요청 세례를 퍼붓고 있어. 제발 그런 게 못 오게 해 줘. 아니면 테드 박사에게 넘겨주거나. 박사는 즐겁게 그 일을 처리할 거야······.

가니메데가 내내 나를 카메라로 잡고 있으니까, 내가 보고 있는 광경을 자네에게 말하느라 시간 낭비는 하지 않겠어. 모든 일이 잘된다면, 우리는 몇 분 안에 어떤 행동을 취해야 할 거고, 그게 좋은 생각인지 아닌지 알게 되겠지. 난 여기 평화롭게 앉아서 에우로파인들이 표면으로 올라올 때 인사하려고 해. 그들이 날 발견하기를 기다릴 생각이야······.

무슨 일이 일어나건 창 박사와 그의 동료들이 1000년 전 여기 착륙했을 때 그들에게 일어난 일만큼 놀랍지는 않겠지! 나는 가니메데를 떠나기 직전 그의 유명한 마지막 메시지를 다시 보았어. 섬뜩한 느낌이 들었다고 고백할 수밖에 없겠네. 그런 일이 다시 일어날 수도 있다는 생각이 들지 않을 수 없었어······. 나는 가엾은 창 박사와 같은 방식으로 불멸이 되고 싶지는 않아…….

물론 일이 틀어지기 시작하면 나는 언제든 이륙할 수 있어. 그리고 방금 머릿속에 재미있는 생각이 떠올랐는데……, 에우로파인들에게 역사가 있을까? 어떤 종류의 기록이든……, 여기서 몇 킬로미터 떨어진 곳에서 무슨 일이 일어났는지 기억하고 있을까? 1000년 전에 말이야.

얼음과 진공

"……여기는 창 박사, 에우로파에서 호출합니다, 여러분이 나를 들을 수 있기를 바랍니다, 특히 플로이드 박사, 당신이 레오노프 호에 타고 계신다는 거 압니다…… 시간이 별로 없을 것 같아서…… 위치하고 있을 것 같은 방향으로 우주복 안테나를 겨냥하고 있습니다……. 이 내용을 지구로 전달해 주세요.

첸 호는 세 시간 전에 파괴되었습니다. 내가 유일한 생존자입니다. 우주복의 무선 송신기를 통해서 말하고 있어요……. 송신 범위가 될지 모르겠지만 다른 방법이 없습니다. 부디 주의 깊게 들어주세요.

에우로파에는 생명체가 있습니다. 다시 말합니다. 에우로파에는 생명체가 있습니다…….

우리는 안전하게 착륙해서, 모든 시스템을 점검했고, 호스를 밖으로 끌어냈어요. 서둘러 떠나야 할 경우에 대비해서, 물을 연료 탱크에 즉시 펌프로 넣기 시작할 수 있도록…….

모든 것이 계획대로 되어 가고 있었습니다……. 너무 잘 되어서 진짜가 아닌 것 같았습니다. 탱크가 거의 절반이나 찼을 때입니다. 리 박사와 내가 파이프 단열 상태를 점검하러 나왔습니다. 첸 호는 대운하 가장자리에서 30미터쯤 떨어진 곳에 착륙해 있었지요……. 파이프가 첸 호로부터 수직으로 내려가서 얼음을 뚫고 들어간 상태였어요……. 얼음은 매우 얇아서 그 위를 걷는다는 것은 안전하지 못했습니다.

목성은 4분의 1쯤 찼고, 5킬로와트짜리 조명이 우주선 위에 달려 있었어요. 크리스마스트리 같은 모습이었죠. 얼음에 반사되어서 아름다웠죠…….

리 박사가 먼저 발견했습니다. 엄청나게 큰 시커먼 덩어리가 저 깊은 물속으로부터 떠올라 오고 있는 겁니다. 처음에 우린 그게 물고기 떼인 줄 알았습니다. 하나의 생물이라기에는 너무나도 컸거든요. 그랬는데 그놈이 얼음을 부수고 우리를 향해 치솟아 오르기 시작했죠.

……어마어마하게 큰 축축한 해초 다발같이 생긴 게, 뭍으로 기어 올라오는 겁니다. 리 박사는 카메라를 가지러 우주선으로 다시 뛰어갔습니다. 나는 남아서 관찰하면서 통신으로 보고를 했죠. 그놈은 무척 천천히 이동해서 뛰기만 하면 쉽게 떼어 놓을 수 있었어요. 경계심을 느끼기보다 흥분이 훨씬 더 컸습니다. 놈이 어떤 종류의 생물인지 알 것 같았지요. 캘리포니아 쪽 켈프 숲 사진을 본 적이 있

었는데……. 그렇지만 내 생각은 크게 빗나갔죠.

……그놈이 뭔가 안 좋은 상태에 빠져 있다는 걸 알았어요. 정상 생활 환경보다 150도나 낮은 온도에서 살아남을 수 있을 턱이 없죠. 놈은 전진하면서 딱딱하게 얼어 가는 중이었지요. 유리처럼 조각들이 얼어서 깨져 나오는 겁니다. 그래도 그놈은 여전히 우주선을 향해 전진해 오고 있었습니다. 마치 검은 물결이 덮쳐 오듯이…… 계속 느려지면서도 그렇게…….

난 이때까지도 너무나 놀란 상태라 생각이 똑바르게 돌아가질 못했어요. 게다가 그놈이 뭘 하려고 그러는지 상상도 할 수 없었지요……. 첸 호를 향할 때에도 그놈은 전혀 해를 끼칠 것 같지 않아 보였어요. 음, 작은 숲이 전진하는 것처럼요. 미소를 지었던 기억이 나요. 그 모습을 보고 맥베스의 번햄 숲이 떠올랐거든요.

그때 갑자기 위험성을 깨달았어요. 그놈이 전혀 해를 끼칠 의도가 없다고 해도, 그건 무거웠어요. 이런 저중력에서도 몇 톤은 될 얼음이 우주선 위에 얹힌 겁니다. 그것은 느리고 힘들게 우리 착륙 장치를 기어 올라가고 있었어요……. 착륙 다리들이 툭툭 휘기 시작했죠. 모든 게 느린 화면 같았어요. 꿈을 꾸는 것처럼요. 혹은 악몽을 꾸는 것처럼…….

우주선이 주저앉을 참이 되어서야 겨우 난 그 생물이 뭘 하려고 한지를 알아차렸습니다…… 그러니 그때는 너무 늦었지요. 우린 변을 당하지 않을 수도 있었어요. 그 환한 불들만 껐더라면.

아마도 그놈은 광영양 생물이었을 겁니다. 얼음을 통해 비치는 태양 빛을 받아 생물학적 주기에 시동이 걸리는 거였겠죠. 아니면 촛

불에 나방이 꼬이듯 빛을 보고 온 것일 수도 있지요. 우리가 켜 둔 강한 투광 조명은 에우로파에 지금껏 비쳤던 어떤 빛보다도 더 밝았을 겁니다. 태양 그 자체보다도요…….

이윽고 우주선은 부서져 내렸습니다. 외피가 갈라지고, 습기가 응결되는 바람에 얼음 결정 구름이 서렸지요. 불은 전부 꺼졌습니다. 딱 하나 남은 조명등이 지면에서 2미터쯤 위 강선에 매달려 이리저리 흔들리고 있었을 뿐.

그러고 난 직후에 무슨 일이 일어났던지는 모르겠습니다. 그다음 일로 내가 기억하는 건 내가 불빛 아래 서 있었던 겁니다. 옆에는 우주선의 잔해가 있고요. 새로 내린 눈이 고운 가루처럼 내 주위 사방을 덮었죠. 거기 찍힌 내 발자국들이 아주 선명하게 보였습니다. 그 지점에서 난 도망쳤던 것 같아요. 중간에 빠진 시간은 아마 겨우 일이 분이었을 겁니다.

그 식물은……, 난 여전히 그놈이 식물이었다고 생각하고 있습니다만……, 꼼짝도 하지 않았어요. 난 그놈이 떨어지면서 손상을 입은 게 아닌가 싶었습니다. 사람 팔만큼 굵은 커다란 부분들이 뜯어져 나왔거든요.

그런데 본줄기가 다시 움직이기 시작했습니다. 우주선 외피에서 몸을 빼더니 내 쪽으로 기어오기 시작하더군요. 그때 바로 난 그놈이 빛을 지각한다는 걸 확신했습니다. 1000와트 전구 바로 밑에 서 있던 참이니까요. 흔들리던 그 불빛이 이제는 멈춰 있었지요.

참나무 둥치를 상상해 보세요……, 아니, 그보다는 오히려 줄기와 뿌리가 여럿인 반안나무가, 중력에 눌려 납작하게 찌부러진 모양으로 땅바닥을 기어오려 한다고 상상하면 되겠군요. 그놈은 불빛에서 5미터도 채 떨어지지 않은 데까지 오더니 옆으로 퍼지기 시작했지요. 마침내는 내 주위를 완전한 원으로 에워쌌습니다. 추측컨대 그 정도가 놈의 내성 한계였던가 봅니다……. 빛에 끌려 오던 것이 그보다 더는 못 오고 피해 물러나는 지점이죠.

그러고 나서는 몇 분간 아무 일도 일어나지 않았습니다. 나는 그놈이 죽은 건가 했어요. 결국에는 꽁꽁 얼어붙은 줄 알았죠.

그런데 여러 개의 가지들에 커다란 눈이 돋아나는 걸 보게 됐지요. 꽃이 피는 광경을 시간 간격을 두고 찍은 영상을 돌려 보는 것 같았습니다. 실제로 난 그것들이 꽃이었다고 생각해요. 한 송이 한 송이가 사람 머리만큼 크더군요.

섬세하고 아름다운 빛깔을 띤 막들이 한 겹 한 겹 펼쳐지기 시작했습니다. 그런 상황에서도 그때 내 머릿속엔 이건 아무도, 어떤 생명체도 제대로 본 적 없는 색채들이로구나 하는 생각이 들었어요. 우리가 우리의 빛을, 치명적인 빛을 이 세계에 가져오기까지.

덩굴손들이, 꽃술들이 하늘하늘 흔들렸어요……. 날 둘러싸고 있는 그 살아 있는 벽 쪽으로 가 보았지요. 정확히 어떤 일이 벌어지는지를 보려고요. 그때도 그랬고 다른 때도 줄곧 그랬지만, 난 그 생물이 추호도 겁나지 않았습니다. 그놈이 악의를 품고 있었던 게 아니라고 난 확신합니다……, 놈에게 의식이라는 것이 있기나 하다면 말이지만요.

수십 개의 커다란 꽃송이들이 각각 조금 벌어졌거나 거의 활짝 피어났거나 한 상태로 달려 있었습니다. 그쯤 되니 나비를 연상시

키더군요. 이제 막 번데기 상태에서 우화 중인 나비요. 날개는 구깃구깃 접혀 있고 아직 연약하기 짝이 없는……. 내가 점점 진실에 다가가고 있었던 겁니다.

하지만 그것들은 얼어 가고 있었습니다. 형태를 갖추자마자 죽어 가는 참이었죠. 그러더니 한 마리 한 마리씩 그것들을 낳아 준 꽃눈으로부터 분리되어 떨어져 내렸습니다. 마른 땅으로 끌려 올라온 물고기처럼 잠시 퍼덕이며 이리저리 튀어 돌아다녔어요. 그리고 마침내 나는 그것들이 정말 무엇이었는지 깨달았습니다. 그 얇은 막들은 꽃잎이 아니었어요. 지느러미였던 겁니다. 하여튼 지느러미에 해당하는 기관이죠. 이것이 바로 자유롭게 헤엄쳐 다니는 그 생물의 유생 단계였던 거예요. 아마도 그놈은 생애의 대부분을 해저에 뿌리 내리고 살아가겠죠. 그러다가 이렇게 이동성이 있는 자손들을 내보내어 새로운 삶터를 찾게 하겠죠. 지구의 산호가 하는 것과 똑같습니다.

나는 그 자그마한 생물 하나를 좀 더 가까이 보려고 무릎 꿇고 앉았습니다. 아름다웠던 색채들은 이제 흐려져 우중충한 갈색으로 변해 갔어요. 꽃잎을 닮은 지느러미들은 일부 부서져 나갔습니다. 얼어붙으면서 건드리기만 해도 산산조각이 나서 떨어지는 거죠. 그런데도 그것은 아직 약하게 움직이고 있었고 내가 접근하자 피하려고 했어요. 어떻게 내 존재를 지각하는지 궁금했지요.

그러다가 눈치챈 건 그 꽃술들……, 내가 꽃술이라고 부른 그 기관 끝부분에 하나같이 환한 파란색 점들이 붙어 있다는 거였습니다. 반짝이는 게 자잘한 사파이어 같더군요……. 아니면 가리비의 외투막을 따라 조르륵 있는 파란 눈들 같달까요. 빛은 감지하지만 제대로 상을 맺지는 못하는 눈 말이에요. 내가 관찰하고 있는 사이에 선명하던 파란색이 흐릿해지고, 사파이어는 빛을 잃어 우중충한 빛깔의 평범한 돌멩이로 변해 버렸지요…….

플로이드 박사……, 아니면 이외에 듣고 계신 분들이 누구시든……, 저에겐 남은 시간이 길지 않습니다. 방금 내 생명 유지 시스템 경보가 울렸어요. 하지만 이야기는 거의 끝났습니다.

그때에 이르러 난 내가 무슨 일을 해야 할지 알았습니다. 그 1000와트 등이 매달린 강선은 거의 지면에 닿을 정도로 낮게 드리워져 있었지요. 그걸 몇 번인가 확확 잡아챘습니다. 그러자 불꽃 비를 흩뿌리며 등이 나가더군요.

너무 늦은 건 아닌가 생각했어요. 몇 분 동안 아무 일도 일어나지 않았거든요. 그래서 내 주위에 얽혀 있는 가지들의 벽으로 가 발로 걷어챘습니다.

느릿느릿, 그 생물이 몸을 풀어내기 시작했습니다. 그렇게 운하 쪽으로 퇴각하기 시작했죠. 그것이 물로 돌아가는 길에 나는 계속 옆에 따라갔습니다. 움직임이 느려지면 발길질을 더 해서 재촉하면서요. 한 발 한 발 얼음 파편이 내 장홧발 밑에 버적버적 밟히는 느낌이 났지요……. 운하에 가까워지자 그놈은 기력을 되찾고 힘을 내는 것 같았어요. 제 본연의 집에 가까이 왔음을 아는 것처럼요. 난 놈이 살아남을지, 살아서 장차 다시 꽃눈을 맺을지 궁금했어요.

그놈은 수면을 뚫고 모습을 감추었어요. 마지막 몇 마리 죽은 유생을 낯선 곳인 땅 위에 남겨 두고요. 그러느라 노출된 얼어붙지 않은 물은 몇 분간 부글부글 거품이 끓어오르다, 보호가 되는 얼음이 딱지처럼 덮여 위쪽 진공으로부터 물을 봉해 줬지요. 그런 뒤에 나는 뭐라도 건져볼 게 있나 알아보러 걸어서 우주선으로 돌아갔습니다……. 그 이야기는 하고 싶지 않군요.

부탁하고 싶은 것은 딱 두 가지입니다, 박사. 분류학자들이 이 생물을 분류할 때에 내 이름을 따서 명명해 줬으면 좋겠습니다.

그리고, 다음 우주선이 지구로 돌아가게 될 때, 우리 유골을 중국으로 송환해 달라고 부탁해 주세요.

몇 분만 있으면 동력이 끊길 겁니다. 누군가 내 송신을 받고 있긴 한지 알았으면 좋겠군요. 아무튼, 이 내용을 최대한 오래 되풀이하겠습니다…….

여기는 에우로파 지상의 창 교수입니다. 우주선 첸 호의 난파를 보고합니다. 우리는 대운하 옆에 착륙하여 양수기를 얼음 가장자리에 설치하고……."

작은 새벽

미스 프링글.

기록.

태양이 뜬다! 낯설다. 이렇게 느리게 도는 세계에서는 얼마나 빨리 뜨는 것 같은지! 당연하지, 당연해. 태양의 원반이 아주 작아서 순식간에 전체가 지평선 위로 솟아오른다……. 빛에는 큰 차이가 없다. 태양이 뜨는 방향을 보고 있지 않으면, 하늘에 다른 태양이 있다는 걸 알아차리지도 못할 것이다.

그러나 에우로파인들은 알아차렸기를 바란다. 보통 작은 새벽 이후 그들이 해변으로 오기 시작하는 데 5분도 안 걸린다. 그들은 내가 여기 있는 것을 이미 알고 겁을 먹은 걸까…….

아니, 그 반대일 수도 있다. 그들이 호기심이 많을 수도 있다. 어떤 낯선 방문객이 첸 마을에 왔는지 보고 싶어 안달일 수도…… 그러면 좋겠는데…….

이제 그들이 왔다! 여러분의 정찰 위성이 지켜보고 있기를 바랍니다. 팔콘의 카메라들도 기록하고 있습니다…….

얼마나 천천히들 움직이는지! 의사소통을 하려는 시도가 매우 지루할 것 같아 걱정이다……. 그들이 나와 이야기를 하고 싶다고 해도…….

첸 호를 뒤집어 놓은 것처럼 생겼지만 훨씬 작다……. 대여섯 개의 마른 나무 둥치를 다리삼아 걷고 있는 작은 나무들이 생각난다. 그리고 그 위로 수백 개의 줄기들, 가지들이 나누어지고, 그것이 다시 나누어지고 또 나누어진 생물. 우리의 범용 로봇들 여러 종류처럼…… 모방한 휴머노이드들이 얼마나 터무니없이 어설프며, 길을 제대로 가는 방식은 수도 없는 작은 조작기기에 달려 있다는 것을 우리가 깨닫는 데 얼마나 오래 걸렸는지! 우리가 뭔가 교묘한 것을 발명할 때마다, 어머니 자연이 이미 그것을 생각해 냈음을 깨닫게 된다…….

저 작은 것들이 귀엽지 않은가? 움직이고 있는 작은 덤불들 같다. 그들이 어떻게 번식하는지 궁금하다. 싹이 나나? 지금까지는 그들이 얼마나 아름다운지 깨닫지 못했다. 그들은 마치 산호초 어류들처럼 다채로운데, 아마도 마찬가지 이유 때문일 것이다. 짝을 끌어들이거나, 다른 생물인 척해서 포식자들을 속이기 위해…….

그들이 덤불처럼 생겼다고 내가 말했던가? 장미 덩굴처럼…… 실제로 가시도 있다! 그럴 만한 이유가 있겠지…….

실망이다. 그들은 날 알아차리지 못한 것 같다. 마치 우주선 방문이 매일 일어나는 일인 것처럼 모두 마을을 향하고 있다. 겨우 몇 명만 남았고…… 아마 이건 효과가 있을 거다. 그들은 음 진동을 탐지할 수 있을 테다. 대부분의 해양 생물이 할 수 있으니까…… 내 목소리를 멀리 실어 나르기엔 대기가 너무 희박할 수도 있지만…….

팔콘…… 외부 스피커…….

안녕, 내 말 들려요? 내 이름은 프랭크 풀이고…… 으흠…… 싸우려고 온 게 아닙니다. 모든 인류를 대표해서…….

내가 좀 바보 노릇을 하는 것 같은 느낌이 들지만, 더 나은 걸 생각해 낼수가 있을까? 그리고 기록하기에도 이쪽이 좋을 거다.

아무도 조금도 알아차린 것 같지 않다. 큰 것, 작은 것, 그들은 모두 자기 이글루를 향해 기어가고 있다. 그들이 실제로 거기 닿으면 무얼 할지 궁금하다. 따라가 봐야겠다. 아주 안전하리라고 확신한다. 나는 훨씬 더 빠르게 움직일 수 있으니까.

방금 눈앞에 어떤 장면이 놀랍도록 생생히 떠올랐다. 똑같은 방향으로 가고 있는 이 생물들 모두가…… 전자 기술의 발전으로 재택근무가 가능해지기 전, 하루 두 번 집과 사무실로 몰려갔다 몰려오던 통근자들처럼 보였던 것이다.

다시 시도해 보자. 그들이 모두 가 버리기 전에…….

안녕하세요, 여기는 프랭크 풀, 지구 행성에서 온 방문자입니다. 들립니까?

들리네, 프랭크. 여기는 데이브야.

기계 속 유령들

프랭크 풀이 제일 처음 즉각적으로 느낀 반응은 완전한 경악이었고, 그다음에 압도적인 기쁨이 뒤따랐다. 그는 에우로파인이나 석판과 어떤 접촉을 할 수 있을 거라고 진심으로 믿은 적이 한 번도 없었다. 사실, 그는 좌절 속에 그 우뚝 솟은 까만 벽을 차면서 화가 나서 "이 집에 아무도 없어요?" 하고 외치는 공상을 하기도 했다.

그러나 그렇게 놀랄 일은 아니었다. 가니메데에서 그가 다가오는 것을 어떤 지성체가 모니터하고 있다가, 그가 착륙하도록 허가했을 것이다. 그는 테드 칸의 말을 더 진지하게 받아들였어야 했다.

"데이브, 정말 자넨가?"

풀이 천천히 말했다.

달리 누구겠어? 그의 마음 한구석이 물었다. 그러나 그것은 어리석은 질문은 아니었다. 팔콘 계기판의 작은 스피커에서 나오는 그 목소리에는 묘하게 기계적인 ― 비인격적인 ― 구석이 있었다.

"그래, 프랭크. 난 데이브야."

아주 짧은 침묵이 있었다. 그다음 같은 목소리가 전혀 억양이 변하지 않고 말을 계속했다.

"안녕, 프랭크. 전 HAL입니다."

미스 프링글.

기록.

음, 인드라, 딤. 내가 이걸 다 기록해 둬서 기뻐요. 아니면 당신들은 절대로 날 믿지 않았을 테니까······.

난 아직 충격에서 빠져나오지 못한 것 같아요. 우선, 날 죽이려고 했던 누군가에 대해 내가 어떻게 느껴야 할까요? 그것이 1000년 전이라고 해도! 하지만 이제 HAL이 비난받아서는 안 된다는 건 이해해요. 비난받을 사람은 아무도 없어요. 종종 쓸모가 있다고 느끼는 좋은 충고가 한 마디 있어요. "단순히 무능한 것을 악의로 돌리지 마라." 나는 몇 세기 전에 이미 죽은, 내가 전혀 모르는 한 무리의 프로그래머들에게 조금도 분노를 느낄 수 없어요.

이 내용이 어떻게 다루어질지도 모르고, 내가 하는 말의 많은 부분이 완전히 헛소리라고 밝혀질 수도 있기 때문에 이게 암호화되어 있어서 다행이에요. 나는 이미 정보 과부하로 너무 괴로워서 데이브에게 잠시 나를 혼자 있게 해 달라고 부탁해야 했어요. 그를 만나기 위해 이렇게 많은 곤란을 겪어 놓고! 그러나 내가 데이브의 감정을 상하게 한 것 같진 않아요. 아직도 그가 어떤 감정을 갖고 있는지는 잘 모르겠지만······.

그는 무엇인가? 좋은 질문이에요! 음, 그는 정말로 데이브 보먼이지만, 인간적인 면이 대부분 벗겨져 나갔어요. 마치…… 아, 마치 책이나 기술 문서의 개요 같아요. 논문 요약이 모든 기본 정보를 주면서도 저자의 개성에 대해서는 아무 힌트를 주지 않는 거 알죠? 하지만 옛날 데이브의 어떤 부분이 아직 거기 있다는 걸 느끼는 순간들이 있어요. 그가 날 다시 만나서 기뻐한다고는 생각하지 않아요. '적당히 만족한다' 정도가 더 비슷할 거예요. 나는, 나로서는 아직 혼란스러워요. 오랫동안 떨어져 있던 옛 친구를 만났는데, 이제는 다른 사람이 되어 버렸다는 걸 발견한 것 같아요. 게다가 1000년 전이죠. 그가 어떤 경험을 해 왔는지 상상할 수도 없어요. 하지만 그는 그중 어떤 경험들을 나와 나누려고 시도했지요. 당신에게 곧 보여 줄 게요.

그리고 HAL은…… 의심할 여지 없이 HAL도 여기 있어요. 그들 중 어느 쪽이 내게 말하고 있는지 알 수 없는 경우가 대부분이에요. 의학 기록에 다중인격의 예가 있지 않던가요? 그와 비슷할 거예요.

나는 어떻게 이런 일이 그들 둘에게 일어났는지 그에게 물었고, 그는, 그들은…… 제길, 할먼이라고 합시다! 하여튼…… 설명해 주려고 했어요. 다시 말할게요, 내가 그 말을 부분적으로 잘못 알아들었을 수도 있지만, 그건 내가 가진 단 하나의 유효한 가설이에요.

물론 여러 모습으로 나타난 석판이 그 열쇠죠. 아니, 그건 잘못된 말이네요. 누군가가 그걸 우주적인 스위스 군용 칼이라고 언제 말하지 않았나요? 스위스도 스위스 군대도 몇 세기 전에 사라졌지만 그 칼은 아직 남아 있다는 걸 알아요. 석판은 하고 싶은 것은, 또는 하도록 프로그램된 것은 뭐든지 할 수 있는 다목적 기구예요…….

400만 년 전 아프리카에서 그건 좋은 쪽으로든 나쁜 쪽으로든 우리 엉덩이를 걷어찼어요. 그다음 달에 있는 형제 석판은 우리가 그 요람까지 기어 올라오기를 기다렸고요. 여기까지는 우리가 이미 추측한 거고, 데이브는 그것이 맞다고 확인해 줬어요.

그가 인간적 감정을 많이 갖고 있지 않다고 내가 말했죠. 하지만 그는 여전히 호기심을 갖고 있어요. 그는 배우고 싶어 해요. 그런데 그에게 기회가 생긴 거예요!

목성의 석판이 그를 흡수했을 때—더 나은 말을 생각해 낼 수가 없네요.—그 석판은 예상보다 더 많은 것을 얻었어요. 그것이 그를 이용했지만—잡힌 표본이자 지구를 조사하기 위한 탐침으로—그도 그것을 사용하고 있었어요. HAL의 도움을 받아—슈퍼컴퓨터를 다른 슈퍼컴퓨터보다 더 잘 이해할 수 있는 사람이 누가 있겠어요? — 그는 석판의 메모리를 탐험하면서 그것의 목적을 발견하려고 했어요.

이제는 매우 믿기 어려운 이야기를 할게요. 석판은 상상 이상으로 강력한 기계예요. 그게 목성을 어떻게 했는지 봐요! 하지만 그 이상은 아니에요. 그건 자동으로 작동하고, 의식이 없어요. 난 만리장성을 차면서 "이 집에 아무도 없어요?" 하고 외쳐야 할지도 모른다고 생각했어요. 거기에 대한 대답은 이거예요. 데이브와 HAL을 제외하면 아무도 없다…….

더 나쁜 건, 석판 시스템이 부분적으로 고장 나기 시작했다는 거예요. 데이브는 심지어 그것이 근본적으로 멍청해지고 있다고 암시하기도 했어요! 너무 오래 혼자 남겨진 것 같아요. 서비스 점검을 해야 할 때가 온 거죠.

그리고 데이브는 석판이 적어도 한 가지 점에서는 오판했다고 믿어요. 아마 맞는 단어는 아닐 거예요. 그건 고의적이고, 주의 깊게 고려된 판단일 거예요…….

아무튼 그건…… 음, 정말 어마어마하고 무시무시한 영향력을 갖고 있어요. 다행히 여러분이 직접 판단할 수 있도록 여러분에게 그걸 보여 줄 수 있어요. 그래요, 심지어 레오노프 호가 두 번째 임무를 수행하러 목성으로 날아간 1000년 전에 일어난 일이지만요! 그리고 지금까지 아무도 어림짐작도 하지 못했죠…….

여러분이 내게 브레인캡을 맞춰 줘서 정말 기뻐요. 물론 그건 대단히 귀중하죠. 이제 이것 없는 생활을 상상할 수가 없어요. 그렇지만 이제 이건 자기가 설계되지 않은 용도의 일을, 그것도 아주 잘 하고 있어요.

할먼이 브레인캡이 어떻게 작동하는지 알고 인터페이스를 수립하는 데 10분 정도 걸렸어요. 이제 우리는 정신 대 정신 연결을 해요. 내게는 매우 부담스러워요. 사실 난 그들에게 계속 천천히 생각하고, 유아 언어를 써 달라고 부탁해야 해요. 아니면 유아 사고라고 해야 하려나요…….

이게 얼마나 잘 전송될지 모르겠어요. 이건 석판의 거대한 메모리에 저장되어 있던 데이브의 1000년 묵은 경험의 기록이에요. 데이브는 이걸 검색해서 내 브레인캡에 주입하고 ─ 정확히 어떻게 했냐고 나한테 묻지 마요. ─ 마침내 가니메데 센트럴을 통해 당신들에게 이동시켜 보냈어요. 휴우, 여러분이 이걸 다운로드하느라 머리가 아프지 않길 바라요.

21세기 초 목성의 데이브 보먼에게 넘깁니다…….

거품의 풍경

길이가 100만 킬로미터나 되는 자기장의 촉수, 느닷없이 터져 나오는 전파의 물결, 지구보다도 더 광대한 대전 플라즈마의 맥동……. 여러 색조로 장관을 이루어 행성을 띠 모양으로 두른 구름과 마찬가지로 그런 것들도 그에게는 손에 잡힐 듯 생생하고 또렷이 보였다. 그는 그것들이 서로 작용하며 얽혀드는 복잡한 무늬를 이해할 수 있었고 목성이 그 누가 짐작했던 것보다도 훨씬 굉장한 행성임을 깨달았다.

대륙 규모의 뇌운에서 날아드는 번갯빛이 아래에 작렬하는 가운데 포효하는 대적점의 중심부로 떨어져 내리면서 그는 지구의 허리케인을 구성하는 것보다 훨씬 성글고 허술한 기체로 되어 있음에도 어째서 이 회오리가 몇백 년 동안이나 끈질기게 유지되어 왔는지를 알았다. 수소 바람의 가냘픈 비명은 그가 한층 고요한 깊은 곳으로 가라앉아 감에 따라 차츰 스러지고, 희끄무레한 눈송이가 위쪽 높은 곳으로부터 몰아쳐 내리며 더러는 이미 거의 분간되지 않는 탄화수소 거품으로 된 산(山)들에 합쳐 엉겼다. 온도는 이미 액체 상태의 물이 충분히 존재할 만큼 따뜻해져 있었지만 거기에는 대양이 없었다. 순전히 기체로 된 희박한 세계라 바다를 지탱할 수 없기 때문이다.

그는 층층이 겹이 진 구름을 뚫고 또 뚫으며 강하하여 마침내 인간의 눈으로 봐도 너비 1000킬로미터가 넘는 한 지역을 포착해 낼 수 있었을 만큼 전망이 트인 영역에 접어들었다. 그것은 훨씬 더 규모가 큰 소용돌이인 대적점 속에 들어 있는 한 작은 회오리에 지나지 않았다. 거기에 인간이 오래도록 짐작은 해 왔으나 증명할 수 없었던 비밀이 담겨 있었다.

떠 흐르는 거품 산들의 기슭을 둘러싼 것은 수없이 많은, 선명하게 구분되는 작은 구름들이었다. 전부 같은 크기에 비슷비슷한 붉은색과 갈색 얼룩이 져 있었다. 그것들이 작다지만 인간이 가늠할 수준이 아닌 그 주변 사물들에 비추어 작을 따름이었다. 개중에 제일 작은 것도 웬만한 도시 하나를 덮을 만했다.

그 구름들은 분명 살아 있었다. 기체로 된 산의 옆 사면을 따라 뚜렷한 의도를 가지고 느리게 움직이고 있었던 것이다. 흡사 비탈에서 풀을 뜯는 어마어마한 크기의 양들 같았다. 그리고 놈들은 서로서로 부르며 무리를 지었다. 놈들의 전파 음성은 아련했지만 목성 자체에서 나오는 파쇄음, 충격음과는 확실히 달라 또렷이 들려왔다.

살아 있는 풍선에 다름 아닌 그 녀석들은 더 높이 올라가면 얼어붙고, 더 깊이 내려가면 불에 그을릴 한계 사이의 좁은 영역에 떠다녔다. 좁다면 좁다. 하지만 그 정도만 해도 지구의 생물대를 전부 합친 것보다 훨씬 넓은 영역이었다.

그것들끼리만 있는 것이 아니었다. 그 사이사이에 잽싸게 돌아다니는 것은 너무 작아서 못 보고 넘어가기 십상일 듯한 생물들이었다. 어떤 것들은 지구 상에 다니는 비행기와 있을 수 없을 정도로 닮았고 심지어 크기조차 엇비슷했다. 하지만 그놈들도 살아 있는 생물이었다. ······포식자일 수도 있고 기생생물일 수도 있고, 어쩌면 양치기일 수도 있었다.

앞서 에우로파에서 얼핏 엿보았던 것만큼이나 생경한, 완전히 새로운 진화의 한 장이 지금 그의 앞에 펼쳐지고 있었다. 지구 바다의 오징어와 같이 분사식 추진을 하는 어뢰 같은 놈들이 있어서 거대한 기체 주머니들을 사냥해 먹어치웠다. 하지만 풍선들도 방어 수단이 없는 건 아니었다. 어떤 놈들은 전광을 내쏘고 길이가 킬로미터 단위인 사슬톱과도 같은 갈고리 촉수를 휘둘러 대항했다.

더욱 기괴한 형태를 한 놈들도 있었다. 기하학적으로 가능한 거의 모든 형태를 다 개척했다. 기괴하고 투명한 연 모양, 사면체, 구체, 다면체, 비틀린 띠가 엉켜 있는 것······. 목성 대기 속의 거대한 플랑크톤인 그 생물들은 재생산을 할 때까지 상승기류를 받아 공중에 날리는 가벼운 거미줄처럼 둥실 떠다니며 살아남도록 그러한 형태를 하고 있는 것이었다. 그리고 번식이 끝나면 저 심연으로 휩쓸려 내려가 탄화되고 새로운 세대의 재료로 재활용되었다.

그는 지구 면적의 100배도 넘는 세상을 조사하고 다녔고, 경이로운 것들을 많이 보긴 했으나 거기에 지성의 흔적이 비치는 것은 전혀 없었다. 광대한 풍선들이 내는 전파 음성은 경고나 공포라는 단순한 메시지를 전할 뿐이었다. 사냥꾼들이라면 좀 더 고도로 조직되어 있을 것 같지만, 놈들조차도 지구의 대양에 헤엄치는 상어와 같았다. 의식 없는 자동장치다.

그래서 그렇게 숨 막힐 듯 크고 신기해도 목성의 생물권은 취약한 세계였다. 안개와 거품으로 된 곳, 상부 대기층에서 번개가 형성한 석유화학 물질의 눈이 끊임없이 내리며, 그를 재료로 섬세한 비단 실과 종이처럼 얇은 조직이 짜여 나오는 곳이다. 거기 건설되어 있는 형태 중에 비누거품보다 견고한 것은 거의 없었다. 이 생물대의 무시무시한 포식자들이라도 가장 변변치 않은 지구 육식동물이 갈기갈기 찢어 버릴 수 있을 것이다.

규모는 훨씬 더 장대하지만 목성도 에우로파와 마찬가지로 진화상 막다른 길에 가로막혀 있었다. 여기에서는 지성이 결코 발돋움하지 못할 터였다. 설령 싹이 튼다고 해도 커 나가지 못하고 종말을 맞을 운명이었다. 순전히 공중에 한정된 문화가 발달할지는 몰라도 불이라는 것이 아예 있을 수 없는 환경, 단단한 것이 거의 존재하지 않는 환경에서 그 문화는 석기시대에도 다다르지 못할 것이다.

탄생소

미스 프링글.

기록.

자, 인드라, 딤. 그 기록이 좋은 상태로 전송되었기를 바라요. 난 아직 믿어지지가 않아요. 그 모든 환상적인 생물들이 목성을 태양으로 만들기 위해 한순간에 사라져 버렸어요. 확실히 우리는 그들의 전파 음성을 탐지했어야 합니다. 우리가 그걸 이해하지 못했다고 해도!

이제 우리는 그 이유를 이해할 수 있었어요. 그것은 에우로파인들에게 기회를 주기 위해서였어요. 이 무슨 무자비한 논리인가요. 문제가 되는 건 지성뿐인가요? 여기에 대해 테드 칸과 긴 토론을 나누게 되겠군요.

그다음 질문은 이겁니다. 에우로파인들은 요구받는 수준에 오를까요, 아니면 영원히 유치원에, 그것도 아니면 탄생소에 머무르게 될까요? 1000년은 매우 짧은 시간이지만, 그들은 어떤 진전이 있을 거라고 예상했을 겁니다. 그러나 데이브의 말에 따르면 그들은 지금이나 바다를 떠났을 때나 달라진 게 전혀 없습니다. 아마 그게 문제겠지요. 그들은 여전히 한 발을, 혹은 한 가지를! 물에 담그고 있습니다.

그리고 또 한 가지 우리가 완전히 틀렸던 것이 있어요. 우리는 그들이 잠을 자기 위해서 물속으로 들어간다고 생각했어요. 그런데 정반대였어요. 그들은 먹기 위해 돌아가고, 땅에 올라와서 자요! 그들의 구조를 보고 추측할 수도 있었을 텐데, 그 가지들의 그물망…… 그들은 플랑크톤을 먹는 동물이에요…….

나는 데이브에게 물어보았어요. "그들이 지은 이글루는 어때? 그건 기술적인 진보가 아닐까?" 데이브가 대답하기를, 반드시 그렇지는 않대요. 그건 자기들을 여러 포식자, 특히 풋볼 운동장만큼 큰 하늘을 나는 카펫 같은 놈에게서 보호하기 위해 해저에 만드는 구조물의 응용일 뿐이래요.

하지만 그들이 진취성을, 심지어 창조성을 보여 준 분야가 하나 있어요. 그들은 금속에 매혹되었어요. 아마 대양에는 금속이 순수한 형태로 존재하지 않기 때문일 겁니다. 그래서 첸 호를 뜯어 간 거예요. 그들의 영역에 가끔 내려앉은 탐사선들에게도 똑같은 일이 일어났고요.

그들은 자기들이 모은 구리와 베릴륨과 티타늄을 가지고 무엇을 할까요? 쓸모 있는 일은 아무것도 안 할 것 같습니다. 그들은 그것을 모두 한 장소에 쌓아 둡니다. 쌓고 또 쌓아 엄청난 덩어리를 만들고 있죠. 미적 감각을 발전시키고 있을 수도 있는 일이지요. 난 현대미술관에서 더 악취미적인 것도 보았으니까요. 하지만 내가 생각하는 다른 이론이 있습니다. 화물 숭배에 대해 들어 본 적이 있나요? 20세기에 아직 존재했던 몇 안 되는 원시 부족들은 대나무로 모형 비행기를 만들곤 했습니다. 때때로 자신들에게 놀라운 선물들을 가져다주는 하늘의 큰 새를 부르려는 희망을 갖고 만든 건데, 에우로파인들도 같은 생각을 가졌을지도 모르지요.

이제 당신들이 계속 나한테 묻고 있는 질문에 대답할 차례입니다……. 데이브는 무엇일까요? 그리고 데이브와 HAL은 어떻게 지금처럼 되었을까요?

물론 제일 빠른 대답은 그들 둘 다 석판의 거대한 메모리 속의 에뮬레이션—시뮬레이션—들이라는 것입니다. 대부분의 시간 동안 그들은 활동하지 않습니다. 데이브에게 물어봤더니, 그는 자기가…… 어, 탈바꿈 이후부터 1000년이 흐르는 동안 모두 합쳐 50년 동안만 '깨어 있었다'고 말했습니다. 그가 실제로 한 말입니다.

삶을 그렇게 빼앗긴 데 분개하느냐고 내가 묻자, 그는 이렇게 대답했습니다. "왜 내가 분개해야 하지? 나는 내 기능을 완전히 수행하고 있어." 그래요, 그건 정말 HAL의 말처럼 들렸습니다! 하지만 난 그 말이 데이브의 말이었다고 믿습니다. 지금 그 둘에 조금이라도 구분이 있다면요.

스위스 군용 칼 비유를 기억하나요? 할면은 이 우주 나이프의 수많은 구성 부품 중 하나입니다.

그렇지만 그는 완전히 수동적인 도구는 아닙니다. 깨어 있을 때 그는 어느 정도 자율성과 독립성을 가집니다. 석판의 오버라이딩 컨트롤(프로그래밍 용어. 부모 클래스의 함수를 상속받아 재정의해 사용—옮긴이)의 한계 속에서겠지만요. 몇 세기 동안, 그는 가니메데와 지구뿐 아니라 목성을—여러분이 방금 본 것 같이—조사하기 위한 지성 있는 탐침으로 사용되었습니다. 이것은 데이브의 옛 여자 친구와, 그의 어머니가 죽기 직전에 돌보던 간호사가 보고한 플로리다의 그 수수께끼 같은 사건들이 사실이라는 것을 알려 줍니다……. 아누비스 시티에서의 만남도 그렇고요.

그리고 그건 다른 수수께끼들도 설명합니다. 나는 데이브에게 직접 물어보았습니다. "다른 사람들은 모두 몇 세기 동안 돌려보내졌는데, 왜 나는 에우로파에 착륙해도 좋다는 허가를 받았지? 나도 돌려보내질 거라고 생각하고 있었어!"

그 대답은 터무니없을 정도로 단순했어요. 석판은 때때로 데이브-할먼을 사용해서 우리를 지켜봅니다. 데이브는 내가 구출된 걸 전부 알고 있었어요. 심지어 지구와 가니메데에서 내가 했던 언론 매체와의 인터뷰 중 일부를 보기도 했어요. 그가 나와 연락하려고 시도하지 않았기 때문에 난 아직 약간 상처받았다고 털어놔야겠어요! 하지만 적어도 내가 도착하자 환영해 주기는 했으니까…….

딤, 내가 있건 없건 팔콘이 떠날 때까지 아직 48시간이 있어! 나는 이제 할먼과 접촉을 했으니 그들이 필요하지는 않을 거야. 그가 원하기만 한다면 우리는 아누비스에서와 마찬가지로 쉽게 연락할 수 있을 테니까.

그리고 난 가능한 한 빨리 가니메데로 돌아가고 싶어. 팔콘은 멋진 우주선이지만 배관을 개선해야 하겠어. 냄새가 나기 시작했고, 난 샤워하고 싶어서 몸이 근질근질해.

여러분을 매우 보고 싶어요. 특히 테드 칸을. 우리는 내가 지구로 돌아가기 전에 이야기할 일이 아주 많아요.

저장.

전송.

5부

종료

존재하는 것의 모든 노역은 원죄를 돕지 않네.
그것은 바다로 빗발치고, 바다는 여전히 소금.

— A. E. 하우스먼, 『더 많은 시들』

유한계급 신사

전체적으로 흥미롭지만 별 사건이 없는 30년이 흘러갔다. 그사이에 시간과 운명이 모든 인류에게 가져다주는 기쁨과 슬픔이 간간이 끼어들었다. 기쁨 중 가장 큰 것은 프랭크 풀이 전혀 예상치 못한 것이었다. 사실 지구와 가니메데를 떠나기 전에 들었다면, 풀은 그런 생각은 말도 안 된다고 무시해 버렸을 것이다.

곁에 없으면 더 다정해진다는 속담은 상당한 부분 진실이다. 그와 인드라 월러스가 다시 만났을 때, 그들은 때때로 의견도 다르고 농담도 주고받지만, 생각보다 가까운 사이라는 것을 깨달았다. 어쩌어찌 지내다 보니 돈 월러스와 마틴 풀이라는 사랑의 결심까지 얻게 되었고 두 사람은 크게 기뻐했다.

인생에서 아이를 보기에는 꽤 늦은 시기였고—1000년이라는 작은 문제와는 완전히 별도로—앤더슨 교수는 그들에게 아이가 불가능할 수도 있다고 경고했다. 더 나쁜 것은…….

"당신들은 당신들 생각보다 여러모로 운이 좋았어요. 방사선 손상은 놀라울 정도로 적었고, 당신의 온전한 DNA로 필수적인 치료를 전부 할 수 있었어요. 하지만 몇 가지 테스트를 추가로 실시할 때까지는 유전적으로 온전하다고 약속할 수는 없어요. 그러니 서로 즐겨요. 하지만 내가 오케이할 때까지 아이는 갖지 마요."

테스트에는 시간이 걸렸고, 앤더슨이 걱정했던 대로 치료가 더 필요했다. 그리고 중대한 애로 사항이 하나 있었다. 수정 후 처음 몇 주가 지나면 수정란이 절대 살아남을 수 없었던 것이다. 그러나 마틴과 돈은 완벽했다. 머리, 팔, 다리 숫자도 딱 맞았고, 잘생기고 영리했고, 애지중지하는 부모 때문에 응석받이가 되는 길도 아슬아슬하게 피했다. 15년이 지나 각자 독립의 길을 선택했을 때도 풀과 인드라의 최고의 친구로 남았다. '사회적 성취 등급' 때문에 그들은 아이를 더 가져도 된다고 허락받았다. 사실 권장받았다고 해도 좋을 것이다. 그러나 그들은 자신들이 누린 놀라울 정도의 행운에 더 이상 짐을 지우지 않기로 결정했다.

그사이 풀의 사생활에 한 가지 비극이 그늘을 드리웠다. 사실 그것은 전 태양계 사회에도 충격을 안겨 준 사건이었다. 답사하던 혜성의 핵이 갑자기 폭발하는 바람에 챈들러 박사와 승무원 전원이 실종되었던 것이다. 골리앗은 철저히 파괴되어 파편 몇 개밖에 찾을 수 없었다. 매우 낮은 온도에서 존재하는 불안정 분자들 사이의 반응으로 일어나는 그런 폭발은 혜성 수집가들에게는 잘 알려진 위험이었다. 그리고 챈들러는 자기 직업 생활 동안 그런 위험과 몇 번

마주쳤었다. 그토록 경험 많은 우주인을 깜짝 놀라게 만든 것이 무엇인지, 아무도 정확한 사정은 모를 것이다.

풀은 챈들러가 매우 그리웠다. 그는 풀의 삶에 독특한 역할을 했고, 그토록 중대한 모험을 함께 했던 데이브 보먼만 제외하면 챈들러를 대신할 사람은 없었다. 그들은 우주에 다시 같이 나가자고, 오르트 구름(공전주기가 긴 혜성들의 기원으로 태양계를 껍질처럼 둘러싼 가상의 천체 집단 ― 옮긴이)까지 쭉 나가서 그 알려지지 않은 신비와 멀지만 무궁무진 부유한 얼음을 얻자고 자주 계획을 짰다. 그렇지만 언제나 스케줄이 꼬이면서 그들의 계획을 망쳤고, 그래서 간절히 바랐던 그 미래는 이제 결코 누릴 수 없게 되었다.

의사의 금지 명령에도 불구하고, 풀은 오랫동안 바라던 목표 또 하나를 간신히 성취했다. 지구에 내려갔던 것이다. 한 번이면 충분했다.

그가 타고 여행한 탈것은 그의 시대에 운 좋은 하지 마비 환자들이 사용하던 휠체어와 거의 똑같아 보였다. 거기에는 엔진이 달렸고, 풍선 타이어가 있어서 상당히 매끄러운 표면 위도 굴러갈 수 있게 해 주었다. 게다가 작지만 매우 강력한 환풍기가 만들어 내는 에어쿠션 위에서 약 20센티미터 높이까지 날 수도 있었다. 이렇게 원시적인 기술이 아직 쓰인다는 것에 풀은 놀랐지만, 관성 제어 장치들은 이렇게 작은 규모의 응용 장치들에 쓰기에는 너무 덩치가 컸다.

공중에 뜨는 의자에 편안히 앉아 있으니 아프리카 중심부로 내려가면서도 체중 증가가 거의 의식되지 않았다. 숨 쉬기가 어려워지는 것을 알아차렸지만, 우주 비행사 훈련을 받는 동안 훨씬 더 심한 일도 겪었다. 그러나 탑의 기반을 형성하는 하늘을 찌를 듯 거대한 원통에서 나왔을 때 폭발적으로 쏟아진 용광로 같은 열기에는 대비하지 못했다. 게다가 아직 아침이었다. 정오에는 어쩔 것인가?

열기에 익숙해지기도 전에 후각이 공격당했다. 불쾌하지는 않지만 수많은 낯선 냄새들이 저마다 그의 주의를 끌려고 아우성쳤다. 그는 입력회로의 과부하를 피해 보려고 몇 분 동안 눈을 감았다.

눈을 다시 뜰 결심을 하기 전에, 커다랗고 축축한 물체가 그의 목뒤를 만졌다.

"엘리자베스에게 인사하세요. 우리의 공식 접대자입니다."

안내원이 말했다. 안내원은 전통적인 '위대한 백인 사냥꾼' 복장으로 차려입은 건장한 젊은 남자였다. 그러나 그 복장은 맵시에 너무 치우쳐서 실용성은 없어 보였다.

풀이 의자에 앉은 채 몸을 돌리자, 아기 코끼리가 감정이 풍부한 눈으로 그를 바라보고 있었다.

"안녕, 엘리자베스."

풀은 상당히 작은 소리로 말했다. 엘리자베스는 인사로 코를 들어 올리더니, 보통 예의 바른 사교계에서는 좀처럼 들을 수 없는 소리를 냈다. 물론 풀은 그것이 좋은 의도로 낸 소리였다고 확신했다.

지구 행성에서 전부 합쳐 한 시간도 보내지 않았지만, 제대로 성장하지 못한 나무들은 스카이랜드의 나무들과 비교하면 볼품없어 보였다. 정글 가장자리를 둘러가며 지역 동물들을 많이 만났다. 안내원은 관광객들 때문에 버릇이 나빠진 사자들이 너무 친밀하게 군 것에 대해 사과했다. 그러나 악어들의 사악한 표정은 버릇없는 사자를 보상하고도 남았다. 여기에는 날것의 변하지 않은 자연이 있었다.

탑으로 돌아가기 전 풀은 위험을 감수하고 공중에 뜨는 의자에서 몇 걸음 걸어 나가 보았다. 그는 이것이 자기 몸무게를 등에 지는 거나 마찬가지임을 알고 있었지만, 불가능한 위업일 것 같지는 않았다. 그리고 그 일을 시도해 보지 않았다면 절대 자신을 용서하지 못했을 것이다.

좋은 생각은 아니었다. 아마 날씨가 좀 더 시원할 때 시도해 보았어야 할 것이다. 열 걸음 정도 걷고 난 후, 그는 편안한 의자로 도로 몸을 가라앉히면서 아주 기뻤다.

"이걸로 충분해요. 탑으로 돌아갑시다."

그는 녹초가 되어 말했다.

엘리베이터 로비로 들어오면서, 그는 자기가 도착해서 흥분하느라 못 보고 넘어간 표지판을 보게 되었다. 그곳에는 이렇게 적혀 있었다.

아프리카에 온 것을 환영합니다!
"황무지에 세계의 보존이 있다."
— 헨리 데이비드 소로(1817~1862)

풀이 흥미를 보이자 안내원이 말했다.

"그 사람을 알았나요?"

풀이 너무나 자주 듣는 질문이었다. 그 순간에는 그가 그 질문에 매끄럽게 대답할 준비가 되어 있지 않았다.

"그렇진 않아요."

풀은 기진맥진해서 대답했다. 거대한 문이 그들 뒤에서 닫히며 인류의 가장 오랜 고향의 풍경, 냄새, 소리를 차단했다.

이 수직 사파리 여행은 지구를 방문하고 싶은 그의 욕구를 충족시켰고, 그는 그곳에서 얻은 여러 가지 통증과 고통을 무시하려고 최선을 다하며 1만 층에 있는 자신의 아파트에 돌아갔다.(그 높이는 이 민주적인 사회에서도 꽤 특권적인 위치였다.) 그러나 인드라는 그의 모습에 조금 충격을 받고 그에게 곧장 침대로 가라고 명령했다.

"꼭 안타이오스 같군요. 하지만 거꾸로예요!"

인드라가 어둡게 중얼거렸다.

"누구라고요?"

풀이 물었다. 아내의 박식함에 약간 질릴 때가 있었다. 그러나 그는 결코 그것 때문에 열등감에 시달리지 않겠다고 결심했다.

"대지의 여신 가이아의 아들이에요. 헤라클레스가 그와 씨름을 했어요. 그러나 안타이오스는 땅에 던져질 때마다 다시 힘을 얻었죠."

"누가 이겼어요?"

"물론 헤라클레스가 이겼죠. 안타이오스를 공중에 들어 올려서 그의 어머니가 배터리를 충전해 주지 못하게 했거든요."

"음, 내 배터리를 충전하는 데는 절대 오래 걸리지 않을 텐데. 그리고 한 가지 교훈을 배웠어요. 운동을 더 하지 않으면 나는 달 중력 레벨로 올라가야 할지도 몰라요."

풀의 굳은 결심은 한 달 동안 지속되었다. 매일 아침 그는 아프리카 탑에서 다른 층을 선택해서 5킬로미터 속보를 했다. 어떤 층은 여전히 광대하고 쿵쿵 울리는 금속으로 된 사막이었다. 그런 곳은 절대로 가득 채울 수가 없을 것 같았다. 그러나 다른 층들은 조경이 되어 있고 몇 세기에 걸쳐 어리둥절할 정도로 다양한 건축 스타일로 발전했다. 많은 것들이 과거의 시대와 문화들에서 빌려 온 것들이었다. 다른 것들은 풀이 방문하고 싶지 않은 미래들을 암시하고 있었다. 적어도 지루할 염려는 없었다. 산보 중에 상냥한 아이들이 작은 무리를 이루어 존경심을 보이는 거리를 두고 따라올 때가 많았다. 그러나 그를 오랫동안 따라올 수 있었던 아이들은 거의 없었다.

어느 날, 풀이 샹젤리제 거리를 그럴싸하게 모방한—하지만 거의 인구가 없는—거리를 성큼성큼 걷고 있을 때, 갑자기 낯익은 얼굴이 보였다.

"대닐!"

프랭크 풀이 불렀다.

상대는 조금도 알아차리지 못했다. 풀은 다시 한번 목청 높여 불렀다.

"나 기억 안 나?"

그래도 마찬가지였다.

그 사람을 따라잡고 보니 대닐이 틀림없었다. 하지만 대닐은 정말로 당황한 것 같았다.

"미안합니다. 물론 풀 중령이시죠. 하지만 우리는 전에 한 번도 만난 적이 없는데요."

이제 풀이 당황할 차례였다.

"제가 바보같이 굴었군요. 다른 사람을 잘못 봤나 봅니다. 좋은 하루 보내세요."

그가 사과했다.

풀은 대닐을 만나게 되어 기뻤다. 그가 정상 사회에 복귀해서 다행이었다. 그가 원래 저질렀던 범죄가 도끼 살인인지 도서관 책 반납 기한 초과인지는 이제 예전 고용주가 상관할 바가 아니었다. 계산은 끝났고, 장부는 덮였다. 풀은 때때로 어렸을 때 즐겨 보던 형사-도둑 드라마를 그리워했지만, 그는 성장했고 현재의 지혜를 받아들였다. 병적인 행동에 대해 지나치게 흥미를 보인다면 그 자체가 병적이다.

미스 프링글, Mk Ⅲ의 도움을 받아 풀은 생활 스케줄을 짤 수 있었다. 그래서 때때로 한가한 순간들까지도 있었다. 그럴 때 그는 긴장을 풀고 브레인캡을 '무작위 검색'에 맞춰 놓은 채 관심 있는 분야들을 스캔했다. 직계 가족을 빼면 그의 주 관심사는 여전히 목성/루시퍼의 위성들이었다. 특히 그는 그 분야의 선두에 선 전문가였으며 에우로파 위원회의 영구 위원이었다.

그 위원회는 거의 1000년 전에 세워졌다. 그 수수께끼의 위성에 대해 할 수 있고 해야 하는 일이 조금이라도 있다면 그것을 논의하기 위해 만들어졌다. 1979년 보이저 호의 근접 비행과 1996년 목성 궤도를 돌았던 갈릴레오 탐사선의 첫 번째 세부 관측부터 시작해서 여러 세기 동안, 엄청난 양의 정보가 축적되었다.

역사가 오랜 조직들이 대부분 그렇듯이, 에우로파 위원회는 천천히 화석화되었고 이제는 새로운 진전이 있을 때만 만났다. 위원회는 할먼이 다시 나타났을 때 화들짝 놀라며 깨어나 정력적인 새 회장을 임명했다. 그 회장의 첫 번째 행동은 풀을 선임하는 것이었다.

아직 기록되지 않은 빈틈을 채우는 데 그가 보탤 수 있는 일은 거의 없었지만, 풀은 위원회에 들어가게 되어 매우 기뻤다. 쓸모 있는 사회인이 되는 것은 확실히 그의 의무였고, 또 거기 들어가지 않았으면 갖지 못했을 공식적인 지위가 생겼다. 그 전의 지위는 한때 '국보급'이었으나, 그건 좀 당황스러웠다. 전쟁으로 유린된 이전의 시대들이 상상할 수 있었던 모든 꿈보다 더 부유한 세계가 호화롭게 지원해 주는 건 기뻤지만, 풀은 자신의 존재를 정당화해야 할 필요를 느꼈다.

또, 심지어 자기 자신에게도 분명히 말하지 못한 다른 욕구도 있었다. 할먼은 20년 전 그들의 이상한 만남에서 아주 잠깐이지만 그에게 말을 했다. 풀은 할먼이 원하기만 하면 그런 일을 쉽게 다시 할 수 있다고 확신했다. 할먼은 이제 인간적 접촉에는 아예 흥미가 없을까? 풀은 그렇지 않기를 바랐다. 그러나 그것도 그의 침묵에 대한 한 가지 설명은 될 수 있었다.

그는 시어도어 칸과 자주 연락했다. 칸은 언제나와 마찬가지로 활동적이고 신랄했고, 이제는 에우로파 위원회의 가니메데 대표였다. 풀이 지구로 돌아간 후부터, 칸은 보먼과의 연락 채널을 열려고 노력했지만 허사였다. 그는 왜 아주 중대한 철학적, 역사적 관심의 주제들에 대한 중요한 질문을 그토록 많이 던져도 짧은 답장마저 오지 않는지 이해할 수 없었다.

"석판이 자네 친구 할먼을 너무 바쁘게 해서 나한테 말할 틈이 없는 거 아닐까? 어쨌든, 그는 자기 시간에 뭘 하고 있는 거야?"

그는 풀에게 불평했다. 그것은 매우 타당한 질문이었다.

그리고 마른 하늘의 날벼락처럼 보먼에게서 대답이 왔다. 아주 흔한 영상통화 전화로.

연락

"안녕, 프랭크. 나 데이브야. 자네에게 보낼 아주 중요한 메시지가 있어. 자네는 지금 아프리카 탑의 스위트룸에 있겠지. 자네가 거기 있다면, 우리를 가르쳤던 궤도 역학 강사의 이름을 대서 신원 증명을 해 주게. 60초 동안 기다리고, 대답이 없으면 정확히 한 시간 후 다시 시도하겠네."

그 1분은 풀이 충격에서 회복할 만큼 긴 시간이 아니었다. 놀랐을 뿐만 아니라 잠깐 기쁨이 복받쳤고, 그다음 다른 감정이 넘겨받았다. 보먼에게서 소식을 들은 건 기뻤지만, '아주 중요한 메시지'라는 문구는 참으로 불길하게 들렸다.

'최소한 내가 기억할 수 있는 몇 안 되는 이름 중 하나를 그가 물어본 것은 정말 행운이야.'

풀은 속으로 말했다. 하지만 글래스고 악센트가 너무 강해서 알아듣는 데 일주일이 걸린 스코틀랜드인을 누가 잊을 수 있겠는가? 그러나 그는 뛰어난 강사였다. 일단 그가 무슨 말을 하는지 알아듣기만 하면.

"그레고리 맥비티 박사."

"맞아. 이제 자네 브레인캡 수신기의 스위치를 켜게. 이 메시지를 다운로드하는 데 3분이 걸릴 거야. 모니터하려고 하지 마. 나는 10분의 1 압축을 사용하고 있어. 시작하기 전 2분을 기다릴 거야."

'어떻게 이렇게 할 수 있지?'

풀은 생각했다. 목성/루시퍼는 이제 50광분 떨어져 있으므로 이 메시지는 거의 한 시간 전에 보내졌어야 했다. 지성이 있는 대리인이 제대로 주소를 적은 포장을 해서 가니메데-지구 간 광선으로 보낸 것이라면……. 그러나 할먼이 석판 안에서 따다 쓸 수 있는 자원을 생각하면 그에게는 사소한 위업일 것이다.

브레인박스의 지시등이 깜박이고 있었다. 메시지가 들어오고 있었다.

할먼이 사용한 압축을 고려했을 때 풀이 그 메시지를 실시간으로 흡수하려면 반 시간이 걸릴 것이었다. 그러나 그의 평화로운 생활 양식에 돌연 종지부를 찍게 되었다는 것을 깨닫는 데는 겨우 10분밖에 걸리지 않았다.

심판

전 우주와 즉각적으로 통신을 주고받을 수 있는 세계에서 비밀을 지키기는 매우 힘들다. 풀은 즉시 이것은 얼굴을 맞대고 논의해야 할 문제라고 결정했다.

에우로파 위원회 위원들은 투덜거렸지만 전부 그의 아파트에 모였다. 위원회는 일곱 명이었다. 언제나 인류를 매혹시켜 온 달의 위상 변화 단계에 따라 제안된 행운의 수인 것이 분명했다. 풀은 위원회 위원 세 명을 처음 만났지만, 브레인캡이 발명되기 전 사람들이 평생을 걸려 알아낼 수 있었던 것보다도 더 철두철미하게 알고 있었다.

"오코너 회장님과 위원 여러분, 에우로파에서 받은 이 메시지를 여러분이 다운로드하기 전에 제가 몇 마디 말을 하고 싶습니다. 몇 마디뿐입니다, 약속합니다! 그리고 말로 하는 편이 더 나을 것 같습니다. 제게는 그게 더 자연스럽습니다. 직접적인 정신 송신이 제게는 완전히 편해지지 않을 것 같습니다.

여러분 모두 아시듯이, 데이브 보먼과 HAL은 에우로파의 석판에 에뮬레이션으로 저장되었습니다. 석판은 한번 유용하다고 판단한 도구를 절대 버리지 않고, 때때로 우리 일에 상관하고 싶을 때면 우리를 모니터하기 위해 할먼을 활성화시킵니다. 제가 의심하기로는, 제가 도착한 것 때문일지도 모릅니다. 아마 제가 스스로를 지나치게 과대평가하는 것이겠지만요!

하지만 할먼은 그냥 수동적인 도구가 아닙니다. 데이브라는 요소는 여전히 인간적 기원을 어느 정도 유지하고 있습니다. 심지어 감정도요. 그리고 우리가 함께 훈련받았기 때문에 ─ 몇 년 동안 거의 모든 것을 나누었지요. ─ 그는 다른 누구보다도 저와 통신하는 것이 훨씬 쉽다고 느끼는 것 같습니다. 데이브가 저와 통신하는 걸 좋아한다고 생각하고 싶습니다만, 그것도 저만의 추측일 수도 있겠지요…….

또, 데이브는 알고 싶어 하고 호기심이 많습니다. 그리고 자기가 야생동물 표본처럼 수집된 방식에 약간 분개하기도 합니다. 석판을 창조한 지성체의 관점에서는 우리 존재가 그쯤이겠지만요.

그런데 그 지성체는 지금 어디 있을까요? 할먼은 그 대답을 알고 있는 것이 분명한데, 그 대답은 으스스합니다.

우리가 언제나 추측했듯이, 석판은 은하계 네트워크의 일부입니다. 그리고 가장 가까운 교점(交點), 그러니까 석판의 제어장치 또는 직속상관은 450광년 떨어져 있습니다.

안심하기에는 너무 가까워요! 이것은 21세기 초에 우리 사정에 대한 보고가 전송되었다면 그 보고를 500년 전에 받았다는 뜻입니다. 만약 석판의……, 감독자라고 합시다. 감독자가 즉시 대답했다면 지금쯤 추가 지시 사항이 도착하겠지요.

그것이 바로 지금 일어나고 있는 일인 것 같습니다. 지난 며칠 동안 석판은 메시지를 계속 줄줄이 받아 새 프로그램을 설치하고 있어요. 아마 그 메시지에 따른 것이겠지요.

불행히도 할먼은 그 지시의 성격에 대해 추측밖에 할 수가 없습니다. 이 태블릿을 다운로드하면 여러분도 알게 되겠지만, 그는 석판의 회로와 메모리 뱅크의 여러 부분에 제한적이나마 접근할 수 있고, 심지어 석판과 대화 같은 것도 할 수 있습니다. 그것이 정확한 표현인지는 모르겠습니다만. 대화를 하려면 두 사람이 필요하니까요! 나는 아직도 그 석판이 그렇게 강력한 힘을 가졌는데도 의식이 없고 심지어 자기가 존재하는지 알지도 못한다는 생각을 받아들일 수가 없습니다!

할먼은……, 때때로지만……, 1000년 동안 그 문제에 대해 생각하고 있고, 우리 대부분이 내린 것과 똑같은 답에 이르렀습니다. 그러나 그가 가진 '내부 지식'이 있으니, 그의 결론에 확실히 훨씬 더 무게가 실릴 것입니다.

미안합니다! 농담을 하려던 건 아니었습니다. 하지만 그걸 달리 뭐라고 부를 수 있겠습니까?

우리를 창조하는 데 ― 적어도 우리 선조들의 정신과 유전자를 손보는 데 ― 무슨 일을 했건 간에, 석판은 다음에 무엇을 할지 결정하고 있습니다. 그리고 할먼은 비관적입니다. 아니, 그건 과장이고……. 우리가 살아남을 확률이 크다고 생각하지 않고 있다고 합시다. 그러나 이제 그는 너무나 초연한 관찰자가 되어서, 지나치게 걱정하지는 않습니다. 인류의 미래 ― 생존! ― 는 그에게 흥미로운 문제일 뿐입니다. 그러나 그는 기꺼이 도울 것입니다."

풀이 갑자기 말을 멈추는 바람에 열중해 있던 청중들은 깜짝 놀랐다.

"이거 이상하군요. 방금 옛날에 일어났던 놀라운 일이 떠올랐습니다……. 지금 일어나고 있는 일을 그 장면이 설명해 주는 게 확실합니다. 조금만 더 참아 주세요…….

발사 몇 주 전, 어느 날 케이프의 해변을 따라 함께 걷고 있을 때, 데이브와 나는 커다란 딱정벌레가 모래 위에 누워 있는 모습을 보았습니다. 자주 있는 일이지만, 그 벌레는 땅에 등을 댄 채 공중에 다리를 버르적거리며 똑바로 일어나려고 애쓰고 있었습니다.

나는 그 벌레를 무시했습니다. 우리는 복잡한 기술적 토론을 하고 있는 도중이었거든요. 그러나 데이브는 아니었습니다. 그는 옆으로 비켜서서 자기 신발로 그 벌레를 조심스레 뒤집었습니다. 벌레가 날아가자 나는 이렇게 말했습니다. '자네 그게 좋은 생각인 거 맞아? 이제 그놈은 어디 가서 누군가의 소중한 국화를 먹어 버릴걸.' 그러자 그가 대답했어요. '아마 자네 말이 옳을 거야. 하지만 나는 그 벌레에게 무죄 추정을 해 주고 싶어.'

미안합니다. 몇 마디만 하기로 했는데! 하지만 그 사건이 기억나서 매우 기쁩니다. 나는 그 기억이 할먼의 메시지를 올바른 시각에서 보도록 해 준다고 진심으로 믿습니다. 그는 인류에게 무죄 추정을 해 주고 있는 것입니다…….

이제 여러분의 브레인캡을 점검해 주십시오. 이것은 고밀도 기록입니다. 자외선 밴드 맨 위, 채널 110. 편안하게 계십시오, 하지만 잘 보이는지 확인해 주시기 바랍니다. 이제 갑니다…….”

전쟁 의회

아무도 다시 보여 달라고 요청하지 않았다. 한 번으로 충분했으니까.

재생이 끝나자 잠깐 침묵이 흘렀다. 그다음 회장인 오코너 박사가 브레인캡을 벗고 빛나는 두피를 문지르더니 천천히 말했다.

"당신은 현 상황에 매우 적절해 보이는 당신 시대의 문구를 가르쳐 준 적이 있지요. 이건 성난 벌집이에요."

"하지만 그 벌집을 본 건 보면, 그러니까 할먼뿐입니다. 그는 정말로 석판같이 복잡한 물건의 작동을 이해하고 있는 걸까요? 아니면 이 시나리오 전체가 그의 상상력이 꾸며낸 걸까요?"

위원 한 명이 말했다.

"난 그가 상상력이 풍부하다고 생각하지 않습니다. 게다가 모든 일이 완벽하게 설명됩니다. 특히 노바 스코피오에 대한 이야기가요. 우리는 그것이 사고였다고 생각했습니다. 하지만 이제 보니 그것은 심판이었습니다."

오코너 박사가 대답했다.

"처음엔 목성, 이제는 스코피오. 다음은 누가 될까요?"

크라우스만 박사가 물었다. 대중들이 전설적인 아인슈타인의 환생이라고 생각하는 저명한 물리학자였다. 성형수술의 도움도 약간 받았다는 소문이 있었다.

"우리는 언제나 TMA들이 우리를 모니터링하고 있다고 추측했지요."

회장이 말했다. 그녀는 잠시 말을 멈추었다가 슬픈 듯이 덧붙였다.

"인류사 최악의 시대 직후에 마지막 보고가 출발했다니! 얼마나 운이 나쁜 건가요! 믿을 수 없을 정도로 운이 나빠요!"

또다시 침묵이 흘렀다. 20세기는 '고문의 세기'로 낙인찍히는 일이 많았다는 것을 모든 사람이 알고 있었다.

풀은 아무 말도 가로막지 않고 들으면서 어떤 합의가 도출되기를 기다렸다. 이번이 처음은 아니지만, 그는 위원회의 수준에 깊은 인상을 받았다. 아무도 자기 지론을 증명하려고 들거나, 토론 점수를 올리려고 하거나, 자존심을 세우려고 들지 않았다. 그의 시대에 항공우주국 공학자와 관리자, 의회 스태프와 산업체 중역 들이 논쟁을 벌이다 결국 고성이 오가곤 했던 기억을 떠올리지 않을 수 없었다.

그렇다, 인류는 확실히 발전했다. 브레인캡은 부적응자의 제거를 도왔을 뿐만 아니라 교육의 효율성을 엄청나게 증가시켰다. 그러나 손실도 있었다. 이 사회에는 기억할 만한 인물이 거의 없었다. 그가 즉석에서 생각해 낼 수 있는 사람은 겨우 네 명이었다. 인드라, 챈들러 선장, 칸 박사, 그리고 아쉬운 기억을 남긴 드래곤 레이디.

회장은 차분히 토론을 이끌며 모든 사람에게 발언권을 주었다. 그 다음 자신이 요약했다.

"그 누구라도 제일 처음 던질 질문인 '우리가 이 위협을 얼마나 진지하게 받아들여야 하느냐?'에는 시간을 낭비할 가치가 없습니다. 이것이 가짜 경보나 오해라고 해도, 잠재적으로 너무나 중대한 위협이기 때문에 가짜임을 증명하는 절대적인 증거가 나올 때까지는 그것이 진짜라고 가정해야 합니다. 동의합니까?

좋습니다. 그리고 우리는 시간이 얼마나 있는지 모릅니다. 그러므로 이것이 즉각적인 위험이라고 가정해야 합니다. 할먼이 우리에게 경고를 더 해 줄 수 있을지도 모르지만, 그때는 너무 늦을 수도 있습니다.

그러므로 우리가 결정해야 하는 것은 이것뿐입니다. 우리는 석판만큼 강력한 것에 대응해서 어떻게 우리 자신을 보호할 수 있을까요? 목성에 일어난 일을 보십시오! 그리고 노바 스코피오도 아마…….

폭력은 소용없을 거라고 확신하지만, 그 선택지를 살펴보기는 해야겠지요. 크라우스만 박사, 슈퍼 폭탄을 만드는 데 얼마나 걸릴까요?"

"그 설계도가 아직 존재해서 아무런 연구가 필요 없다고 가정하면……, 오, 아마 2주 정도요. 열핵무기는 아주 단순하고, 흔한 물질을 사용합니다. 어쨌든 사람들이 겨우 제2밀레니엄에 만든 것이니까요! 하지만 뭔가 복잡한 것이 필요하다면……, 반물질 폭탄이나 미니 블랙홀 같은 것 말입니다. 음, 그건 몇 달 걸릴 겁니다."

"고마워요. 그쪽을 알아봐 줄 수 있겠어요? 하지만 아까 말한 것처럼, 나는 그것이 효과가 있을 거라고는 믿지 않아요. 그런 힘을 다룰 수 있는 물체라면 그런 힘에 대항해서 자신을 지킬 수도 있을 테니까요. 그러면……, 다른 제안은?"

"우리가 협상할 수 있을까요?"

어느 위원이 물었지만, 그도 별로 희망은 품고 있지 않았다. 크라우스만이 대답했다.

"누구와 무엇을 가지고요? 우리가 알게 된 바와 같이, 석판은 본질적으로 프로그램된 대로 실행하기만 하는 순수한 메커니즘입니다. 어느 정도의 융통성을 발휘할 여지도 있겠지만, 우리가 알 수 있는 방법은 없습니다. 그리고 본사에 호소할 수도 없어요. 500광년이나 떨어져 있으니까요!"

풀은 토론에 끼어들지 않고 듣기만 했다. 그가 그 토론에 기여할 수 있는 부분은 없었고, 사실 그중 많은 부분이 완전히 그의 수준을 넘어서 있었다. 그는 우울감이 서서히 퍼지는 것을 느끼기 시작했다. 이 정보를 전달하지 않는 쪽이 더 나았을까? 그랬다면, 만약 이것이 가짜 경보였다면 아무도 더 나빠지지 않았을 것이다. 그리고 가짜가 아니었다면…… 뭐, 인류는 피할 수 없는 파멸을 맞이하기 전에 여전히 마음의 평화를 누리고 있었을 것이다.

풀은 내내 이런 우울한 생각에 곰곰 빠져 있다가, 갑자기 낯익은 구절이 귀에 들어와 깜짝 놀랐다.

이름이 너무 길고 어려워서 풀이 발음은커녕 절대 기억도 할 수 없는 아주 젊은 위원이 갑자기 단 두 단어를 토론 속에 떨어뜨렸던 것이다.

"트로이의 목마!"

일반적으로 '의미심장하다'고 묘사되는 침묵이 흘렀고, 곧이어 사람들이 "왜 그걸 생각 못 했지!", "물론이지!", "아주 좋은 생각이야!" 하고 입을 모아 합창했다. 회장이 회의 중 처음으로 정숙을 요구할 때까지.

"고맙습니다, 시루그나나삼판사무르시 교수. 좀 더 자세히 말씀해 주시겠습니까?"

오코너 박사는 박사의 이름을 발음할 때 한 음절도 빠뜨리지 않았다.

"그럼요. 만약 석판이 정말로, 모든 사람들이 생각하는 것처럼 본질적으로 의식 없는 기계라면, 따라서 자기 점검 능력이 제한되어 있다면 우리가 잠가 놓은 둥근 천장 속에 아마 그걸 이길 수 있는 무기가 있을 겁니다."

"그리고 배달 시스템은……, 할먼!"

"바로 그겁니다."

"잠깐만요, 티 박사. 우리는 석판의 구조에 대해 아무것도, 전혀 아무것도 모릅니다. 우리의 원시 단계 종족이 설계한 어떤 무기가 거기에 효과를 미칠 수 있다고 어떻게 확신하죠?"

"확신할 수 없죠. 하지만 이걸 기억하십시오. 아무리 복잡하다고 해도 석판은 아리스토텔레스와 불(기호 논리학을 창시한 영국의 수학자―옮긴이)이 수 세기 전에 공식화한 것과 똑같은 보편적 논리 법칙에 정확히 복종해야 합니다. 그래서 그것은 둥근 천장 속에 잠긴 것들에 대해서는 취약할 수도 있습니다. 아니, 취약해야만 합니다!

우리는 적어도 그것들 중 하나가 효과를 볼 수 있을 방식으로 그걸 조립해야 합니다. 우리의 희망은 그것뿐입니다. 누가 더 좋은 대안을 제시할 수 없다면요."

"실례합니다."

풀이 마침내 인내심을 잃고 끼어들었다.

"누가 내게 설명 좀 해 주겠습니까? 여러분이 이야기하는 그 유명한 둥근 천장이 대체 뭐고, 어디 있습니까?"

공포의 방

역사는 악몽으로 가득하다. 어떤 것은 자연적이고, 어떤 것은 인공적인 악몽이다.

21세기 말에 자연적인 악몽들 — 천연두, 흑사병, 에이즈, 아프리카 정글에 숨어 있던 무시무시한 바이러스들 — 은 대부분 제거되었다. 적어도 의학의 발전으로 제어되었다. 그러나 어머니 자연의 독창성을 과소평가하는 건 절대 현명하지 않았다. 미래는 여전히 인류에게 닥쳐 올 불유쾌한 생물학적 경이를 준비하고 있다는 것을 아무도 의심하지 않았다.

따라서, 이 공포들의 몇 가지 표본을 과학적 연구를 위해 보존하는 것은 분별 있는 예방 조치로 보였다. 물론 그것들이 빠져나가 다시 인류를 파괴할 가능성이 없도록 조심스럽게 감시해야 했다. 하지만 그런 일이 일어날 위험이 전혀 없다고 어떻게 완전히 확신할 수 있겠는가?

20세기 후반 미합중국과 러시아의 질병관리센터에서 마지막으로 알려진 천연두 바이러스를 보존하자고 제안했을 때, 당연히 아주 격렬한 반발이 있었다. 아무리 있을 수 없을 것 같아도, 지진이나 장비 고장 같은 사고로 그런 것들이 풀려날 가능성을 무시할 수 없었다. 테러리스트들이 고의적으로 파괴 행위를 할 수도 있었다.

("달 황무지를 보존하자!"라고 주장하는 몇몇 극단주의자들을 제외하고) 모든 사람을 만족시킨 해답은 그것들을 달에 수송하는 것이었다. 그리고 '비의 바다'에서 가장 눈에 띄는 지형인 고립된 피코 산에 1킬로미터 길이의 수직 통로를 뚫고 그 끝에 실험실을 만들어 보관하는 것이었다. 그리고 오랜 세월 동안, 그것들에 인류의 잘못된 독창성 — 사실대로 말하자면, 정신 이상 — 의 가장 뛰어난 표본들이 여기에 덧붙여졌다.

아주 미세량만 있어도 사람이 즉사하거나 아니면 천천히 죽음에 이르게 할 기체와 안개 들이 있었다. 어떤 것들은 정신적으로 미쳤지만 과학적인 지식을 상당히 쌓는 데 성공한 종교적인 광신자들이 만든 것이었다. 그중 많은 사람들이 세계가 곧 망할 것이라고 믿었다(물론 그들의 추종자들만 구원받고). 신이 예정된 대로 행하지 않을 정도로 딴 데 정신을 팔고 있을 경우, 그들은 자신들이 그 이치를 바로잡아 확인하려고 했다.

이 치명적인 광신자들은 붐비는 지하철, 세계 박람회, 종합경기장, 팝 콘서트 같은 아주 취약한 목표물들을 우선 공격했다……. 수만 명이 살해당했고, 훨씬 더 많은 사람들이 다쳤다. 그 광기는 21세기 초에 제어되었다. 종종 그렇듯이, 악으로부터 선이 나왔다. 세계의 법집행 당국들이 그런 일 때문에 처음으로 국경을 넘어 협력할 수밖에 없었던 것이다. 심지어 정치적 테러리즘을 부추기던 깡패 국가들도 이 무작위적이고 전혀 예측 불가능한 테러는 견딜 수 없었던 것이다.

구식 전투 형태와 함께 이런 공격에서 사용된 화학적, 생물학적 물질들은 피코의 치명적인 수집품 목록에 들어갔다. 해독제가 있는 경우에는 해독제도 함께 저장되었다. 사람들은 이 물질들 중 아무 것도 다시는 인류와 마주칠 일이 없기를 바랐지만, 엄중한 경호 아래 있는 이 물질들은 어떤 절망적인 위기 상황에서 필요하다면 아직 이용할 수 있었다.

'피코의 둥근 천장'에 저장된 물건의 세 번째 범주는 전염병으로 분류할 수 있었지만 아무도 죽이거나 다치게 하지는 않았다, 직접적으로는. 심지어 20세기 후반 전에는 존재하지도 않았다. 그러나 그것으로 인한 피해액은 몇십 년 만에 수십억 달러에 이르렀고, 어떤 신체의 질병만큼이나 효과적으로 생명들을 망가뜨렸다. 그것은 인류의 가장 새로운 다용도 시종, 컴퓨터를 공격하는 질병이었다.

바이러스, 프리온, 촌충 등 의료 사전에서 이름을 가져왔지만, 그 것들은 프로그램들이었다. 그리고 유기체 친척들의 행동을 무시무 시할 정도로 정확히 흉내 냈다. 어떤 것들은 해가 없었다. 예상치 못 한 메시지와 이미지를 시각 디스플레이에 띄워 컴퓨터 오퍼레이터 를 놀라거나 즐겁게 하려고 고안된 재미있는 장난일 뿐이었다. 다른 것들은 훨씬 더 사악했다. 고의로 설계된 재앙의 대리인들이었다.

대부분의 경우 전적으로 돈이 목적이었다. 그것들은 세련된 범죄자들이 전적으로 컴퓨터 시스템의 효율적인 작업 과정에 의존하고 있는 은행과 상업 조직을 협박하는 데 이용한 무기였다. 몇백만 달러를 어느 해외 계좌로 옮기지 않으면 특정 시간에 데이터 뱅크가 자동으로 지워질 거라는 경고를 받으면, 희생자들은 대개 돌이킬 수 없는 재앙의 위험을 무릅쓰지 않는 쪽을 택했다. 그들은 조용히 돈을 냈고, 공개적으로 또는 개인적으로 곤란한 상황을 피하기 위해 경찰에 알리지 않는 일도 많았다.

사생활을 보호하고 싶다는 이 이해할 만한 소망은 네트워크 노상 강도들이 전자 강도질을 하기 쉽게 만들었다. 그들이 붙잡혔을 때에도 이런 새로운 범죄를 어떻게 다루어야 할지 몰랐던 법체계는 그들을 부드럽게 다루었다. 결국 그들은 진짜로 누군가를 다치게 한 것은 아니니까, 안 그런가? 사실, 밀렵꾼이 최고의 사냥터지기가 된다는 옛 원칙에 따라, 짧은 형기를 마친 후 많은 범죄자가 자기들의 희생자들에게 조용히 고용되었다.

이 컴퓨터 범죄자들은 순전히 탐욕의 충동질을 받았을 뿐, 그들이 괴롭힌 조직들을 파괴하려는 의도는 없었다. 분별 있는 기생충이라면 숙주를 죽이지는 않는다. 그러나 그것들과는 다른, 훨씬 더 위험한, 사회의 적들도 일하고 있었다.

보통 그들은 적응을 못 한 개인이었다. 전형적으로는 10대 남성이었다. 전적으로 혼자 일하고, 당연히 완전히 비밀이었다. 그들의 목적은 순전히, 전 세계 유무선 네트워크나 디스켓이나 시디롬 같은 물리적인 운반체를 통해 행성 전체에 퍼졌을 때, 소동과 혼란을 일으키는 프로그램을 창조하는 것이었다. 그런 다음 자신들이 일으킨 혼돈을 즐기며, 그 혼돈이 그들의 가련한 정신에 주는 권력감에 도취되는 것이다.

때때로 국가 정보국들이 비밀스러운 목적을 위해 이 망가진 천재들을 찾아 채용했다. 보통은 적국의 데이터 뱅크에 침입하기 위해서였다. 그 조직이 최소한 어느 정도의 공적 책임감만 갖고 있으면, 이것은 상당히 해가 없는 고용 시장이었다.

완전히 종말론을 믿지는 않는 종교 분파도 이 새 무기 창고를 발견하고 기뻐했다. 이 무기는 훨씬 더 효율적이고, 가스나 세균보다 더 쉽게 퍼지고, 훨씬 더 반격하기 어려웠다. 수백만 사무실과 가정에 동시에 전송될 수 있기 때문이었다.

2005년 뉴욕-하바나 은행의 붕괴, 2007년 인도 핵미사일 발사.(다행히 탄두는 활성화되어 있지 않았다.) 2008년 범유럽 항공교통관제 폐쇄, 같은 해 북미 전화 네트워크 마비……. 이 모든 것이 광신도들의 '심판의 날' 예행연습이었다. 보통은 비협조적이고 심지어 전쟁 중이었던 국가 정보국들이 벌인 반스파이 활동이라는 빛나는 위업 덕분에, 이 위협적인 존재는 천천히 제어되었다.

적어도 일반 대중은 그렇게 믿었다. 수백 년 동안 사회의 근간에는 심각한 공격이 가해지지 않았다. 승리의 주요 무기 중 하나는 브레인캡이었다. 이 성취가 너무 큰 대가를 치르고 얻은 것이라고 믿는 사람들도 있었지만.

개인의 자유 대 국가의 의무를 둘러싼 논쟁은 플라톤과 아리스토텔레스가 그 논쟁을 성문화하려고 했을 때에도 이미 오래된 것이었고 아마 시간이 끝날 때까지 계속되겠지만, 제3밀레니엄에서는 어떤 합의에 도달했다. 사람들은 공산주의가 가장 완벽한 형태의 정부라는 것에 일반적으로 동의했다. 하지만 불행히도 그것은 오직 사회적인 곤충이나 로봇 제2급, 그와 비슷하게 제한된 범주에만 적용 가능하다는 것이 수억의 생명을 대가로 증명되었다. 불완전한 인간들이 그나마 고를 수 있는 가장 나은 대답은 민주주의였다. 민주주의는 '효율적이지만 그다지 열성적이지 않은 정부가 조정하는 개인적인 탐욕'으로 정의될 때가 많았다.

브레인캡이 대중적으로 쓰이게 된 이후 매우 영리하고 최고로 열성적인 관료들은 곧 그것이 가진 초기 경보 시스템으로서의 특별한 잠재력을 깨달았다. 새로운 사용자가 정신적으로 '보정되는' 설치 과정 동안, 그가 사회에 위협적인 존재가 될 가능성이 보이기 전에 여러 형태의 정신 질환을 찾아낼 수 있었다. 어떤 것이 최상의 치료법이라고 제안될 때가 많았지만, 어떤 치료법도 가능해 보이지 않으면 그 대상에는 전자 꼬리표가 붙거나 극단적인 경우 사회에서 격리되었다. 물론 이런 정신적 모니터링은 브레인캡에 적합한 사람들만 테스트할 수 있었다. 그러나 제3밀레니엄 말에는, 제2밀레니엄 초기 스마트폰이 그랬던 것처럼 브레인캡은 일상생활에 필수적인 것이 되었다. 사실 이것을 사용하지 않는 소수는 누구든지 자동적으로 의심받았고, 잠재적인 일탈자가 아닌가 검사받았다.

비판자들이 소위 '정신 탐색'이라고 부르는 것이 일반적으로 사용되기 시작했을 때, 말할 필요도 없이 시민 인권 조직들은 크게 분노했다. 그들의 가장 효과적인 슬로건은 "브레인캡이냐 브레인 경찰이냐?"였다. 이런 형태의 모니터링이 훨씬 더 나쁜 악을 막는 데 필요한 예방 조치라는 것이 천천히 ― 아주 마지못해 ― 받아들여졌다. 이후로 인류의 정신 건강이 일반적으로 개선되고 종교적 광신이 빠르게 쇠퇴하기 시작한 것이 단순한 우연의 일치만은 아니었다.

질질 끌던 사이버넷 범죄자들과의 전쟁이 끝났을 때, 승리자들은 과거의 어떤 정복자들도 전혀 이해할 수 없을 당황스러운 약탈품들을 갖게 되었다. 그것들은 물론 수백 가지의 컴퓨터 바이러스들이었고, 대부분은 찾아내 죽이기가 매우 어려웠다. 그리고 훨씬 더 무서운 '개체'들 ― 더 나은 이름이 없었다. ― 이 있었다. 그것들은 치료법을 찾을 수 없도록 아주 교묘하게 발명된 질병들이었다. 어떤 경우에는, 심지어 치료의 가능성도 없었다…….

그들 중 대다수는 자기들의 발견이 이렇게 타락한 것을 알면 몸서리칠 위대한 수학자들과 연결되어 있었다. 진짜 위험한 것에 터무니없는 이름을 붙여서 하찮게 보이게 만들려는 것이 인간의 특징이기 때문에, 그 명칭은 경박한 경우가 많았다. 괴델 그렘린, 만델브로트 미궁, 조합 재앙, 초한의 함정, 콘웨이의 난제, 튜링 어뢰, 로렌츠 미로, 불 방식의 폭탄, 섀넌 덫, 칸토르 대재앙…….

일반화가 가능하다면, 이런 모든 수학적 공포물들은 똑같은 원칙으로 작동했다. 그들의 효력은 메모리 삭제나 코드 오염 같은 고지식한 장치에 의존하지 않았다. 오히려 그들의 접근법은 더한층 교묘했다. 그들은 숙주 기계를 설득해서 우주가 끝나기 전에는 완료할 수 없는 프로그램을, 혹은 ― 만델브로트 미궁은 가장 치명적인 예였는데 ― 문자 그대로 무한한 단계를 포함하는 프로그램을 실행하게 했다.

사소한 예를 들면 파이(π)나 다른 무리수의 계산이 있을 것이다. 그러나 가장 멍청한 전기 광학 컴퓨터라도 그런 단순한 덫에 걸리지는 않을 것이다. 기계 바보들이 어떤 숫자를 0으로 나누려고 하면서 자기 장치가 가루가 되도록 눌러 대는 시대는 지나간 지 오래였다……

악마 프로그래머들이 당면한 도전은 자기들이 받은 과제가 유한한 시간 안에 도달할 수 있는 명확한 결론을 가진 것이라고 목표물이 믿도록 설득하는 것이었다. 남자들(에이다 러브레이스 백작 부인, 그레이스 호퍼 제독, 수잔 캘빈 박사 같은 역할 모델이 있었지만 여자들은 드물었다.)과 기계 사이의 지혜 전투 속에서, 기계는 거의 변함없이 졌다.

붙잡은 외설물들을 '삭제/겹쳐쓰기' 명령으로 파괴하는 일은―어떤 경우에는 어렵고 심지어 위험했지만―가능했을 것이다. 그러나 그것들은 비록 잘못 이끌어지고 유감스럽게도 낭비되었지만 시간과 독창성을 엄청나게 투자한 것들이었다. 더욱 중요한 사실은, 그것들이 연구를 위해 안전한 장소에 보관되어야 한다는 것이었다. 어떤 사악한 천재가 그런 것을 다시 창조해 사용할 때를 대비한 보호 장치로서.

해법은 분명했다. 디지털 악마들은 화학적, 생물학적 악마들과 함께 '피코의 둥근 천장'에 봉인되어야 했다. 인류의 희망으로는 영원히.

다모클레스 작전

풀은 모든 사람이 결코 사용되지 않았으면 하고 바라는 무기를 조립한 팀을 만나 본 적이 거의 없었다. 불길하지만 적절하게 '다모클레스'라는 이름이 붙은 그 작전은 매우 전문적인 것이어서 그는 직접적으로는 아무것도 기여할 수 없었다. 그리고 그는 대책 팀을 충분히 만나 보고 그중 어떤 사람들은 거의 외계인 같다는 것을 깨달았다. 사실 듣자니 어떤 핵심 요원은 정신 질환자 수용소에 있었다고 했다. 풀은 그런 곳이 아직 존재한다는 것을 알고 놀랐다. 그리고 때때로 오코너 회장은 적어도 두 명은 그곳에서 더 와야 한다고 암시했다.

특히 좌절감을 안겨 주었던 회의가 끝난 다음 오코너 회장이 풀에게 물었다.

"에니그마 프로젝트에 대해 들어 본 적 있어요?"

풀이 고개를 젓자 그녀가 계속 말했다.

"놀랍군요. 당신이 태어나기 겨우 몇십 년 전 일인데. 나는 다모클레스 작전을 위해 자료를 찾다가 알게 되었어요. 매우 유사한 문제예요. 당신들이 벌였던 어느 전쟁에서, 영리한 수학자들이 적들의 암호를 깨기 위해 비밀 모임 하나를 꾸렸어요……. 우연히, 그 일을 해내기 위해 그들은 최초의 진짜 컴퓨터를 만들었어요.

그리고 우리의 작은 팀을 생각나게 하는, 사실이었으면 좋겠다 싶은 아름다운 이야기가 있어요. 어느 날 수상이 불시 사찰을 왔다가 나중에 에니그마의 감독관에게 말했어요. '필요한 사람을 얻기 위해서 수단 방법을 가리지 말라고 당신에게 말했을 때, 당신이 내 말을 그렇게 문자 그대로 받아들일 줄 생각하지 못했지.'"

아마 다모클레스 프로젝트를 위해 그들은 온 태양계를 샅샅이 뒤졌을 것이다. 하지만 그들이 며칠, 몇 주, 혹은 몇 년의 기한에 맞춰서 일하고 있는지 아무도 모르기 때문에, 처음에는 아무 긴박감도 생기지 않았다. 기밀 유지의 필요성 때문에도 문제가 발생했다. 태양계 전체에 경보를 퍼뜨려서 좋을 일이 없었기 때문에 그 프로젝트에 대해 알고 있는 사람은 50명이 넘지 않았다. 하지만 그들은 중요한 사람들이었다. 필요한 군대를 지휘할 수 있고, 500년 만에 처음으로 '피코의 둥근 천장'을 개방하도록 허가할 수 있는 사람들.

석판이 메시지를 받는 빈도가 늘었다고 할먼이 보고했을 때, 무슨 일이 일어나리라는 것은 의심할 여지가 없어 보였다. 그즈음 브레인캡의 불면증 퇴치 프로그램의 도움을 받아도 잠들기 힘든 사람은 풀만이 아니었다. 다시 깨어날 수 있을지 궁금해하며 뒤척대다가 결국 잠들 때가 많았다. 하지만 마침내 모든 무기의 부품이 조립되었다. 보이지도 않고, 만질 수도 없으며, 지금까지 살았던 거의 모든 전사들이 상상조차 하지 못했던 무기.

수백만 명의 브레인캡에 매일 사용되는 완전한 표준형 테라바이트 메모리 태블릿은 전혀 해로워 보이지 않았고 나쁜 일과 관련되어 있을 것 같지도 않았다. 그러나 수정 같은 물질의 거대한 사각형 덩어리 속에 감싸인 데다 십자 모양 금속 띠로 묶여 있으니 예사 물건으로 보이지는 않았다.

풀은 그것을 마지못해 받았다. 그는 히로시마 원자폭탄의 핵심 부품을 태평양 공군 기지로 가져가는 엄청난 임무를 받은 배달원이 이런 기분이었을까 궁금했다. 그렇지만 그들의 모든 공포가 정당하다면 그의 책임은 그 배달원과는 비교할 수 없을 정도로 막중했다.

그리고 그는 자기 임무의 첫 부분이 성공할지도 확신할 수 없었다. 어떤 회로도 절대적으로 안전할 수 없기 때문에, 할먼은 아직 다모클레스 프로젝트에 대해 모르고 있었다. 풀이 가니메데로 돌아가서 그것에 대해 알려 줄 터였다.

그때 그는 할먼이 기꺼이 트로이의 목마 역할을 해 주길 바랄 뿐이었다. 어쩌면 그 과정에서 파괴되어 버릴 수 있었지만.

선제공격

이렇게 몇 년이 지나고 호텔 그래니메데에 돌아오자 기분이 이상했다. 가장 이상한 것은, 그때까지 일어난 온갖 일에도 불구하고 그곳이 하나도 변하지 않은 것 같았기 때문이었다. 보먼의 이름을 따서 지은 스위트룸에 걸어 들어가자 여전히 보먼의 낯익은 이미지가 풀을 맞이했다. 그리고, 예상한 바와 같이 보먼/할먼이 기다리고 있었다. 그는 예전 홀로그램보다 좀 더 유령 같았다.

그들이 인사를 나누기도 전에, 전화 벨소리가 끼어들었다. 방의 화상통화가 점점 올라가는 음조로 긴급하게 3중주를 울리더니(이 소리도 지난번에 왔을 때와 똑같았다.), 오랜 친구가 화면에 나타났다. 다른 때였으면 반가이 전화를 받았을 텐데.

"프랭크! 왜 올 거라고 말하지 않았어!"

시어도어 칸이 외쳤다.

"언제 만날 수 있어? 왜 화상이 안 나오고……, 누가 같이 있어? 그리고 같이 착륙한 이 공무원 타입들은 다 뭐야……."

"제발, 테드! 그래, 미안. 하지만 정말이야, 말하지 못한 이유가 있었어……. 나중에 설명할게. 그리고 나 지금 다른 사람과 같이 있거든. 끝나자마자 도로 전화할게, 안녕!"

뒤늦게 '방해하지 마시오' 명령을 내리고 풀은 사과했다.

"이 일은 미안해……. 물론 그가 누군지 알지?"

"그래. 칸 박사지. 그는 자주 내게 연락하려고 해."

"하지만 자네는 한 번도 대답하지 않았지. 왜 그런지 물어봐도 되겠나?"

훨씬 중요한 걱정거리들이 있었지만, 풀은 그 질문을 하지 않을 수가 없었다.

"내가 계속 열어 두고 싶었던 채널은 우리 채널뿐이야. 또, 나는 떠나 있을 때가 많아. 때로는 몇 년이 걸려."

놀라운 일이었다. 그러나 놀랍지 않았어야 했다. 풀은 할먼이 여러 시간대에 여러 장소에서 목격되었다는 것을 아주 잘 알고 있었다. 하지만 몇 년 동안 떠나 있기도 한다고? 그는 아주 많은 행성계를 방문했을 것이다. 그러니 겨우 40광년 떨어져 있는 노바 스코피오에 대해서도 알고 있을 것이다. 그러나 상위 교점까지 갈 수는 없었을 것이다. 거기 갔다 오면 900년이 걸릴 테니까.

"자네가 필요할 때 여기 있어 줘서 얼마나 다행인지!"

할먼이 대답하기 전에 머뭇거리는 것은 매우 흔치 않은 일이었다. 불가피한 3초의 지연보다 훨씬 더 긴 시간이 흐른 후, 그가 천천히 말했다.

"자네는 그게 행운이었다고 확신하나?"

"무슨 말이야?"

"이 이야기는 하고 싶지 않아. 하지만 나는 두 번 석판보다 훨씬 우월한 힘을…… 개체들을 흘끗 본 적이 있어. 어쩌면 석판의 창조 자들보다 더 우월할지도 몰라. 우리 둘 다 우리가 생각하는 것보다 행동의 자유가 적을지도 몰라."

그건 정말로 소름 끼치는 생각이었다. 풀은 그 생각을 제쳐 놓고 지금 당장의 문제에 집중하기 위해 의식적으로 노력해야만 했다.

"우리가 필요한 일을 할 만큼 충분한 자유의지를 갖고 있기만 바라세. 바보 같은 질문이겠지만, 석판이 우리가 만나고 있는 걸 아나? 그것이……, 의심을 할 수 있을까?"

"석판은 그런 감정을 가질 수 없어. 거기에는 무수한 결함 방지 장치가 있고, 그중 어떤 것들은 나도 알고 있어. 하지만 그게 전부야."

"그게 지금 우리를 엿듣고 있을 수도 있어?"

"그렇지는 않다고 생각해."

'그게 그렇게 순진하고 단세포적인 슈퍼 천재라고 확신할 수 있으면 좋겠는데.'

풀은 여행용 가방 열쇠를 풀고 태블릿이 들어 있는 봉인된 상자를 꺼내면서 생각했다. 이 저중력에서 그 물건은 거의 무게가 나가지 않았다. 그것이 인류의 운명을 쥐고 있다는 것은 믿기 어려운 일이었다.

"자네에게 줄 안전 회로를 확보할 수 있다고 우리가 확신할 방법은 없었어. 그래서 세부적인 것까지 들어갈 수는 없었네. 이 태블릿에는 석판이 인류를 위협하는 어떤 명령도 실행하지 못하게 막아 주었으면 하고 우리가 바라는 프로그램이 담겨 있어. 지금까지 설계된 스무 가지의 가장 파괴적인 바이러스이고, 대부분은 알려진 백신이 없어. 어떤 경우에는 백신이 만들어질 수 없다고 여겨져. 복사본이 각각 다섯 개 있어. 자네가 필요하다고 생각할 때, 필요하다고 생각하면 그걸 풀어 주었으면 좋겠어. 데이브, HAL, 아무도 이런 책임을 맡은 적이 없어. 하지만 우리에겐 다른 선택의 여지가 없어."

다시, 에우로파에 다녀오는 3초 왕복 여행보다 더 긴 시간의 침묵 후 대답이 돌아왔다.

"우리가 그렇게 하면 석판의 모든 기능이 정지할 수도 있어. 그때 우리에게 무슨 일이 일어날지 몰라."

"물론 우리도 그걸 생각했어. 자네는 분명 자네 명령하에 많은 자원을 두고 있을 거야. 어떤 것들은 아마 우리 이해를 넘어섰겠지. 난 자네에게 페타바이트 메모리 태블릿도 하나 보내고 있어. 10의 15 제곱 바이트는 여러 일생의 모든 기억과 경험을 담고도 충분해. 이건 자네에게 하나의 탈출로가 될 거야. 자네가 다른 것들도 갖고 있을 거라고 생각하네."

"맞아. 우리는 적절할 때 어떤 것을 사용할지 결정할 거야."

특수한 상황이었지만 풀은 가능한 한 긴장하지 않으려 애썼다. 할먼은 기꺼이 협력할 태세였다. 그는 여전히 자신의 기원과 연결되어 있었다.

"이제 자네에게 이 태블릿을 줄게, 물리적으로. 무선이나 광학 채

널로 보내기엔 이 내용물이 너무 위험해. 자네가 장거리 물질 제어를 할 수 있다는 건 알아. 궤도 폭탄을 폭발시킨 적도 있잖아? 이걸 에우로파로 전송할 수 있나? 그렇지 않으면 자네가 지정하는 곳 어디로든 우리가 자동 배달기로 보낼 수 있어."

"그게 가장 좋겠어. 첸 마을에서 내가 그걸 가져가겠네. 좌표는 여기야……."

보먼 스위트룸 모니터가 지구에서부터 그와 동행해 온 대표단장의 입장을 허락했을 때, 풀은 여전히 의자에 기운 없이 늘어져 있었다. 존스 대령은 진짜 대령인지, 이름이 존스인지도 알 수 없었지만 풀은 그런 사소한 수수께끼에는 전혀 관심이 없었다. 그가 최고의 조직자이며 다모클레스 작전의 기계적인 부분을 아주 효율적으로 처리했다는 것만으로 충분했다.

"자, 프랭크. 물건은 그쪽으로 가고 있습니다. 한 시간 10분 후에 착륙할 겁니다. 할먼은 거기서 그걸 가져갈 수 있을 테고요. 하지만 실제로 그가 그걸……, 이게 맞는 말인가요? 그 태블릿들을 어떻게 처리할지는 모르겠습니다."

"에우로파 위원회 사람이 설명해 줄 때까지는, 나도 그게 궁금했습니다. 어떤 컴퓨터도 다른 컴퓨터를 에뮬레이트할 수 있다는 잘 알려진 정리가 있답니다, 난 잘 모르겠지만! 그러니까 할먼은 자기가 뭘 해야 할지 잘 알 거라고 확신해요. 그렇지 않다면 그는 절대 동의하지 않았을 겁니다."

"당신 말이 옳았으면 좋겠습니다. 그렇지 않다면……, 음, 우리에게 무슨 대안이 있는지 모르겠으니까요."

잠시 우울한 침묵이 흘렀다. 풀은 긴장된 분위기를 가볍게 하려고 최선을 다했다.

"그런데, 우리가 방문한 이유에 대해 이 지역에 떠도는 소문을 들었습니까?"

"뭐 특별한 게 있습니까?"

"우리가 이 미개발된 변경 마을의 범죄와 부패를 조사하기 위해 파견된 특별 위원회랍니다. 시장과 보안관은 겁을 먹고 달아날 거라는군요."

"그들이 참 부럽군요. 때때로 사소한 걱정거리는 아주 큰 위안이 되지요."

존스 대령이 말했다.

신 살해

인구 56,521명인 아누비스 시티의 모든 거주자들처럼, 시어도어 칸 박사는 '지역 시간'의 자정 직후 '전투 경보' 소리에 깨어났다. 그의 첫 반응은 '또 얼음 지진은 아니겠지, 데우스 맙소사!'였다.

칸 박사는 창문으로 달려가면서 "열어!" 하고 외쳤지만 너무 크게 소리쳐서 방이 알아듣지 못했다. 결국 보통 때의 목소리로 명령을 되풀이해서 말해야 했다. 루시퍼의 빛이 흘러들며 마룻바닥에 패턴을 그리고 있어야 했다. 그 빛은 아무리 오래 기다려도 1밀리미터의 몇 분의 1도 움직이지 않기 때문에, 지구에서 온 방문객들은 거기에 몹시 매료되었다⋯⋯.

그 변하지 않는 광선은 더 이상 그곳에 없었다. 투명하고 거대한 비눗방울처럼 생긴 아누비스 돔을 칸은 믿지 못하겠다는 눈으로 바라보고 있었다. 그는 가니메데가 1000년 동안 알지 못했던 하늘을 보았다. 그곳은 다시 별들로 환했다. 루시퍼가 사라졌다.

그리고 그때, 잊힌 성좌들을 더듬어 보다가 칸은 훨씬 더 무서운 사실을 알아차렸다. 루시퍼가 있어야 할 자리에 완전한 암흑의 작은 원이 낯선 별들을 가리고 있었다.

'이 사태를 설명할 수 있는 건 하나밖에 없어. 루시퍼는 블랙홀에 삼켜졌어. 그리고 다음은 우리 차례야.'

칸은 멍하니 속으로 말했다.

그래니메데 호텔 발코니에서 풀은 같은 장관을 바라보며 훨씬 더 복잡한 감정을 느끼고 있었다. 전투 경보가 울리기 전, 그의 콤섹에 할먼이 보낸 메시지가 그를 깨웠다.

"시작이야. 우리는 석판을 감염시켰어. 그러나 바이러스 하나가, 어쩌면 여럿이 우리 회로에도 들어왔어. 자네가 우리에게 준 메모리 태블릿을 쓸 수 있을지 모르겠어. 우리가 성공하면, 첸 마을에서 만나세."

그다음 놀라우면서도 이상하게 감동적인 말이 나왔다. 그 말에 담긴 감정적인 내용이 정확히 어떤 것인지는 몇 세대 동안이나 토론될 것이다.

"우리가 다운로드될 수 없다면, 우릴 기억해 주게."

발코니 뒤쪽 방에서, 시장의 목소리가 들렸다. 시장은 가장 무시무시한 공식 성명으로 입을 열었지만—"경보가 왜 울렸는지 모르겠습니다."—잠들지 못하는 아누비스 시민들을 안심시키려고 최선을 다했다. 그리고 정말로 위안이 되는 말을 했다.

"우리는 무슨 일이 일어나고 있는지 모릅니다. 하지만 루시퍼는 여전히 정상적으로 빛나고 있습니다! 반복합니다. 루시퍼는 여전히 빛나고 있습니다! 반 시간 전에 칼리스토로 떠난 위성 간 셔틀 알키오네에게서 방금 소식을 받았습니다. 여기 그들이 보낸 영상이 있습니다……."

풀이 발코니를 떠나 방으로 달려 들어오자, 때마침 루시퍼가 사람들을 안심시키려는 듯 불타오르는 장면이 비디오스크린에 떠올랐다. 시장은 숨 가쁘게 말을 이어 갔다.

"뭔가가 일시적으로 식을 일으킨 것 같습니다. 화면 확대해서 보겠습니다……. 칼리스토 관측소, 부탁합니다."

'그게 일시적이라는 걸 그가 어떻게 알지?'

풀은 화면에 다음 이미지가 나오기를 기다리면서 생각했다.

루시퍼가 사라지고 화면에 별들이 가득했다. 동시에, 시장이 사라지고 다른 목소리가 넘겨받았다.

"……2미터 망원경입니다. 그러나 거의 모든 관측기구로 다 볼 수 있을 것입니다. 지름은 1만 킬로미터 남짓이고, 너무 얇아서 두께가 분간되지 않는 검은 물질의 원반입니다. 그리고 그것은 정확히, 분명히 고의로 가니메데에 어떤 빛도 비추지 못하도록 놓여 있었습니다.

세부적인 것을 조금이라도 볼 수 있을까 의심스럽지만, 일단은 화면 확대하겠습니다……."

칼리스토에서 본 그 불가사의한 원반은 너비의 두 배만큼 길어지면서 타원으로 축소되었다가, 팽창해서 화면을 완전히 채웠다. 그다음에는 구조가 전혀 보이지 않아서 이미지가 확대되는지 축소되는지 알 수가 없었다.

"생각했던 것처럼 볼 것이 없군요. 원반의 가장자리를 보여 드리 겠습니다……."

다시 화면이 정지된 듯하다가 갑자기 별들의 들판이 나타났다. 별 하나 크기의 원반이 윤곽이 분명한 곡선 가장자리를 드러냈다. 마 치 대기가 없는, 완벽하게 매끈한 행성의 지평선 너머를 보고 있는 것 같은 느낌이었다.

아니, 완벽히 매끈하지는 않았다……

"이거 흥미롭군요."

지금까지 일상적으로 일어나는 일을 중계해 온 것처럼 놀랄 만큼 사무적인 어조로 말하던 천문학자가 말했다.

"가장자리는 들쭉날쭉해 보입니다. 하지만 매우 규칙적인 방식이 고 마치 톱날처럼……."

'회전 톱이군.'

풀은 숨을 죽이며 중얼거렸다. 그것이 우리를 도려낼까? 터무니 없이 굴지 말자…….

"회절 때문에 이미지가 망쳐지기 전 우리가 가장 가까이 다가가 서 얻은 화면입니다. 나중에 처리하면 훨씬 세부적으로 자세히 볼 수 있을 것입니다."

이제 화면이 너무 크게 확대되어서 원반에서 원형의 흔적이 전부 사라졌다. 비디오스크린을 가로질러 가장자리에 똑같은 삼각형이 비죽비죽한 검은 띠가 놓여 있었다. 그래서 톱날이 불러올 불길한 결말에 대한 상상을 피할 수가 없었다. 그러나 뭔가 다른 것이 그의 마음 한구석을 괴롭히고 있었다…….

가니메데의 다른 모든 사람과 같이, 그는 저 기하학적으로 완벽한 골짜기들 안팎으로 무한히 먼 별들이 들락날락거리는 것을 지켜보았다. 그가 결론을 내리기도 전에 다른 많은 사람들도 똑같이 성급한 결론을 내렸을 가능성이 매우 높았다.

사각형 블록으로 원반을 만들려고 한다면 ─ 사각형의 비율이 1대 4대 9이든 다른 비율이든 간에 ─ 가장자리는 매끈해질 수가 없다. 물론, 작은 블록을 쓸수록 원하는 만큼 완벽한 원에 가깝게 만들 수 있다. 하지만 해를 가릴 정도로 커다란 가리개를 만들고 싶은 것뿐이라면 왜 그런 수고를 하겠는가?

시장의 말이 옳았다. 정말로 일시적인 식이었다. 그러나 그 결말은 일식과는 정확히 반대였다.

가장자리를 따라가는 보통의 베일리의 목걸이(개기일식 직전이나 직후에 태양의 빛이 염주 모양으로 잇따라 보이는 현상 ─ 옮긴이)와는 달리, 첫 번째 빛이 정중앙에서 뚫고 나왔다. 깔쭉깔쭉한 선들이 눈부신 작은 구멍에서 뿜어져 나왔다. 배율을 최고로 높이자, 원반의 구조가 드러났다. 그것은 수백만 개의 동일한 직사각형으로 구성되어 있었다. 아마 그 직사각형은 에우로파의 만리장성과 같은 크기일 것이다. 이제 그것들은 부서지고 있었다. 마치 거대한 퍼즐이 해체되고 있는 것 같았다.

끝없이 계속되지만 지금 잠깐 중단되었던 햇빛이 천천히 가니메데로 돌아오고 있었다. 원반이 조각 나고 넓어지는 틈새로 루시퍼의 빛이 쏟아졌다. 이제 원반의 구성 요소들은 저절로 증발하고 있었다. 마치 실제로 존재하기 위해서는 서로 연결되어 강화될 필요가 있었던 것같이.

아누비스 시티에서 초조해하는 관찰자들에게는 몇 시간 같았지만, 그 사건 전체는 15분도 지속되지 않았다. 그 사건이 다 끝날 때까지 아무도 에우로파에는 주의를 기울이지 않았다.

만리장성이 사라졌다. 그리고 거의 한 시간 후, 태양이 평소의 일을 다시 시작하기 전에 태양 그 자체가 몇 초 동안 깜박인 것 같았다는 뉴스가 지구, 화성, 달에서 왔다.

그것은 분명 인류를 목표로 한 매우 선택적인 일식이었다. 태양계 다른 어떤 곳에서도 이런 현상은 관측되지 않았다.

모두들 흥분하느라, 전 세계가 TMA-0과 TMA-1이 둘 다 사라졌다는 것을 깨닫는 데는 조금 더 시간이 걸렸다. 티코와 아프리카에는 그들의 400만 년 된 자국만 남아 있었다.

에우로파인들이 처음 인간을 만나는 때였다. 그러나 그들은 빛처럼 **빠른** 속도로 자기들 사이를 움직이는 거대한 생물들을 보고 경계지도 놀라지도 않는 것 같았다. 물론 이파리 없는 작은 덤불처럼 보이는 데다 분명한 감각기관도 없고 의사소통 수단도 없는 생물의 감정 상태를 해석하는 것은 그렇게 쉽지 않았다. 그러나 알키오네가 오고 거기 탄 승객들이 나타나서 그들이 겁을 먹었다면, 분명 자기들 이글루 속에 계속 숨어 있었을 것이다.

프랭크 풀이 보호 우주복을 약간 거추장스러워하며 빛나는 구리선 선물을 들고 첸 마을의 어수선한 마을 입구로 걸어 들어갔을 때, 그는 에우로파인들이 최근의 사건들을 어떻게 생각할까 궁금했다.

그들에게 루시퍼의 식(蝕)은 일어나지 않았지만, 만리장성이 사라진 것은 분명 충격이었을 것이다. 그것은 선사시대부터 그곳에 보호자로, 그리고 훨씬 더한 존재로 서 있었다. 그리고 어느 순간 그것이 돌연 사라졌다. 마치 한 번도 없었던 것처럼……

페타바이트 태블릿이 그를 기다리고 있었다. 한 무리의 에우로파인들이 풀 주위에 둘러선 채로 호기심의 표시를 보였다. 풀이 그들을 관찰해 온 이래로 이런 반응은 처음이었다. 그는 할먼이 어떻게인지 몰라도 그들에게, 그가 우주에서 온 이 선물을 가지러 올 때까지 이것을 보호하라고 말했던 것은 아닐까 생각했다.

그리고 프랭크 풀은 이것을 도로 가져갈 것이다. 이제 거기에는 잠든 친구뿐만이 아니라 언젠가 미래 시대에 정화해야 할 공포도 담겨 있으므로, 그것이 안전하게 간직될 유일한 장소로 가져갈 것이다.

자정: 피코

이보다 더 평화로운 장면을 상상하기는 어려울 거라고 풀은 생각했다. 특히 지난주 그처럼 커다란 정신적 충격을 겪고 난 후에 말이다. 거의 꽉 찬 지구에서 비쳐 들어오는 빛은 물 한 방울 없는 '비의 바다'의 미묘한 세부를 전부 드러내고 있었다. 태양의 맹렬한 백열광이라면 그걸 다 지워 버렸을 테지만.

월면차들이 작은 호위대를 이루어 피코 둥근 천장의 입구인 피코 기슭의 눈에 잘 띄지 않는 구멍에서 100미터 정도의 반원으로 배치되었다. 이 방향에서 보면 산은 피코라는 이름이 어울리지 않았다. 초기 천문학자들이 뾰족한 그림자만 보고 그런 이름을 지었지만, 그것은 날카로운 봉우리보다는 둥근 언덕에 가까웠다. 그는 이 지역 취미 중 하나가 꼭대기까지 자전거타기일 거라고 믿을 수 있었다. 지금까지는 그 스포츠맨들 중 누구도 자기들의 바퀴 아래 숨겨진 비밀을 짐작할 수 없었다. 그는 그 불길한 지식이 알려져 그들의 건강한 운동이 좌절되지 않기를 바랐다.

한 시간 전에, 슬픔과 승리감이 뒤섞인 느낌으로 풀은 한시도 눈을 떼지 않고 가니메데에서 곧장 달로 가져온 태블릿을 건네주었다.

"안녕, 옛 친구들. 자네들은 잘 해 줬어. 어느 미래 세대가 자네들을 다시 깨울 테지. 물론 난 그러지 않기를 바라는 편에 가깝네만."

풀은 할먼의 지식이 다시 필요해질 필사적인 이유 하나를 너무나 또렷이 상상할 수 있었다. 지금쯤 에우로파에 있던 하인이 더 이상 존재하지 않는다는 메시지가 미지의 관리 센터로 전해지고 있을 것이 확실했다. 적당히 운이 좋으면, 약 950년의 시간이 소요된 후에 어떤 대답이 올 것이다.

풀은 과거에 아인슈타인을 자주 욕했지만, 이제는 그를 축복했다. 석판 뒤에 있는 힘들도 빛의 속도보다 더 빠른 영향력을 가질 수 없다는 것이 이제 확실해 보였다. 그러니 인류에게는 다음 만남을 준비할 때까지 거의 1000년이 남아 있을 것이다. 그런 만남이 다시 생긴다면, 그때쯤에는 인류가 더 잘 대비하고 있을 것이다.

터널에서 뭔가가 나오고 있었다. 그 태블릿을 둥근 천장 안으로 운반한 궤도 이동식, 반(半)휴머노이드 로봇이었다. 치명적인 세균에 대한 보호 조치로서 격리복 같은 것을 둘러쓴 기계의 모습은 거의 희극적이었다. 게다가 여기는 공기가 없는 달인데! 그러나 아무리 가능성이 희박하다고는 해도 아무도 위험을 무릅쓸 생각은 하지 않았다. 어쨌든 그 로봇은 주의 깊게 격리된 악몽들 사이를 움직여 왔고, 로봇의 비디오카메라에 따르면 모든 것이 제대로 되어 있는 것 같았지만, 어느 병이 새고 있거나 어떤 통의 봉인이 깨졌을 가능성은 언제나 있었다. 달은 매우 안정적인 환경이지만, 여러 세기에 걸쳐 지켜본 결과로는 지진이나 유성 충돌도 자주 있었다.

로봇은 터널 50미터 밖에서 멈추었다. 천천히, 터널을 봉하는 거대한 플러그가 도로 제자리에 끼워지고, 산속으로 고정되어 들어가는 거대한 볼트처럼 나사산을 따라 돌기 시작했다.

"선글라스를 끼지 않은 분들은 모두 눈을 감거나 로봇에게서 눈을 돌려 주십시오!"

월면차 무선에서 긴급한 목소리가 들려왔다. 풀은 로봇 지붕에서 빛이 폭발하는 바로 그 순간 자리에서 몸을 돌렸다. 그가 다시 몸을 돌려 피코를 보았을 때, 로봇에서 남은 부분은 빛나는 슬래그(광석을 제련하고 남은 찌꺼기 — 옮긴이) 더미뿐이었다. 생애의 대부분을 진공에 둘러싸여 보낸 사람에게도, 거기서 연기가 덩굴손처럼 천천히 나선형을 그리며 올라오지 않는 장면은 아주 잘못된 것처럼 보였다.

"소독 완료."

미션 콘트롤러의 목소리가 말했다.

"모두 고맙습니다. 이제 플라토 시티로 돌아갑니다."

'인류가 자기 자신의 광기를 교묘히 이용해서 구원받았다니, 얼마나 큰 아이러니인가! 여기서 인류는 어떤 교훈을 끌어낼 수 있을까?'

풀은 생각했다.

그는 우주의 추위에 맞서 누더기 구름 담요 아래 옹송그리고 있는 아름다운 푸른 지구를 돌아보았다. 지금부터 몇 주 후 저 위에서, 자신의 첫 손자를 안아 볼 수 있기를 그는 바랐다.

풀은 상기했다. 별들 뒤에 그 어떤 신 같은 영향력이나 지배력이 숨어 있건 간에, 보통의 인간에게는 두 가지만 중요하다. 사랑과 죽음.

그의 신체 나이는 아직 100살도 되지 않았다. 그에게는 아직 그 두 가지를 위한 시간이 아주 많이 남아 있었다.

에필로그

"그들의 작은 우주는 아주 어리고, 그곳의 신은 아직 어린아이입니다. 그러나 그들을 심판하기에는 너무 이릅니다. 최후의 날에 돌아왔을 때, 우리는 어떤 것을 구해야 할지 고려할 것입니다."

1장: 혜성 카우보이

챈들러 선장의 사냥터로 설정된 곳은 1992년에 발견되었다. 그곳의 묘사를 더 보고 싶으면, 제인 X. 루와 데이비드 C. 쥬이트(《사이언티픽 아메리칸》, 1996년 5월 호)의 「카이퍼 벨트」를 보라.

전망 좋은 방

적도에 있는 탑들로 지구에 연결된, 정지위성궤도(GEO)에서의 '세계 주위의 고리' 개념은 전적으로 상상 속에서나 가능하다고 여겨질지 모르지만 사실은 확고한 과학적 근거가 있다. 이것은 분명히 상트페테르부르크의 공학자 유리 아르추타노프가 창안한 '우주 엘리베이터'의 확장이다. 나는 그의 도시가 이름을 회복하기 전인 1982년 그를 만나는 기쁨을 누렸다.

유리는 적도의 같은 지점 위에 떠 있는 위성과 지구 사이에 케이블을 놓는 것이 이론적으로 가능하다는 점을 지적했다. 오늘날의 통신위성 대부분의 고향인 GEO에 놓을 수 있는 것이다. 처음부터, 우주 엘리베이터(또는 유리의 생생한 문구를 빌자면 '우주 케이블카')를 세우고 유상하중을 순전히 전기 에너지를 써서 GEO로 운반해 올라갈 수 있다. 로켓 연료는 여행의 남은 기간 동안만 필요할 것이다.

위험과 소음, 로켓공학의 환경 위험을 줄일 수 있다는 장점 외에도 우주 엘리베이터가 생기면 모든 우주 임무의 비용을 아주 놀라울 정도로 절감할 수 있을 것이다. 전기는 싸기 때문에 한 사람을 궤도에 올리는 데는 100달러어치 정도만 필요할 것이다. 그리고 에너지 대부분은 하강 여행에서 회복될 것이므로, 왕복 여행에는 10달러쯤 들 것이다!(물론 음식이 공급되고 기내 영화를 상영하면 표 값이 올라갈 것이다. GEO로 다녀오는 데 1000달러가 든다면 믿겠는가?)

이론은 흠잡을 데 없었지만, 3만 6000킬로미터 높이에서 적도까지 물체를 매달 만큼 충분한 인장 강도를 가진 물질이 존재할까? 유용한 유상하중을 들어 올릴 만큼 충분한 탄성 여분을 남겨 두고? 유리가 논문을 썼을 때, 이 상당히 까다로운 사양을 충족시키는 것은 오직 한 가지 물질뿐이었다. '다이아몬드'로 더 잘 알려진 결정질 탄소. 불행히도, 이것을 만드는 데 필요한 몇백만 톤의 양은 공개된 시장에서 쉽게 구할 수 없다. 『2061 스페이스 오디세이』에서 나는 다이아몬드가 목성의 핵에 존재할 수도 있다는 생각의 근거를 대었지만, 『낙원의 샘』에서는 좀 더 접근 가능한 자원을 제시해 보았다. 무중력 환경에서 다이아몬드를 재배하는 궤도 공장.

우주 엘리베이터를 향한 처음 '작은 한 걸음'은 1992년 8월 셔틀 아틀란티스 호에서 시도되었다. 어떤 실험에 21킬로미터 길이의 사슬에 유상하중을 방출했다 회수하는 것이 포함되었던 것이다. 불행히도, 로프를 풀어내는 장치가 겨우 몇백 미터 만에 멈춰 버렸다.

　아틀란티스 호 승무원들이 궤도 기자 회견에서 『낙원의 샘』을 꺼냈을 때, 그리고 그들이 지구에 돌아올 때 우주선 시스템 운용 기술자 제프리 호프먼이 자필 서명한 책을 내게 보내 주었을 때 나는 매우 우쭐해졌다.

　1996년 2월 두 번째 사슬 실험은 조금 더 성공적이었다. 유상하중은 사실 전체 길이만큼 방출되었지만, 절연불량으로 인한 방전 때문에 회수 과정에서 케이블이 절단되었다.(이것은 운 좋은 사고일 수도 있다. 벤 프랭클린이 뇌우 속에서 연을 날리는 그 유명하고 위험한 실험을 성공한 후 몇 사람이 그 실험을 되풀이하려고 시도하다가 죽었다는 이야기가 생각나지 않을 수 없었다.)

　있을 수 있는 위험들을 제외하고도, 셔틀에서 묶어 놓은 유상하중을 버티는 것은 제물낚시를 하는 것처럼 보였다. 겉보기만큼 쉽지 않았다. 그러나 결국 마지막 '거대한 도약'이 이루어질 것이고, 적도까지 내려오는 길이 생길 것이다.

　한편 탄소의 세 번째 형태인 버크민스터풀러렌(C_{60})은 우주 엘리베이터의 개념을 훨씬 더 현실성 있게 만들었다. 1990년 휴스턴의 라이스 대학에서 일군의 화학자들이 C_{60}의 관 형태를 만들었다. 그것의 인장 강도는 다이아몬드보다 훨씬 더 강하다. 그 화학자들의 지도자인 스몰리 교수는 그것이 존재할 수 있는 가장 강한 물질이라고 주장하기에 이르렀으며 그것으로 우주 엘리베이터의 건조가 가능해질 것이라고 덧붙였다.(최신 뉴스: 스몰리 교수가 이 업적으로 1996년 노벨 화학상을 공동수상했다는 것을 알게 되어 기쁘다.)

그리고 드디어 정말로 놀라운 우연의 일치가 일어났다. 너무 으스스할 정도라 '누가 이 일을 주관하고 있는지' 궁금해진다.

버크민스터 풀러는 1983년 죽었기 때문에, 살아서 '버키볼스'와 '버키튜브스'의 발견을 보지 못했다. 이 두 가지 발견으로 그는 사후에 더 큰 명성을 얻게 되었다. 그의 많은 세계 여행 중 마지막 여행 중에, 나는 그와 그의 아내 앤과 함께 스리랑카 주위를 비행하며 『낙원의 샘』에 나온 장소 몇 군데를 보여 주는 즐거움을 누렸다. 그후 곧 나는 12인치(기억하시는지?) 엘피 레코드(Caedmon TC 1606)에 소설을 녹음했고, 버키는 친절하게도 레코드 커버에 글을 써 주었다. 그 글은 놀라운 계시로 끝났고, 그 계시 덕분에 스타 시티에 대한 생각을 떠올렸을 수도 있겠다.

1951년 나는 지구 적도에서 뻗어 나오고 적도를 둘러 설치되는 자유 부동형 텐서그리티(장력으로 결합된 구조체 — 옮긴이)의 링 브리지를 설계했다. 이 '후광' 브리지 안에서 지구는 자전을 계속하고, 원형 브리지는 자기 속도대로 돌아갈 것이다. 지구의 교통량은 수직으로 브리지를 올라가 회전하다가 목적지인 지구 중심지로 내려가는 형태가 될 것이라고 생각했다.

인류가 그런 투자를 하기로 결심하면(경제 성장 추정치를 고려하면 사소한 투자다.) 스타 시티는 건축될 수 있음을 나는 의심하지 않는다. 새로운 생활양식을 제공하고 화성이나 달 같은 저중력 세계에서 오는 방문객들이 고향 행성에 더 가까이 접근할 수 있게 해 주는데 더해, 스타 시티는 모든 로켓 공항을 지구 표면에서 없애 그것이 있어야 할 곳인 심우주로 밀어 버릴 것이다.(하지만 개척 시대의 흥분을 다시 일으키기 위해 때때로 케이프 커내버럴에서 기념 재연은 했으면 좋겠다.)

시티의 대부분은 빈 비계일 것이 확실하고, 아주 작은 부분만 과학적, 기술적인 목적을 위해 점유되거나 사용될 것이다. 결국 탑 하나하나는 1000만 층짜리 마천루와 똑같은 물건이 될 것이고, GEO의 원둘레는 달까지의 거리의 반을 넘을 것이다! 그것이 모두 완성된다면 전 인류 인구의 몇 배가 이 공간에 거주할 수 있을 것이다.(보급 문제가 흥미로워지겠지만, 이것은 '학생들을 위한 연습 문제'로 남겨 놓는 데 만족하겠다.)

반중력과 우주 워프 같은 한층 더 발전된 아이디어들과 함께 '콩나무 줄기' 개념에 대한 잘 정리된 역사를 보려면, 로버트 L. 포워드의 『마법과 구분할 수 없다』(베인 북스, 1995년)를 보라.

교육

1996년 7월 19일 지역 신문에서, 브리티시 텔레콤(영국 최대의 전신전화 회사 — 옮긴이)의 인공생명 팀장 크리스 윈터 박사가 내가 이 챕터에서 묘사한 정보와 저장 장치가 30년 안에 개발될 수 있다고 믿는다고 말한 것을 보고 깜짝 놀랐다!(나의 1956년 소설 『도시와 별』에서 나는 그것을 미래 10억 년 이상 걸릴 것이라고 말했다…… 상상력의 심각한 실패다.) 윈터 박사는 그렇게 되면 '인간을 물리적, 감정적, 영적으로 재창조'할 수 있을 것이라고 말한다. 그리고 메모리 요구량은 내가 제안한 페타바이트(10의 15제곱 바이트)보다 2제곱 적은 약 10테라바이트(10의 13제곱 바이트)일 것이라고 추정했다.

내가 이 장치에 윈터 박사의 이름을 붙일 수 있었으면 좋았을 것이다. 그러면 확실히 기독교계에서 맹렬한 토론이 시작되었을 것이다. 즉 '소울 캐처'의 개념이⋯⋯. 성간 여행에 그것을 응용하는 방법을 보려면 「스카이랜드」의 출처를 보라.

나는 「재활」에 묘사한 손바닥 대 손바닥 정보 이동을 내가 창안해 냈다고 믿었기 때문에, (『디지털이다』의 저자인) 니콜러스 네그로폰테와 그의 MIT 미디어랩이 그 아이디어를 오랫동안 작업하고 있었다는 것을 발견하자 몹시 당황스러웠다⋯⋯.

보고를 듣다

영점장(Zero Point Field)의 상상조차 못 할 에너지(때때로 '양자 요동'이나 '진공 에너지'라고 불린다.)를 이용할 수 있다면, 우리 문명에 미칠 영향은 헤아릴 수 없을 것이다. 현재의 모든 동력원—석유, 석탄, 핵, 전기, 태양—은 구시대의 유물이 될 것이고, 환경 오염에 대한 공포 대부분도 옛날이야기가 될 것이다. 그것들은 모두 하나의 큰 걱정거리로 요약할 수 있을 것이다. 열 오염. 모든 에너지는 결국 열로 분해되고, 만약 모든 사람이 몇백만 킬로와트를 활용할 수 있다면, 이 행성은 곧 금성의 길로 향하게 될 것이다. 그늘이 수백 도가 된다.

그러나 그 그림에는 밝은 면도 있다. 필연코 오게 될 다음 빙하기를 피할 유일한 방도일지도 모른다("문명은 빙하기 사이의 휴식 시간이다." 윌 듀란트, 『문명 이야기』).

내가 이 글을 쓰고 있는 지금도, 전 세계 연구소의 여러 유능한 공학자들이 이 새로운 에너지원을 이용하고 있다고 주장한다. 그것이 얼마나 중요한지는 물리학자 리처드 파인만의 유명한 말이 시사할 것이다. 커피잔 한 잔(어떤 크기든, 어디에서든!)의 에너지로 세계의 모든 대양을 끓이기에 충분하다!

이건 확실히 한번 멈추어 생각해 볼 만한 말이다. 그에 비하면 핵에너지는 젖은 성냥처럼 약해 보인다.

얼마나 많은 초신성들이 사실은 산업재해의 결과물일까? 궁금하다.

스카이랜드

스타 시티 안에서 돌아다닐 때 주요 문제 중 하나는 순전히 거리 문제일 것이다. 당신이 옆 탑의 친구를 방문하려면(가상 현실이 아무리 발전해도 통신은 절대로 진짜 만남을 대신하지 못할 것이다.) 달나라 여행만큼 힘들어질 수 있을 것이다. 가장 빠른 엘리베이터로도 몇 시간이 아니라 며칠이 걸릴 것이고, 아니면 저중력 생활에 익숙해진 사람은 받아들이기 힘든 가속이 붙을 것이다.

'무관성 추진 장치', 즉 물체의 모든 원자에 작용하기 때문에 가속할 때 아무런 압력도 발생하지 않는 추진 시스템은 아마도 1930년대 '스페이스 오페라'(우주를 배경으로 한 영웅 모험함 — 옮긴이)의 거장

E. E. 스미스가 고안했을 것이다. 중력장이 바로 이런 식으로 작용하기 때문이다.

만약 당신이 지구 근처에서 자유낙하한다면(공기저항의 효과를 무시하고) 초속 10미터에 조금 못 미치는 속도가 증가할 것이다. 하지만 당신은 무중력 속에 있다고 느낄 것이다. 1분 반마다 당신의 속도가 초속 1킬로미터씩 증가하고 있는데도, 가속의 감각이 없을 것이다!

그리고 당신이 목성의 중력에서 떨어져도(지구의 두 배 반이 약간 넘는다.), 심지어 백색왜성이나 중성자성(수백만 혹은 수십억 배가 넘는다.)의 훨씬 더 강력한 중력장에서 떨어지고 있어도 이것은 여전히 사실일 것이다. 당신이 스탠딩 스타트(도움닫기 없는 육상 스타트 — 옮긴이)에서 몇 분 사이에 빛의 속도에 도달한다 해도 아무것도 느끼지 못할 것이다. 그러나 당신이 인력이 있는 물체의 반지름 안으로 들어가는 어리석음을 범한다면, 중력장은 더 이상 당신 몸 길이에 균질하게 작용하지 않을 것이고, 조석력은 곧 당신을 갈기갈기 찢어 놓을 것이다. 더 자세한 사항은, 개탄스럽지만 정확한 제목이 붙은 나의 단편 「중성자 조류」를 보라.(『태양에서 부는 바람』에 있다.)

제어 가능한 중력장과 똑같이 작동할 '무관성 추진 장치'는 매우 최근까지는 과학기술의 책장 밖에서 절대 진지하게 논의되지 않았다. 그러나 1994년 세 명의 미국 물리학자가 위대한 러시아 물리학자 안드레이 사하로프의 어떤 아이디어들을 발전시키면서 바로 이런 일을 했다.

B. 하이슈, A. 뤼다, H.E. 푸토프가 쓴 「영점장, 로렌츠 힘으로서의 관성」(《Phys Review A》, 1994년 2월 호)은 언젠가 기념비적인 논문

으로 간주될 것이고, 소설의 편의를 위해 나는 그렇다고 설정했다. 그것은 너무나 기본적이어서 보통은 당연히 여겨지는 문제를 논한다. 어깨를 으쓱하며 "우주가 그렇게 만들어졌는걸."이라고 말하는 문제.

하이슈, 뤄다, 푸토프가 한 질문은 이것이다. "물체에 질량(혹은 관성)을 주어 물체를 움직이도록 하는 작용을 요구하고, 물체가 원래 상태를 회복하기 위해 똑같은 작용을 요구하도록 만드는 것은 무엇인가?"

그들의 잠정적인 대답은 물리학자들의 상아탑 밖에서는 놀랍고 거의 알려지지 않은 사실, 즉 이른바 빈 공간은 사실 펄펄 끓는 에너지의 가마솥 ― 영점장(위의 내용을 보라.) ― 이라는 사실에 기반을 두고 있다. 하이슈, 뤄다, 푸토프는 관성과 중력 둘 다 이 영점장에서의 상호작용에서 나오는 전자기적 현상이라고 시사한다.

중력과 자력을 연결시키려는 무수한 시도는 패러데이까지 거슬러 올라간다. 그리고 많은 실험자가 성공했다고 주장했지만, 그 결과 가운데 입증된 것은 아무것도 없다. 그러나 하이슈, 뤄다, 푸토프의 이론이 증명된다면, 아직도 갈 길이 멀기는 하지만 반중력 '우주 추진 장치'의 전망이 열린다. 그리고 관성의 제어라는 더 환상적인 가능성도 열린다. 이것은 매우 흥미로운 상황을 만들 수 있다. 당신이 누군가를 아주 부드럽게 건드렸는데 그들이 시속 수천 킬로미터의 속도로 재빨리 사라져, 몇 분의 1밀리초 후에 방의 다른 쪽에서 튀어오르게 되는 것이다. 좋은 소식은 교통사고가 사실상 없어진다는 것이다. 자동차와 승객들은 어떤 속도에서 충돌해도 피해를 입지 않는다.(당신은 오늘날의 생활양식이 이미 너무 정신없이 바쁘다고 생각하지 않는가?)

지금이 우리가 우주 탐사 임무에서 당연한 것으로 여기고, 다음 세기에는 수백만 명의 관광객이 즐기게 될 '무중력 상태'는 우리 할아버지들에게 마법처럼 보일 것이다. 그러나 관성의 정지 ―혹은 감소에 지나지 않는다 해도― 는 완전히 다른 문제이고, 아마 전혀 불가능할 것이다.* 하지만 멋진 생각이다. 그것은 '텔레포테이션'과 똑같은 효과를 낼 수 있기 때문이다. 당신은(적어도 지구에서는) 어디로든지 거의 즉시 여행할 수 있다. 솔직히, 관성의 정지가 없으면 '스타 시티'가 어떻게 돌아갈 수 있을지 모르겠다.

나는 이 소설에서 아인슈타인이 옳고 어떤 신호(나 물체)도 빛의 속도를 넘을 수 없다고 가정했다. 그러나 무수한 과학소설 작가들이 당연히 여겼듯이, 은하수를 여행하는 히치하이커들이 이 짜증나는 제한에 갇혀 있어야 하는 건 아니라고 시사하는 수학적인 논문이 최근에 여러 편 나왔다.

전반적으로 나는 그들이 옳았으면 좋겠다. 하지만 근본적인 반대 의견이 하나 있는 것 같다. '광속보다 빠르게'가 가능하다면, 그 모든 히치하이커들 ―혹은 최소한 돈 많은 관광객들― 은 어디 있는가?

---

* 1996년 9월, 핀란드의 과학자들은 회전하는 초전도성 디스크 위에서 중력이 조금(1퍼센트보다 적게) 감소한 것을 탐지했다고 주장했다. 만약 이것이 확인된다면 (뮌헨의 막스 플랑크 연구소에서 그 전에 했던 실험도 비슷한 결과를 시사한 것 같다.) 이것이야말로 오랫동안 기다린 돌파구일 수도 있다. 나는 관심과 동시에 회의적인 태도로 더 진전된 소식이 나오기를 기다린다.

우리가 결코 석탄 연료 비행선을 개발하지 않는 것과 같은 이유로, 분별 있는 ET들이라면 절대로 성간 운송 수단을 만들지 않으리라는 것도 한 가지 대답이 된다. 그런 일을 할 훨씬 더 좋은 수단들이 있기 때문이다.

루이스 K. 셰퍼는 「기계 지능, 성간 여행의 비용과 페르미의 역설」(《왕립천문학회지》 35, no.2[June 1994], 157-175)에서, 인간을 정의하거나 한 사람이 일생에 얻을 수 있는 모든 정보를 저장하는 데 요구되는 '비트' 수는 놀라울 정도로 적다는 논의를 했다. 이 논문은 (고루한 《왕립천문학회지》가 회지사 전체를 통틀어 출판한 논문 중에서 정신의 한계를 가장 넓혀 주는 논문이다!) 완벽한 기억을 가진 100살짜리 인간의 전체 정신 상태는 10^{15}비트(1페타비트)에 해당한다고 추정한다. 이 정도 정보량이면 오늘날의 광섬유도 몇 분 안에 전송할 수 있다.

그래서 3001년에도 영화 스타트렉의 전송기를 여전히 손에 넣을 수 없으리라는 내 의견은 지금으로부터 겨우 1세기만 지나면 아마 우스울 정도로 단견으로 보일 것이다. 그리고 지금 성간 여행자가 없는 것은 순전히 지구에 아직 아무런 수신 장치가 없기 때문일 것이다. 아마 그것은 이미 천천히 지어지고 있을 것이다……

금성까지 수송

아폴로 15호 승무원들에게 이 헌정물을 바치게 되어 특히 기쁘다. 그들은 달에서 귀환하는 여행에서 달 착륙선 팔콘의 착륙 지점을 만든 아름다운 입체 모형 지도를 보내 주었다. 그것은 지금 내

사무실에 자랑스럽게 걸려 있다. 그것은 월면 자동차가 세 번 짧은 여행을 하면서 택한 길들을 보여 준다. 그중 한 행로는 어스라이트 (Earth light) 크레이터를 둘러 갔다. 그 지도에는 이런 글이 새겨져 있다. '아폴로 15호 승무원들이 아서 클라크에게. 당신의 우주에 대한 통찰에 매우 감사드립니다. 데이브 스콧, 앨 워든, 짐 어윈.' 답례로 나는 1953년 썼고 1971년 아폴로 15호 계획 승무원들의 월면차가 달렸던 땅을 배경으로 한 『지구의 빛』을 그들에게 바친다. "이 땅에 들어온 첫 번째 인간들인 데이브 스콧과 짐 어윈, 그리고 그들을 궤도에서 지켜본 앨 워든에게."

CBS 스튜디오에서 월터 크롱카이트와 윌리 시라와 함께 아폴로 15호의 착륙을 방송한 후, 나는 우주 비행 관제센터로 날아가 재돌입과 착수를 지켜보았다. 나는 앨 워든의 어린 딸 옆에 앉아 있었다. 캡슐의 세 낙하산 중 하나가 펼쳐지지 못했다는 것을 처음 알아차린 사람이 그 소녀였다. 긴장된 순간이었지만, 운 좋게도 남은 둘은 그 일을 아주 잘 해냈다.

선장의 테이블

탐사선 충돌 묘사는 『2001 스페이스 오디세이』의 「소행성들을 지나서」를 보라. 다가오는 2차 클레멘타인 발사를 위해 바로 그런 실험이 계획되고 있다.

나는 시리즈의 첫 권인 『2001 스페이스 오디세이』에서 달 관측소가 1997년 소행성 7794를 발견했다고 되어 있는 것을 보고 약간 당황했다! 음, 내 100번째 생일에 때맞춰 그 발견을 2017년으로 옮길 것이다.

위의 글을 쓰고 겨우 몇 시간 후에 1981년 3월 2일 오스트레일리아의 사이딩 스프링에서 S. J. 버스가 발견한 소행성 4923(1981 EO27)에 클라크라는 이름이 붙었다는 것을 알게 되어 기뻤다. 부분적으로는 '우주 경호원 프로젝트'(『라마와의 랑데부』와 「신의 망치」를 보라.)를 인정받았기 때문이다. 그들은 깊이 사과하며, '2001'이라는 수는 A. 아인슈타인이라는 사람에게 할당되어 버려서 이용할 수가 없다고 말했다. 괜찮아요, 괜찮아⋯⋯.

그러나 소행성 4923과 같은 날 발견된 소행성 5020이 아시모프의 이름을 딴 것을 알고 매우 기뻤다. 내 오랜 친구가 그 사실을 절대로 알지 못하리란 건 슬펐지만.

가니메데

「고별사」에서, 그리고 『2010 스페이스 오디세이』와 『2061 스페이스 오디세이』의 「저자의 말」에서 설명했듯이, 나는 목성과 그 위성들로 가는 야심찬 갈릴레오 탐사 임무가 지금쯤 이 이상한 세계들의 멋진 근접 촬영 사진뿐만 아니라 우리에게 훨씬 더 세부적인 지식들을 주었기를 바랐다.

자, 오래 지연되었지만, 갈릴레오는 첫 번째 목표─목성 그 자체─에 다다랐고, 임무를 훌륭하게 수행하고 있다. 그러나 슬프다. 문제가 있다. 어떤 이유 때문인지 주 안테나가 전혀 펼쳐지지 않았다. 이것은 이미지가 저이득 안테나를 통해 고통스러울 정도로 느린 속도로 전송된다는 뜻이다. 이 결점을 벌충하기 위해 선상 컴퓨터 재프로그래밍의 기적이 이루어지기는 했지만, 여전히 몇 분 만에 보내져야 하는 정보를 받는 데 몇 시간이 필요할 것이다.

그래서 우리는 인내심을 가져야 했다. 그리고 1996년 6월 27일 갈릴레오가 현실에서 가니메데 탐사를 시작하기 직전, 나는 소설 속의 가니메데를 탐험해야 하는 애타는 입장에 있었다.

1996년 7월 11일, 이 책을 끝내기 겨우 이틀 전에 나는 제트 추진 연구소(JPL)에서 첫 번째 이미지들을 다운로드받았다. 지금까지는 운 좋게도 아무것도 내가 쓴 것과 모순되지 않았다. 그러나 만약 현재의 경치인 크레이터 있는 얼음 들판이 갑자기 야자나무와 열대 해변으로 바뀌거나, (훨씬 더 나쁜 상상을 해서) '양키 고 홈' 팻말로 바뀐다면 정말 곤란해질 것이다.

나는 특히 '가니메데 시티'의 근접 촬영 사진을 받기를 고대하고 있다.(「가니메데」를 보라.) 이 놀라운 형성물은 정확히 내가 묘사했던 대로다. 사실 나는 내 '발견'이《국립 얼버무리기》1면에 실릴지도 모른다는 공포로 그렇게 쓰기를 주저했다. 내 눈에는 가니메데 쪽이 악명 높은 '화성의 면'과 그 근처보다 상당히 더 인공적으로 보인다. 그리고 그곳 거리의 너비가 10킬로미터라면……. 그래서 뭐? 아마 가니메데인들이 컸나 보지…….

그 도시는 NASA 보이저 이미지 20637.02와 20637.29에서 볼 수 있다. 혹은 더 편리하게 보려면 존 H. 로저스의 기념비적인 『거대 행성 목성』(케임브리지 대학 출판부, 1995년)의 그림 23.8에서 보라.

인류의 광기

인류는 대부분 적어도 부분적으로는 정신 이상이라는 칸의 특이한 주장을 뒷받침하는 시각적 증거를 보려면, 내 텔레비전 시리즈 「아서 C. 클라크의 신비의 우주」의 22화 「메리를 만나며」를 보라. 그리고 기독교인은 우리 종의 매우 작은 부분집합일 뿐임을 명심하라. 성모 마리아를 숭배했던 신자들보다 훨씬 더 많은 숫자의 열성 신자들이 이런 공존할 수 없는 신성들에게 똑같은 숭배를 바쳤다. 라마, 칼리, 시바, 토르, 보탄, 주피터, 오시리스, 등등, 등등……

뛰어난 사람인데도 믿음 때문에 발광하여 미치광이가 된 가장 놀랍고 가련한 예는 코난 도일이다. 그가 가장 좋아하던 심령 연구가 사기라는 것이 끝없이 드러났는데도, 그의 믿음은 흔들리지 않은 채 남아 있었다. 셜록 홈즈의 창조자는 심지어 위대한 마술사 해리 후디니에게 그가 탈출의 위업을 수행하기 위해 스스로를 '비물질화'시켰다는 것을 설득시키려고 했다. 그러나 그 탈출법은 왓슨 박사의 입버릇처럼 '터무니없이 간단한' 속임수에 기반을 둘 때가 많았다.(마틴 가드너의 『밤은 크다』에 실린 에세이 「코난 도일의 무관함」을 보라.)

위선적인 잔혹 행위로 폴 포트나 나치를 매우 유순하게 보이게 만드는 '종교 재판'의 세부 사항에 대해서는, 칼 세이건이 뉴에이지라는 바보짓에 던진 파괴적인 공격인 『악마 들린 세계』를 보라. 나는 그 책을 모든 고등학교와 대학에서 필수로 읽힐 수 있었으면 좋겠다. 그리고 마틴의 책도.

적어도 미국 이민국은 종교에 영감을 받은 야만성 한 가지에는 반대하는 조치를 취했다. 《타임》은 조국에서 여성 할례를 강요받는 소녀들에게 난민 망명이 허가되었다고 보고한다(「이정표」, 1996년 7월 24일).

앤서니 스토르의 『감추어진 약점: 구루의 힘과 카리스마』(프리 출판사, 1996년)를 발견했을 때 나는 이미 이 장을 쓴 후였다. 그 책은 사실상 이 우울한 주제에 대한 교과서였다. 어느 종교 사기꾼이 뒤늦게 미국 경찰에 체포되었을 때 롤스로이스를 아흔세 대나 발견했다니 믿기 힘든 일이었다! 더 나쁜 것은 그에게 사기를 당한 수천 명의 피해자 가운데 83퍼센트가 대졸자이며, 따라서 내가 가장 좋아하는 지식인의 정의인 '그 사람의 지성 이상으로 교육받은 자'를 만족시킨다는 것이다.

첸 마을

『2010 스페이스 오디세이』의 1982년 판 「저자의 말」에서, 나는 왜 에우로파에 착륙한 중국 우주선의 이름을 미국과 중국 로켓 프로그램의 창설자 중 한 명인 첸쉐썬 박사의 이름을 따서 지었는지 설명했다.

1911년 태어난 첸은 1935년 장학금을 타고 중국에서 미국으로 왔다. 미국에서 그는 나중에 뛰어난 헝가리의 공기동역학자 시어도어 폰 카르만의 동료가 된다. 그 후, 캘리포니아 공과대학의 최초의 고다드파 교수가 된 그는 구겐하임 항공 연구소를 설립하는 것을 도왔다. 그곳은 패서디나의 유명한 제트 추진 연구소의 직계 선조다. 중국이 유도 미사일 핵무기 실험을 자기 영토에서 시행한 직후

《뉴욕 타임스》(1966년 8월 28일 자)에서 말한 것처럼("북경의 로켓 최고 권위자가 미국에서 훈련받았다."), "첸의 생애는 냉전사의 아이러니이다."

일급비밀이 해제되면서, 그는 1950년대 미국 로켓 연구에 엄청나게 기여했다. 그러나 매카시 광풍이 불 동안 고국 중국에 방문하려고 했을 때 조작된 보안법 혐의로 체포되었다. 여러 번의 청문회를 거치고 체포 기간이 연장된 후, 그는 마침내 조국으로 강제 추방되었다, 그의 비할 데 없는 전문 지식과 함께. 그의 저명한 동료들이 단언한 것과 같이, 그것은 미국이 저지른 가장 수치스럽고 가장 멍청한 일 중 하나였다.

중국국가항천국 과학기술위원회의 부장인 좡펑강에 따르면, 축출된 이후 첸은 "무(無)에서 로켓 사업을 시작했다…… 그가 없었다면 중국은 기술 면에서 20년은 뒤떨어졌을 것이다." 그리고 그 지연에 해당하는 자원을 치명적인 '누에' 대함 미사일과 '대장정' 위성 발사대에 쏟아부었을 것이다.

내가 이 소설을 끝내자마자, 우주항공학 국제학술원은 내게 최고 우수상인 폰 카르만 상을 베이징에서 받도록 해 주었다! 내가 거절할 수 없는 제안이었다. 특히 첸 박사가 지금 그 도시에 살고 있다는 걸 알고 난 후에는. 불행히도, 내가 도착했을 때 그는 몸의 상태를 관찰받기 위해 병원에 입원해 있었고, 그의 의사들은 방문객을 허용하지 않았다.

그래서 나는 그의 개인 조수 왕서우원 소장에게 매우 감사한다. 그는 첸 박사에게 『2010』과 『2061』의 내가 서명한 증정본을 전해 주었다. 답례로 소장은 자기가 편집한 커다란 책 『H.S. 첸 선집: 1938~1956』(과학출판사, 16, 둥황청근 북가, 베이징 100707, 1991)을 선물했다. 그 책은 폰 카르만과 항공역학의 문제들에 대한 수많은 공동 연구로 시작해 로켓과 위성들에 대한 단독 논문들로 끝나는 매우 훌륭한 선집이다. 맨 마지막 항목인 '열핵 발전장치'(제트 추진 연구소, 1956년 7월)는 첸 박사가 아직 사실상 FBI에 의해 억류되어 있을 때 쓰였고, 심지어 오늘날 더 시사적인 주제를 다룬다. '중수소 융합 반응을 이용하는 발전소'를 향한 발전은 거의 이루어지지 않았지만.

1996년 10월 13일 내가 베이징을 떠나기 직전, 첸 박사가 고령(85세)과 장애에도 불구하고 여전히 과학 연구를 추구하고 있다는 것을 알게 되어 기뻤다. 그가 『2010』과 『2061』을 즐겁게 읽기를 진심으로 바라며, 추가 선물로 이 『3001 최후의 오디세이』도 보내고 싶다.

공포의 방

1996년 6월에 열린 일련의 컴퓨터 보안 관련 상원 청문회의 결과로, 1996년 7월 15일 클린턴 대통령은 13010호 행정 명령에 서명했다. 그 행정 명령은 중대한 사회 기반 시설을 제어하는 정보나 통신 요소에 대한 컴퓨터 기반 공격('사이버 위협')을 처리하는 것이었다. 이제 사이버 테러에 대응할 위원회가 세워지고, CIA, NSA, 방위기관 등등의 대표가 들어갈 것이다.

피코, 여기 우리가 간다…….

위 문단을 쓰면서, 내가 아직 보지 못한 영화 「인디펜던스 데이」의 마지막 부분에도 트로이의 목마라는 컴퓨터 바이러스의 사용이 나온다는 것을 알게 되어 흥미로웠다! 또, 그 영화의 시작 부분이 『유년기의 끝』(1953) 시작 부분과 똑같고, 그 영화는 멜리에스의 『달세계 여행』(1903)부터 알려진 과학소설의 온갖 클리셰를 다 담고 있다는 것도 알게 되었다.

시나리오 작가들이 자신들의 독창성을 가미한 것을 축하해야 할지, 아니면 사전 인지 표절이라는 시간을 초월한 죄로 그들을 비난해야 할지 잘 모르겠다. 어쨌든, 팝콘 먹는 관객들이 내가 「인디펜던스 데이」의 마지막 부분을 표절했다고 생각하는 것을 막을 방법이 없는 것 같아 두렵다.

이 책을 위해 이 시리즈의 이전 책들에서 아래의 내용을 사용했다. 대개 중대한 편집을 거쳤다.

『2001 스페이스 오디세이』: 「소행성들을 지나서」, 「실험」
『2010 스페이스 오디세이』: 「얼음과 진공」, 「심연의 불길」, 「거품의 풍경」

나에게 아름다운 작은 '싱크패드 755CD'를 선물해 준 IBM에 감사를 보낸다. 그 기계로 이 책을 작성했다. 오랫동안 나는 HAL이라는 이름이 IBM을 한 글자씩 이동시켜 만들었다는 근거 없는 소문에 어리둥절했다. 이런 컴퓨터 시대의 신화를 몰아내려고, 『2010 스페이스 오디세이』에서 HAL의 창조자 찬드라 박사에게 그것을 부인시키는 수고까지 했다. 그러나 최근에 빅 블루는 그 연상에 화를 내기는커녕 아주 자랑스러워한다는 확언을 받았다. 그래서 앞으로는 그 기록을 바로잡기 위한 어떤 시도도 하지 않을 것이다. 그리고 1997년 3월 12일, 어바나의 일리노이 대학에서 HAL의 '생일 파티'에 참석한 모든 사람들에게 축하의 말을 보낸다.

10페이지의 흠을 지적해 준 내 델 레이 북스 편집자 셸리 샤피로에게 유감스러운 감사를 보낸다. 그 부분이 수정되자 최종 원고가 엄청나게 개선되었다.(그렇다, 나는 내 원고에 편집자 노릇을 하고, 이 거래의 구성원들이 좌절한 푸주한들이라는 일반 저자의 확신으로 괴로워하지는 않는다.)

골 페이스 호텔 회장인 내 오랜 친구 시릴 가디너에게, 마침내, 그리고 가장 중요한 감사를 보낸다. 내가 이 책을 쓰고 있는 동안 그는 매우 아름답고 거대한 개인 스위트룸으로 나를 환대해 주었다. 그는 내가 곤란에 빠진 시간 동안 '고요의 기지'를 주었다. '그래니메데'만큼 폭넓은 상상 풍경을 제공하지 않을 수도 있지만, 골 페이스의 시설은 '그래니메데'보다 훨씬 더 뛰어나고, 평생 한 번도 더 편안한 환경에서 일해 본 적이 없노라고 서둘러 덧붙인다.

더 영감을 주는 환경에서 일해 본 적도 없다. 이곳 입구에는 이곳에서 접대 받은 100명 이상의 국가원수와 저명한 방문객들의 목록이 새겨진 커다란 명판이 있다. 그중에는 유리 가가린, 달 표면으로 가는 두 번째 탐사 임무를 띤 아폴로 12호 승무원들, 그리고 훌륭한 연극과 영화 스타들, 그레고리 펙, 알렉 기네스, 노엘 커워드, 스타워즈의 캐리 피셔……. 그뿐만 아니라 비비안 리와 로렌스 올리비에도 있는데, 둘 다 『2061 스페이스 오디세이』의 「별」에 잠깐 나온다. 나는 그들의 목록에 내 이름이 오르는 것을 보는 영광을 누렸다.

어느 유명한 호텔—진짜와 가짜 천재들의 온상인 뉴욕의 첼시 호텔—에서 시작된 어느 프로젝트가 세계의 반대편에 있는 다른 호텔에서 끝나는 것은 잘 어울려 보인다. 그러나 멀리 떨어져 있고 애정을 듬뿍 담아 기억하는 23번가 거리의 차량 소리 대신 내 창밖 겨우 몇 미터 떨어진 곳에서 몬순에게 후려쳐지는 인도양이 으르렁거리는 소리를 듣는 것은 낯선 일이었다.

추모의 말을 덧붙인다(1996일러두기 18일).

몇 시간 전, 문자 그대로 이 「일러두기」를 편집하다가 시릴 가디너의 사망 소식을 듣게 되어 아주 유감스럽다.

그가 이미 이 책의 「일러두기」를 보고 기뻐했다는 것을 알고 있어 조금 위로가 된다.

고별사

정치가들, 할리우드 중요 인물들, 그리고 사업계의 거물들에게는 "절대 설명하지 말라, 절대 사과하지 말라."가 탁월한 충고일 것이다. 그러나 작가는 독자들을 더 사려 깊게 대해야 한다. 그래서 어떤 것에도 사과할 의도는 없지만 스페이스 오디세이 4부작의 복잡한 기원에 대해서는 약간 설명을 해야겠다.

모든 것은 1948년 크리스마스—그래, 1948년!—에 시작되었다. 그해 나는 BBC에서 스폰서를 받는 대회에 내기 위해 4000단어짜리 단편을 썼다. 「파수병」은 어떤 외계 문명이 달에 세운 작은 피라미드가 발견되는 상황을 서술했다. 그 피라미드는 행성-생활 종인 인류가 나타나기를 기다렸다. 그때까지는 우리가 너무 원시적이어서 흥미의 대상이 되지 못할 것이라고 암시했다.*

BBC는 내 겸손한 노력을 거부했고, 그 단편은 거의 3년 후《10 단편 판타지》의 유일한 호(1951년 봄)까지 출판되지 않았다. 그 잡지는 귀하신 『과학소설 백과사전』이 냉담하게 말하는 것처럼, '주로 형편 없는 산수로 기억되는'(단편이 13개 실렸다.) 잡지였다.

스탠리 큐브릭이 1964년 봄 내게 연락해서 '인구에 회자될(즉, 아직 존재하지 않는) 훌륭한 공상과학 영화'에 대한 아이디어가 있냐고 물어볼 때까지, 「파수병」은 10년 이상 림보에 남아 있었다. 「2001년의 잃어버린 세계들」까지 세면 엄청나게 많은 브레인스토밍 회의를 하다가, 우리는 달의 참을성 있는 관찰자가 우리 이야기에 좋은 출발점이 될 것이라고 결정했다. 결국 그 결정은 처음의 예상을 훨씬 뛰어넘었다. 제작 도중 어딘가에서 그 피라미드는 이제는 유명해진 검은 석판으로 진화했다.

스페이스 오디세이 4부작을 제대로 보려면, 우주 시대가 겨우 일곱 살이고 어떤 인간도 고향 행성에서 100킬로미터 넘는 거리를 여행해 보지 않았을 때, 스탠리와 내가 우리끼리 '우리가 어떻게 태양계를 얻었는가'라고 부르던 것을 계획하던 때부터 기억해야 한다. 케네디 대통령은 미합중국이 '오는 10년 안에' 달에 갈 것이라고 알렸지만, 대부분의 사람들에게 그것은 여전히 머나먼 꿈처럼 보였을

---

* 태양계의 외계 물건에 대한 탐색은 완전히 합법적인 과학 분야가 되어야 한다.(외계고고학?) 불행히도 그런 증거들이 이미 발견되었지만 항공우주국이 고의로 숨겼다는 주장들로 인해 이런 시도는 부인되고 있다! 이런 헛소리를 누가 믿겠는가. 항공우주국이 자기네 예산 문제를 해결하기 위해 고의로 ET의 물건들을 위조한다는 쪽이 훨씬 더 그럴듯하다.(항공우주국 책임자, 다음은 당신 차례다……)

것이다. 얼어붙을 듯한 1965년 12월 29일에 사우스런던*에서 촬영이 시작되었을 때, 우리는 심지어 달 표면을 아주 가까이에서 보면 어떻게 보이는지도 몰랐다. 여전히 우주선에서 처음 나오는 우주 비행사는 달 먼지의 탤컴파우더 같은 층 속으로 사라지면서 "살려 줘!" 하고 첫 마디를 내뱉을 거라는 공포가 있었다. 우리는 달 풍경을 상당히 잘 추측했다. 우리의 달 풍경이 유성 먼지로 모래 분사가 쏟아져 억겹 년 씻겨 매끄러워진 실제 풍경보다 더 삐죽삐죽하다는 사실만이 『2001』이 아폴로 이전 시대에 만들어졌다는 것을 드러낸다.

물론 오늘날 우리가 2001년에 목성 탐험과 궤도를 도는 힐턴 호텔, 거대한 우주 정거장을 상상했다는 것은 터무니없게 보인다. 하지만 1960년대에 1990년까지 영구 달 기지를 세우고 화성에 착륙하려는 진지한 계획들이 세워졌다는 것도 잊기 쉽다! 사실 아폴로 11호 발사 후 즉시 CBS 스튜디오에서, 나는 미국 부통령이 활기차게 선언하는 것을 들었다. "이제 우리는 화성으로 가야 합니다!"

나중에 밝혀졌듯이, 그는 감옥에 안 가서 다행이었다. 그 스캔들에 더해 베트남 전쟁과 워터게이트는 이 낙관적인 시나리오가 결코 실현되지 못한 이유 중 하나다.

1968년 영화 「2001 스페이스 오디세이」와 나의 소설이 발표되었을 때, 후편의 가능성은 결코 떠오르지 않았다. 그러나 1979년 목성

---

* 오손 웰스의 걸작 「화성 침공」의 가장 극적인 장면 중 하나가 화성인이 셰퍼턴을 파괴하는 장면이다.

탐사 임무가 진짜로 시행되자, 우리는 처음으로 그 거대 행성과 놀라운 위성 가족의 근접 촬영 사진을 얻었다.

보이저 우주 탐사선*들은 물론 무인 탐사선들이었지만, 그들이 보내온 이미지들은 그때까지는 가장 배율이 높은 망원경 속의 광점에 지나지 않았던 것들을 진짜 세계로, 그리고 완전히 예기치 못했던 세계로 만들었다. 끊임없이 폭발하는 이오의 유황 화산들, 여러 번 충돌한 칼리스토의 표면, 가니메데의 초자연적 윤곽을 지닌 풍경들을 보며 마치 우리가 완전히 새로운 태양계를 발견한 것 같았다. 그 곳을 탐험하고 싶다는 유혹에 저항할 수 없었다. 그래서 『2010 스페이스 오디세이』에서는 데이비드 보먼이 그 수수께끼의 호텔 방에서 깨어난 후 무슨 일이 일어났는지 알아낼 기회를 주었다.

1981년 새 책을 쓰기 시작했을 때는 여전히 미소 냉전 중이었다. 그래서 나는 위험을 — 비판의 위험뿐만 아니라, 미국-러시아 합동 탐사 임무를 보여 주는 위험을 — 감수해야 할 것이라고 느꼈다. 또, 나는 노벨상 수상자 안드레이 사하로프(그때는 여전히 망명 중이었다.)와 우주 비행사 알렉세이 레오노프에게 그 소설을 헌정함으로써 미래의 협력에 대한 희망을 강조했다. 내가 그에게 '별 마을'에 나올 우주선 이름을 그의 이름을 따서 짓겠다고 말하자, 그는 감정을 폭발시키며 "그럼 그건 좋은 우주선이 될 겁니다!"라고 외쳤다.

피터 하이엄스가 1983년 그의 탁월한 영화 버전을 만들었을 때,

---

* 탐사선들은 '슬링샷' 혹은 '중력 조력' 방식으로 목성 가까이 날아갔다. 2001년 판 책에서 디스커버리 호가 한 대로였다

그가 보이저 탐사 임무에서 얻은 목성의 위성들의 실제 근접 촬영 사진을 사용할 수 있었다는 것은 여전히 믿을 수 없는 일로 보인다. 그 이미지들 중 어떤 것은 제트 추진 연구소에서 원본을 컴퓨터로 처리해 주어 도움이 되었다. 그러나 야심찬 갈릴레오 탐사 임무에서 훨씬 더 좋은 이미지들을 얻을 수 있을 거라는 기대가 있었다. 갈릴레오 탐사 임무에서는 수개월에 걸쳐 주요 위성들을 세부적으로 조사하기 때문에, 이 새 영토 곁으로 짧은 근접 비행만 해서 얻었던 우리의 지식은 엄청나게 확장될 것이다. 그러면 이제 『2061 스페이스 오디세이』를 쓰지 않을 핑계가 없어진 것이다.

슬프다. 목성으로 가는 길에 비극적인 일이 생겼다. 갈릴레오 호는 1986년 우주 셔틀에서 발사될 계획이었다. 그러나 챌린저 호 사건 때문에 그 선택지는 날아갔고, 적어도 앞으로 10년 동안은 우리가 이오와 에우로파, 가니메데와 칼리스토에서 새로운 정보를 받지 못하리라는 것이 명백해졌다.

나는 갈릴레오 호를 기다리지 않기로 했고, 1985년 핼리 혜성이 내태양계로 귀환하는 것은 내게 억누를 수 없는 영감을 주었다. 2061년 핼리 혜성의 다음 출현은 세 번째 오디세이의 좋은 배경 시기가 될 것이다. 하지만 내가 출판사에 대단찮은 진전을 보았다고 원고 출판을 부탁했을 때는 내 책에 대해 별로 확신하지 못했다. 나는 매우 슬퍼하며 『2061 스페이스 오디세이』의 헌사를 바쳤다.

이 책을 1달러에 샀지만
이 책이 그 정도 가치가 있는 물건이었는지는 끝까지 몰랐던

뛰어난 편집자,

주디린 델 레이를 추억하며.

기술적으로(특히 우주 탐사에서), 정치적으로 가장 숨 막히는 30년 이상의 기간 동안 쓴 네 권의 과학소설 연작이 서로 일관성을 가질 수 있는 방법은 없다. 내가 『2061』의 서문에 쓴 것처럼, "『2010 스페이스 오디세이』가 『2001 스페이스 오디세이』에 곧장 연결된 후편이 아니었듯이, 이 작품도 『2010 스페이스 오디세이』에 직선적으로 이어지는 후편이 아니다. 이 책들은 전부 같은 주제에 대한 변주곡으로 보아야 한다. 인물과 상황을 많이 공유하고 있지만 같은 우주에서 일어날 필요는 없는 일인 것이다." 다른 매체에서 좋은 비유를 가져오고 싶다면, 라흐마니노프와 앤드루 로이드 웨버가 파가니니의 똑같은 곡을 가지고 한 연주를 들어 보라.

그래서 이 『3001 최후의 오디세이』에서는 앞에 나왔던 책들의 많은 요소를 버렸지만, 다른 요소들—이것들이 더 중요한 것이었기를 바란다.—을 훨씬 더 발전시켰다. 만약 예전 책의 독자가 이런 변화 때문에 혼란스럽다고 느낀다면, 나를 맹렬히 비난하는 편지를 보내지 못하도록 그들을 설득하기 위해 어느 미국 대통령이 했던 사랑스러운 말을 빌려 쓰고 싶다. "이건 허구야, 바보야!"

그리고 당신이 알아차리지 못했을 경우를 대비해서 말하건대, 이건 모두 나 자신이 지어낸 허구이다. 내가 젠트리 리*, 마이클 큐브

---

* 정말 기이한 우연의 일치로, 젠트리는 갈릴레오와 바이킹 프로젝트의 수석 엔지

맥도웰, 고 마이크 매케이와 한 공동 작업을 매우 즐겼고, 앞으로도 나 혼자 직접 다루기 너무 벅찬 프로젝트를 가졌다면 이 최고의 용병들에게 다시 부탁하기를 주저하지 않겠지만, 이 특별한 『3001 최후의 오디세이』는 단독 작업이어야 했다.

그래서 모든 단어는 내가 만든 것이다. 음, 거의 모든 단어라고 해야겠지. 시루그나나삼판사무르시 교수(「전쟁 의회」)를 콜롬보 전화번호부에서 발견했다는 것을 고백해야겠다. 현재 그 이름을 쓰는 사람이 내가 빌린 것에 반대하지 않았으면 좋겠다. 또, 『대(大)옥스퍼드 영어 사전』에서도 몇 가지 빌렸다. 그리고 여러분은 아실는지—나는 단어의 뜻과 사용을 설명하기 위해 내 책에서 자그마치 66개의 인용을 했다는 것을 발견했다!

친애하는 『옥스퍼드 영어 사전』이여, 만약 당신이 이 책에서 어떤 쓸모 있는 예들을 발견한다면, 다시 내 손님이 되어 주십시오.

나는 이 후기에서 겸손을 표하기 위해 했던 헛기침이 너무 많아진 것에 사과한다.(마지막으로 세었을 때 열 번쯤 되었다.) 그러나 내 주의를 끌었던 그 문제들은 책과 너무 연관되어 있어서 생략할 수가 없었다.

마침내, 나는 내 많은 불교 신자, 기독교 신자, 힌두교 신자, 유대교 신자, 무슬림교 신자 친구들에게, 우연히 여러분이 갖게 된 종교가 여러분의 마음의 평화에(그리고 서구 의학이 이제 마지못해 인정하듯이

니어였다.(『라마』 2권의 도입부를 보라.) 갈릴레오 안테나가 펼쳐지지 않은 것은 그의 잘못이 아니었다…….

육체적 건강에도 자주) 기여해서 진심으로 행복하다고 확언하고 싶다.

아마 제정신이 아니고 행복한 쪽이, 제정신이고 행복하지 않은 쪽보다 나을 것이다. 그러나 제정신이고 행복한 쪽이 제일 좋을 것이다.

미래의 가장 큰 도전은 우리의 후손들이 그 목표를 성취할 수 있느냐가 될 것이다. 정말이지, 그것은 우리에게 미래가 있느냐를 결정할 수도 있을 것이다.

아서 C. 클라크
콜롬보, 스리랑카
1996년 9월 19일

옮긴이 | 송경아

1971년에 태어났다. 연세대학교 전산학과를 졸업하고 동 대학원 국어국문학과 박사 과정을 수료했다. 1994년부터 소설을 발표했으며, 지은 책으로 소설집『성교가 두 인간의 관계에 미치는 영향에 대한 문학적 고찰 중 사례 연구 부분 인용』,『책』, 장편소설『테러리스트』등이 있다. 옮긴 책으로는 샬레인 해리스의『죽은 자 클럽』,『죽어 버린 기억』, 앤지 세이지의『셉티무스 힙』, 스콧 웨스터펠드의『프리티』와『어글리』, 스타니스와프 렘의『사이버리아드』, 프리츠 라이버의『아내가 마법을 쓴다』, 애거서 크리스티의『카리브해의 미스터리』, 재스퍼 포드의『제인 에어 납치 사건』과『카르데니오 납치 사건』, 그레고리 키스의『철학자의 돌』『로지 프로젝트』등 다수가 있다.

3001 최후의 오디세이

1판 1쇄 펴냄 2017년 2월 10일
1판 7쇄 펴냄 2024년 8월 27일

지은이 | 아서 C. 클라크
옮긴이 | 송경아
발행인 | 박근섭
편집인 | 김준혁
펴낸곳 | 황금가지

출판등록 | 2009. 10. 8 (제2009-000273호)
주소 | 06027 서울 강남구 도산대로 1길 62 강남출판문화센터 5층
전화 | 영업부 515-2000 **편집부** 3446-8774 **팩시밀리** 515-2007
홈페이지 | www.goldenbough.co.kr

도서 파본 등의 이유로 반송이 필요할 경우에는 구매처에서 교환하시고
출판사 교환이 필요할 경우에는 아래 주소로 반송 사유를 적어 도서와 함께 보내주세요.
06027 서울 강남구 도산대로 1길 62 강남출판문화센터 6층 민음인 마케팅부

한국어판 ⓒ ㈜민음인, 2017. Printed in Seoul, Korea

ISBN 979-11-5888-243-3 04840(4권)
ISBN 979-11-5888-244-0 04840(set)

㈜민음인은 민음사 출판 그룹의 자회사입니다.
황금가지는 ㈜민음인의 픽션 전문 출간 브랜드입니다.